Loi n° 49-956 du 16 juillet 1949 sur les publications destinées à la jeunesse : mars 2025

© Anne-Laure Huet, 2025

Correction : Edith & Nous
Maquette : Laury Chinzi
Couverture : Aurélien Huet

Édition : BoD · Books on Demand, 31 avenue Saint-Rémy, 57600 Forbach, bod@bod.fr
Impression : Libri Plureos GmbH, Friedensallee 273, 22763 Hamburg (Allemagne)

ISBN : 978-2-3225-6156-8
Dépôt légal : avril 2025

Anne-Laure HUET

Quand se fragmentèrent les étoiles

*À Sylvie, Jeanine, Émile, Adèle,
et à tous ceux qui ont fragmenté vos étoiles,
en partant rejoindre le ciel.*

*Malgré tout, à mon père,
sans qui cette histoire ne serait pas entre vos mains.*

« On dit que le temps apaise toute douleur,
on dit que tout peut s'oublier,
mais les sourires et les pleurs, par-delà les années,
tordent encore les fibres de mon cœur. »

George Orwell – 1984

« — Voudriez-vous me dire, s'il vous plaît,
par où je dois m'en aller d'ici ?
— Cela dépend beaucoup de l'endroit
où tu veux aller.
— Peu importe l'endroit...
— En ce cas, peu importe la route
que tu prendras.
— ... pourvu que j'arrive quelque part,
ajouta Alice en guise d'explication.
— Oh, tu ne manqueras pas d'arriver
quelque part, si tu marches assez longtemps. »

Lewis Caroll – Alice au pays des merveilles

9 757 pulsations à la minute.

Une déchirure intérieure, profonde. Comme si soudainement, le ciel éclatait en des dizaines de coups de tonnerre. Un déferlement émanant d'un coup, se frayant un chemin veine par veine, envahissant organe par organe. Le corps traversé par un tourbillon dévastateur et plus rien ne pouvant faire barrage face à cet appel abyssal et brutal. Et les larmes ?

Rien. Aucune importance. Qu'est-ce que quelques gouttes d'eau dispersées dans un gouffre volcanique ?

Désormais, il n'était plus question de simples sentiments. Il n'y avait de la place que pour la peine. Profonde, insondable, brûlant tout sur son passage. Le néant était arrivé si brutalement… Une fraction de seconde et la pièce avait basculé dans un abîme obscur et inhospitalier. Une boule de feu bouillonnante au milieu de la nuit.

Alors c'était ça la mort ?

Il entendait pourtant, en arrière-plan, des éclats de voix, qui tentaient de le raisonner. Quelques bribes de son lui parvenaient même, ponctuellement, aussitôt étouffées par l'obscurité qui l'absorbait de nouveau.

La compassion, le plaisir, l'amour, la joie... c'est comme si toutes ces notions, qui l'avaient traversé si souvent depuis sa naissance, avaient été englouties, ne laissant derrière elles qu'un goût amer au fond de la gorge. Tout cela lui semblait déjà si lointain et dérisoire.

L'irrationalité semblait avoir pris possession de son cœur, balayant sa fonction vitale initiale. La haine, la colère, la nausée prenaient peu à peu le contrôle de son corps, l'envahissant, tel un pantin désarticulé, désossé, dénué de tout libre arbitre.

Soulever des objets, n'importe lesquels, les entendre s'éclater contre le sol et faire face à l'absence de satisfaction. Alors hurler, encore et encore. Hurler pour enfin combler ce vide assourdissant et que tout cela cesse enfin. Telle une bête jetée dans l'arène, entourée par un public déchaîné, et pourtant complètement seule et livrée à elle-même.

Il était revenu à un état primaire, faisant résonner au loin un appel au secours émanant directement de ses tripes. Cela dura quelques secondes, peut-être quelques minutes, qui semblèrent pourtant s'égrener au même rythme que les heures. Et puis, plus rien. Il reprit peu à peu conscience de son corps, de son environnement. Il mesura alors le silence autour de lui, assourdissant.

Elle était partie.

Partie 1 : Terre

Little John

Oui, un jour, elle avait fini par s'envoler. Petite boule de lumière traversant l'obscurité, elle avait pénétré le ciel avec une rapidité déconcertante. En l'espace de quelques secondes, elle avait rejoint des millions de comètes. Alors, quand il imaginait sa mère ainsi, elle semblait perdue dans des cieux bien trop immenses pour son corps frêle.

Little John se la représentait parfois, telle une feuille légère virevoltant dans une danse gracieuse et aérienne. Finalement, la seule chose qui lui déplaisait dans cette poétique métaphore, c'était le fait qu'il s'agisse d'une feuille morte.

Bien que cela ne paraisse être qu'un détail biologique, c'était en réalité de la plus haute importance en termes de débordement lacrymal. Car depuis ce moment, d'une tristesse infinie, la planète Terre s'était comme mue en un gouffre béant. Les oiseaux n'avaient plus le cœur à chanter, même ceux aux plumages arc-en-ciel. Veine après veine, muscle après muscle, une ère glaciale s'était soudainement emparée de chaque partie du corps du jeune adolescent.

Au bout de quelques mois de ce froid intense, et malgré l'innocence de ses treize ans, il avait même fini par percevoir quelques stalactites ayant élu domicile dans son poumon droit. Chaque respiration était devenue un souffle éprouvant et douloureux, comme un pic glacé se plantant encore et encore dans ses organes. Il se surprenait alors à espérer une courte trêve. Respirer de l'air pur, s'allonger dans un champ de marguerites et fermer les yeux. Ne plus penser à rien, ne serait-ce qu'un instant.

Déboussolé, dans un monde bien trop vide pour lui, ces évasions mentales lui permettaient néanmoins de forger ses espoirs. Il le savait, un jour il prendrait sa revanche et alors, tout là-haut, sa comète l'éclairerait de mille feux. Des éclairs de fierté et d'amour lui éclabousseraient les tempes, et il pourrait avancer la tête haute.

Ainsi, au fil des années, Little John avait appris à repousser la douleur lancinante qui l'empêchait de dormir. Les stalactites avaient commencé à fondre peu à peu avec le temps, rendant leurs pics un petit peu moins tranchants. Il savait que, malgré l'obscurité infinie dans son cœur, là-haut, sa mère veillait sur lui.

Mais pour le moment, l'heure n'était pas vraiment à la bravoure et aux conquêtes. Du haut de ses dix-huit ans, sa principale bataille consistait à trouver la force d'affronter cette nouvelle journée.

Avec son mètre quatre-vingt, ses cheveux tressés et son nez retroussé, Little John avait clairement perdu son allure d'oisillon blessé.

Aujourd'hui c'était jour de devoirs sur table, il était donc plus que temps d'émerger du lit. À peine les paupières soulevées, ses tympans achevèrent d'y balayer le sommeil restant, assiégés par des cris et des pleurs. Le bruit provenait de l'étage en dessous, mais avait réussi sans peine à se frayer un chemin jusqu'à sa chambre. Il poussa un long soupir et jeta sa couette au bout du lit.

Visiblement, les triplés avaient plus d'énergie que lui au lever du soleil. Il jeta un coup d'œil à son réveil, qui le nargua en affichant 6 h 45. Désactivant son alarme, prévue une demi-heure plus tard, il se massa les tempes et s'imposa une rapide interrogation mentale, pour vérifier qu'il avait bien retenu la fiche de révision sur laquelle il s'était endormi la veille.

Cette dernière année de lycée ne le motivait clairement pas autant qu'elle aurait dû, mais il avait à cœur de la valider malgré tout. Sa mère n'aurait pas aimé qu'il perde son temps, et son parcours scolaire n'avait pas vraiment été des plus brillants depuis le collège.

Il n'avait aucune idée de ce qu'il souhaitait comme orientation par la suite, ce que ne manquait pas de lui rappeler régulièrement Luc, son père.

Et justement, le claquement de la porte d'entrée lui signifia que ce dernier venait de partir pour le travail. C'est le feu vert qu'il attendait pour sortir de sa tanière et il s'empressa de se frayer un chemin jusqu'à la salle de bain au bout du couloir.

Après une douche rapide, Little John attrapa son sac de cours et dévala l'escalier pour rejoindre la cuisine. Il tomba alors nez à nez avec Chloé, les bras débordant de biberons. Il n'était même pas 7 h 00 mais elle semblait déjà épuisée. Plusieurs taches douteuses sur son pull bleu marine ne laissaient que peu de doutes sur la provenance de celles-ci. Pendant une demi-seconde, l'adolescent ressentit de la compassion pour la quarantenaire face à lui, mais ce sentiment disparut tout aussi vite quand il se rappela qu'elle était mariée à son père.

Ce dernier avait rencontré Chloé seulement deux ans après le décès de son épouse et, vingt-quatre mois après, étaient nés Léana, Alexis et Mathéo. La naissance de ces bébés, au milieu du chaos qui régnait alors dans l'esprit de Little John, avait achevé de bouleverser l'ordre familial

Il s'était toujours senti plus proche de sa mère, et le gouffre relationnel avec son père n'avait alors cessé de s'agrandir depuis. Désormais, ils ne faisaient que cohabiter sous le même toit. Le garçon rêvait de prendre son envol, mais pour le moment sa situation ne le permettait pas.

Réussir ses études représentait donc son seul ticket de sortie pour échapper à ce bourbier.

Après son bac, il comptait bien se faire accepter dans une école bien loin d'ici, peu importe le domaine qu'il devrait étudier.

Chloé esquissa un timide sourire pour le saluer, consciente du malaise permanent entre eux. Il lui répondit alors par un signe de tête poli et se dirigea vers le placard le plus proche pour attraper un paquet de gâteaux. Comme d'habitude, il prendrait un vrai petit déjeuner au café en face du lycée. Ils y faisaient le meilleur chocolat chaud de la ville et, contrairement à ici, ils avaient le mérite de ne pas accueillir d'enfants braillards et pleurnicheurs.

Quand il claqua la porte d'entrée, il entendit un « bonne journée » lancée d'une voix peu assurée. À vrai dire, Little John n'avait rien de personnel contre cette femme. Sa seule erreur avait été d'arriver trop vite dans leur vie, du moins à un moment où il ne se sentait pas encore prêt. Alors qu'il nageait toujours au milieu des ténèbres, son père, lui, avait retrouvé la lumière grâce à cette rencontre.

Avec ses longues boucles blondes et ses yeux verts en amande, elle était loin d'être l'image de l'affreuse belle-mère des contes pour enfants. Mais sa peau diaphane contrastait avec l'épiderme ébène de Little John et de ses parents. Au fond de lui, il savait très bien que la seule erreur de cette femme était de ne pas être sa mère. Pour autant, il ne voyait pas comment il pourrait un jour considérer Chloé et les triplés comme des gens de sa famille.

Il courut les cent derniers mètres qui le séparaient de la rue suivante, en voyant le bus n° 56 se diriger dangereusement vers son arrêt. Il manqua de glisser à deux reprises sur le trottoir détrempé. Le chauffeur lui fit un clin d'œil en le voyant monter à bout de souffle. Le lycéen se dit que les sprints matinaux de ses passagers étaient sans doute le seul amusement de ce moustachu proche de la retraite.

Il s'avachit sur le siège le plus proche et acheva de visser ses écouteurs dans ses oreilles. Son groupe préféré allait l'accompagner pour le reste du trajet et sans doute lui délivrer une piqûre de positivité musicale pour mieux amorcer sa journée. Il plongea dans ses pensées et une vingtaine de minutes plus tard, l'édifice ancien du lycée Richard V se dressa au bout de l'allée goudronnée. L'avantage d'arriver autant en avance, c'est qu'il n'avait pas à affronter l'effervescence étudiante et les transports en commun bondés de bon matin.

Le ciel était à l'effigie de ce mois de février : grisâtre et orageux. Sentant l'air s'alourdir en sortant du bus, le garçon s'empressa de rejoindre la partie du bâtiment qu'il affectionnait le plus. Pour rejoindre le café, il devait emprunter un sentier de gravillons, balisé par d'épaisses briques de marbre. Little John jeta un regard derrière lui pour s'assurer qu'il n'avait pas de témoins, et il entreprit son petit rituel quotidien, en grimpant sur ces dernières. En équilibre sur le bord, il tenta en vain d'échapper aux féroces crocodiles imaginaires qui guettaient sa chute. Avec une extrême concentration, il parcourut les quinze derniers mètres en ligne droite. Il parvint même à éviter, de justesse, une chute d'au moins dix centimètres, qui l'aurait plongé à coup sûr dans la gueule béante d'un de ces vilains reptiles. Il ne savait pas vraiment pourquoi il maintenait cette habitude enfantine, si ce n'est qu'elle lui apportait une trêve d'innocence salvatrice.

Quand il était petit, sa mère ne manquait jamais d'applaudir ses prouesses d'équilibre et ce souvenir lui arrachait toujours un sourire. Cependant, il lui restait maintenant à affronter une jungle beaucoup plus sauvage : le lycée. Ici, les fauves pouvaient faire un mètre soixante, mais leurs griffes n'avaient rien à envier aux plus féroces prédateurs. Chaque journée apportait son lot de regards méprisants, de bousculades et de rejets injustifiés. Pour peu qu'on affiche une quelconque différence, de quelque nature que ce soit, et on était pris pour cible jusqu'à la fin de l'année.

Depuis son déménagement à Saint-Bertini, six mois plus tôt, Little John peinait à retrouver sa vie sociale d'avant. Enfant, il avait toujours été entouré de beaucoup d'amis, et c'était eux qui l'avaient aidé à affronter la perte de sa mère. Mais, à la naissance des triplés, il avait fallu se rendre à l'évidence que leur petit appartement de banlieue n'était plus suffisant. Luc avait alors profité d'une opportunité professionnelle pour réinstaller sa famille six cents kilomètres plus loin.

Mais Saint-Bertini n'avait rien à voir avec la chaleureuse ambiance de son quartier natal. Arriver en fin d'année de première, alors que toutes les amitiés étaient déjà tissées, avait été fastidieux. Ses origines ne généraient pas que de la bienveillance et faisaient visiblement désordre dans cet établissement clivé et embourgeoisé. Little John n'y avait pas trouvé sa place et s'était depuis ancré dans une attitude solitaire et détachée des possibles attaques extérieures.

Mettant fin à ce jeu d'équilibre, qu'il affectionnait encore malgré sa récente majorité, le lycéen sauta de la dernière brique et franchit les derniers mètres qui le séparaient des effluves caféinés. Il salua Rosine, l'accueillante propriétaire des lieux, qui lui rendit son sourire avec spontanéité. Avec ses joues roses et son tablier à fleurs, elle ne manquait jamais de distiller un peu de douceur dans son quotidien. Il alla s'installer à sa table préférée, dans le fond du café. De cette place, il avait une vue imprenable sur l'établissement scolaire, à travers la grande baie vitrée qui la longeait.

Perdu dans ses rêveries, il pouvait parfois passer de longues minutes à imaginer les histoires de ces jeunes qu'il croisait chaque jour, et dont il ignorait presque tout.

Rosine apparut rapidement, le coupant dans sa réflexion. Elle déposa devant lui un appétissant chocolat chaud et un pain au raisin, tout juste cuit. Il n'avait plus besoin de passer commande car elle savait exactement ce qu'il voulait. Certains pourraient juger cette routine monotone, mais il appréciait de conserver ce petit rituel. À vrai dire, c'était la seule chose sur laquelle il pouvait garder un semblant de contrôle, alors il s'en délectait à chaque fois.

Bien que sa relation soit conflictuelle avec son géniteur, ce dernier n'avait heureusement jamais touché à son argent de poche. Luc était conscient que Little John traversait une passe difficile et que lui retirer un peu plus de liberté ne ferait qu'aggraver la situation.

La sonnerie retentit. Comme à son habitude, il arrivait juste à temps pour le début des cours, afin de ne pas avoir à traîner seul dans la cour. Il s'empressa donc de passer le grand portail en fer, dont la couleur verte écaillée affichait comme une piqûre de rappel du temps qui s'était écoulé depuis la première couche. Le gardien lui jeta un regard compatissant, avant de fermer à clé derrière lui. Cet homme travaillait ici depuis bientôt trente ans et pour le reste des humains présents, il faisait un peu partie du bâtiment. Il avait vu défiler suffisamment de gamins en trois décennies pour être capable, en une fraction de seconde de deviner où ils se plaçaient dans la hiérarchie sociale impitoyable du lycée. Or, ce petit ne faisait visiblement pas partie du haut du panier. Marius soupira en regardant Little John s'éloigner la tête basse, avec son sac déchiré sur le dos. La vie était parfois bien cruelle pour un âge aussi tendre.

Le gardien remit ses lourdes clés dans la poche de sa combinaison délavée, et s'empara d'un seau et d'une éponge. Hier, la façade arrière avait été prise d'assaut par des chewing-gums, et il fallait bien que quelqu'un se charge de les faire disparaître.

Alors que Little John espérait voir bientôt le bout de cette dernière année scolaire, une nouvelle source d'inquiétude était récemment apparue dans sa vie. En effet, en un début de semaine terne de janvier, une nouvelle élève avait atterri brusquement dans sa classe. Avec ses longs cheveux roux et ses yeux perçants, elle faisait déjà l'objet des plus folles rumeurs. Pour arriver ainsi en cours d'année, il fallait avoir une bonne raison, comme un déménagement ou une exclusion définitive d'un autre établissement. Or, Lady Violet avait passé toute sa vie à Saint-Bertini, et nombreux étaient les jeunes d'ici à le savoir. Au-delà du fantasme collectif, il fallait dire que l'adolescente ne faisait rien pour améliorer son image depuis son arrivée. Ses sourcils constamment relevés par le dédain, elle semblait prête à jouer au chat et à la souris avec quiconque oserait l'approcher. Et nul doute qu'elle n'envisageait pas un seul instant d'avoir le rôle de la proie.

Alors qu'ils avaient été désignés dans le même groupe de travail pour un devoir sur les enjeux de la guerre froide, elle n'avait eu de cesse d'en ignorer les autres membres. Elle se contentait de suivre de loin leurs conversations et de leur rendre au dernier moment la partie écrite qui lui avait été attribuée par défaut. Visiblement, elle n'avait que faire des conventions sociales et de la solidarité au sein d'un collectif. De toute façon, quelque chose dans son regard avait convaincu Little John de ne pas chercher à l'approcher de trop près.

Ce matin-là faisait visiblement partie de ceux qu'on regrette, à peine les orteils posés sur le tapis de la chambre. Aujourd'hui il était inutile de s'adresser à la lycéenne sans qu'un rugissement n'émerge de sa bouche.

Little John en fit d'ailleurs les frais quand il percuta un mur au détour d'un couloir. Du moins c'est ce qu'il croyait, tant l'impact le neutralisa. Mais il réalisa qu'il avait aussi entendu résonner un lourd bruit métallique. Quand il leva les yeux, il découvrit une Lady Violet furieuse et, elle aussi, à terre. Sa surprise était telle qu'il occulta complètement toutes les vociférations de la demoiselle offusquée. L'avait-il bien sentie ? Cette sensation dure et froide contre son torse... Le corps de la jeune fille lui avait donné l'impression d'un bloc de pierres. Comment cela était-il possible ? Avec sa silhouette svelte et sa peau blanche comme l'ivoire, on pouvait lui prêter une certaine aptitude en gymnastique ou éventuellement une carrière d'héroïne de jeux vidéo... Mais pas ça. À son contact, il avait nettement senti la dureté d'une poitrine comme forgée dans le fer et d'une taille trempée dans l'acier. Il comprenait maintenant mieux d'où lui venait cette confiance en soi si exacerbée. Elle devait bien avoir conscience que rien ne pouvait l'atteindre physiquement, et encore moins face à un petit oisillon blessé. Même la plus violente des tempêtes de sable lui apparaissait maintenant dérisoire face à la force titanesque qui se tenait devant lui.

Perdu dans sa réflexion, il en oublia toutes ses manières et ne prit même pas la peine de l'aider à se relever. Sage décision toutefois, car elle aurait assurément rejeté son aide.

— Hey oh, je te parle ! Si tu me touches encore une fois, je te jure que je découperai moi-même tes membres un par un, jusqu'à ce que le plus petit souffle sur ta peau te fasse tomber dans les pommes !

Little John se reconnecta brutalement à la réalité. Il détailla alors le visage crispé de Lady Violet qui s'était écartée d'un bon mètre et dont les yeux émeraude lui lançaient des éclairs.

— Ton... Ton corps... Qu'est-ce que c'est ? parvint-il seulement à articuler avec toute la stupéfaction du monde dans son regard.

Elle se figea et recula de nouveau en déglutissant.

— Qu'est-ce que tu racontes ? Ça ne va pas bien ou quoi ? Allez, dégage de mon chemin, je n'ai pas que ça à faire, s'exclama-t-elle en tâchant peu à peu de reprendre une contenance.

Puis, sans un mot de plus, elle jeta son sac à dos sur son épaule et s'éloigna d'une démarche souple.

Little John vit alors s'éloigner la rose croisant un poignard, brodés sur le tissu noir de sa veste en jean. Le garçon se fit la réflexion qu'il s'agissait d'un choix de motif plutôt questionnant, d'autant plus qu'il était visible qu'elle l'avait personnalisé elle-même. Il eut également envie de s'administrer une gifle monumentale pour s'être ainsi laissé dominer par une stupide lycéenne.

Résigné à passer le reste de sa scolarité à s'incliner, il reprit son sac tombé à terre et commença à reprendre sa route car, malgré tout, son cours de philosophie l'attendait de pied ferme. Il songea que c'était une drôle d'ironie d'étudier le fonctionnement de ces congénères qu'il détestait. Tous ces auteurs et thèses étudiés ne faisaient que renforcer son sentiment que les relations aux autres étaient vouées à macérer dans une certaine absurdité.

Au trimestre précédent, ils avaient dû décortiquer et analyser la citation d'un certain Sartre : « L'enfer c'est les autres ». Depuis, cette phrase trottait dans sa tête à chacun de ses contacts avec les gens. Il instaurait ainsi une réflexion à huis clos dont la conclusion était toujours la même :

il s'était probablement trompé de planète en voyant le jour, car nul doute que cet environnement n'était pas taillé pour lui. En arrière-plan, il perçut le faciès d'une camarade de classe. La brave Jeanne avait visiblement décidé de prendre son parti. Elle s'égosillait devant la méchanceté de Lady Violet et criait au scandale, depuis que l'intéressée avait tourné le dos et disparu des radars auditifs.

Bien qu'il exècre le conflit, Little John se dit qu'après tout, quelques gouttes de solidarité ne pouvaient pas faire de mal en terrain hostile. Mais avec ses couettes d'un blond fade, ses genoux cagneux et ses lèvres bien trop grandes pour sa bouche, sa collègue de classe était loin de la gracieuse fleur dans son cerveau d'adolescent timoré.

Cette attitude protectrice eut toutefois le mérite de lui greffer un petit sourire avant de s'éloigner de cette scène grotesque. Ayant de toute façon renoncé à tout lien social avec un individu de la gent féminine, il émit la résolution de désormais fuir chaque rire aigu dans les couloirs.

Lady Violet

En ce jeudi soir, il n'y avait pas un bruit autour d'elle, hormis celui de sa respiration qui se faisait de plus en plus oppressante. Une légère pluie tambourinait sur ses volets, mais pas suffisamment pour occulter le brouhaha qui régnait dans son cerveau. Une mèche lui tombait sur l'œil, pourtant elle continuait de fixer le plafond pensivement sans le remarquer.

Au loin, une sirène d'ambulance vint percer le vide sonore pendant quelques secondes. Vers où se dirigeait-elle ? Est-ce que quelqu'un, quelque part, était en danger ? Est-ce que des proches guettaient l'arrivée du véhicule avec angoisse ? Tout cela semblait si loin de sa réalité et pourtant si proche. Tout pouvait basculer en un instant, elle le savait.

D'ailleurs, elle se demanda tout d'un coup si la victime potentielle était quelqu'un de sa connaissance. Quelqu'un qu'elle avait peut-être croisé au détour d'une rue, sur le chemin du lycée ?

Peut-être même pouvait-elle être son père ? Non, impossible, cette idée était grotesque. Il n'était pas dans cette ville. Du moins, elle n'en n'avait pas connaissance si c'était le cas, puisqu'elle ne savait tout bonnement pas où il se trouvait à l'heure actuelle. Mais en tout cas, il n'y avait pas de doute permis, s'il était de retour, elle serait la première au courant. À moins que... Avait-il pu avoir un accident sur le chemin du retour ? Non, il ne fallait surtout pas qu'elle pense à ça, sinon l'insomnie était bien partie pour reprendre ses droits. Et elle en avait assez des longues nuits à compter les heures s'égrener sans que ses paupières ne les enterrent.

La jeune fille inspira profondément et remonta la couette pour couvrir ses épaules. Le tissu était bleu, d'un bleu sombre comme la nuit, qui contrastait avec les éclats enflammés de ses cheveux.

Lady Violet s'efforça de se distancier de ses émotions à cet instant précis, laissant son âme se déconnecter petit à petit de son enveloppe corporelle pour se frayer une échappatoire. Son corps, lui, était bien ancré dans la réalité, telle une masse pesante et froide. Comme souvent, elle ressentait cette soudaine impression de ne pas être à sa place comme si elle s'était trompée de scène. Téléportée dans un monde vide de sens, elle y errait telle une marionnette privée de ses fils.

Dans ces moments-là, elle avait l'impression de presser un bouton « pause » et d'observer pendant de longues minutes l'environnement qui continuait d'évoluer autour d'elle. Un profond sentiment de vacuité et d'ennui l'envahissait alors, telle une marée malveillante et malodorante. Mais tout s'estompait dès que quelqu'un s'adressait à elle. Elle n'avait alors d'autres choix que de reprendre pied avec la réalité.

En l'occurrence, cette fois-ci, c'est le bruit de la portière et les talons claquant dans l'allée de la maison qui la sortirent brusquement de ses pensées. Ces sons, Lady Violet les connaissait par cœur. Ils avaient bercé son enfance, son adolescence, et lui procuraient à chaque fois la même sensation d'apaisement. Ces chaussures se frayant un chemin jusqu'à l'entrée, c'était ceux de sa mère, qui revenait d'une longue journée de travail.

Iliana occupait un poste de neurochirurgienne à l'hôpital central de Saint-Bertini. Passionnée depuis toute petite par le corps humain et, par la suite, attirée par la complexité de l'anatomie cérébrale, elle était parvenue à transformer son centre d'intérêt en métier. Après des premières années à pratiquer aux quatre coins du pays, à trente-deux ans, elle était revenue dans sa ville natale pour être plus près de ses proches.

Revenir à Saint-Bertini lui avait permis de ne pas perdre pied en ne laissant sa vie reposer que sur les couloirs de l'hôpital. Sa reprise de lien subite avec un vieil ami d'enfance, au cours d'une soirée de Nouvel An un peu arrosée, n'y était peut-être pas pour rien non plus dans cette décision.

Après quelques mois, ils s'étaient mariés et Iliana était officiellement revenue poser ses valises dans la région. Depuis, elle travaillait toujours dans le même hôpital. Les années d'expérience, doublées d'une capacité de travail acharnée, l'avait alors hissée au rang de figure de proue du bloc opératoire. Tout le personnel connaissait sa longue chevelure dorée, qui dégringolait sans concession sur sa blouse blanche. Mais beaucoup redoutaient aussi le regard acéré formé par ses longs cils et ses iris couleur café. Iliana savait ce qu'elle faisait et elle ne laissait personne lui soutenir le contraire. Nul doute que sa fille avait hérité de son tempérament volcanique.

Et puis il y avait son mari. Habituée aux fréquentes expéditions de son père, Lady Violet avait cessé de compter le nombre de fois où il lui avait dit au revoir, tout en franchissant la porte avec sa besace sur l'épaule. Enfant, ils avaient même un rituel. Perchée sur ses épaisses bottes de cuir, elle empruntait ses pas, qu'il s'amusait à faire de plus en plus absurdes. En équilibre sur ses pieds, elle riait aux éclats, parsemant des rayons de joie tout autour d'eux. Alors, quand il avait épuisé sa chorégraphie grotesque, il achevait de la soulever de terre pour la faire tournoyer dans les airs. Les yeux remplis d'amour, le Capitaine la reposait ensuite au sol, lui ébouriffait la frange et lui faisait promettre d'être sage avec sa mère.

Les années passant, ses orteils grimaçaient sous le poids de sa progéniture, et son bal aérien était de moins en moins élevé. Mais le plaisir partagé de ce moment père-fille était, lui, resté intact. Ainsi, soulevée dans les airs, le regard de Lady Violet enlaçait les astres. La jeune fille avait clairement récupéré les flammes capillaires de son paternel.

La tignasse rousse et rarement peignée du Capitaine Sky faisait partie intégrante de ses caractéristiques physiques, de ceux qu'on reconnaîtrait entre mille. Ses épaules massives semblaient raconter le poids de ses aventures, et rares étaient les vêtements dans lesquels il parvenait à les installer.

Cette particularité physique faisait l'objet de nombreuses légendes racontées aux repas de famille. Avec le temps, on ne savait d'ailleurs plus très bien ce qui était de l'ordre des blagues ou de réels souvenirs. Les taquineries étaient donc de mise, particulièrement par Mamie Paulette, qui le voyait régulièrement débarquer chez elle, la mine déconfite et une chemise déchirée à la main. Elle n'avait que trop rentabilisé sa machine à coudre grâce à son fils.

Lady Violet soupira, s'enfonça un peu plus dans son oreiller et tâcha d'ignorer la masse sur sa poitrine à l'évocation de ces souvenirs. La dernière fois que le Capitaine avait franchi la porte, il ne l'avait jamais rouverte. Malgré les longues recherches familiales et l'enquête de ses supérieurs hiérarchiques, quatre années étaient passées et personne ne savait ce qui lui était arrivé. Même après tout ce temps, il arrivait parfois que sa fille s'empare machinalement d'un couvert de trop en mettant la table. Elle baissait alors les yeux sur cette cuillère, à peine plus grosse que sa paume, et devait se mordre férocement la lèvre inférieure pour ne pas laisser ses yeux perler. Il y avait quelque chose de tragique dans ce petit bout de métal. Quelques centimètres suffisaient alors à lui rappeler l'impensable : son père avait disparu du jour au lendemain et elle était impuissante face à cet évènement qui avait bouleversé sa vie.

Dissertation

Les deux élèves ressortirent en traînant des pieds.

— Sérieusement, une sanction disciplinaire ? On se croirait au collège, grommela Lady Violet.

Le garçon se fit plutôt la réflexion qu'il n'y avait pas d'âge pour respecter les règles et adopter un comportement civilisé, mais il s'abstint de tout commentaire. M. Doumi, le CPE venait de leur attribuer un bon sermon et, en concertation avec leur professeur de philosophie, un travail écrit en commun à rendre la semaine suivante. Ses mots exacts avaient été : « Je ne transigerai pas avec la violence, qu'elle soit physique ou verbale, dans cet établissement. »

Little John était bien d'accord et il se demandait d'ailleurs ce qu'il faisait là, alors même qu'il n'était pas la furie qui avait déclenché une scène devant plusieurs dizaines d'élèves.

Il soupçonnait fortement Jeanne, qui, élevée par son rang de déléguée, avait dû prendre le chemin de son bureau pour dénoncer la scène. Maintenant, il se retrouvait avec un devoir supplémentaire à réaliser avec cette même tornade qu'il faisait tout pour éviter. Si elle n'était pas capable de se comporter de manière respectueuse après une simple bousculade involontaire, ça allait être compliqué de rendre dix pages de dissertation ensemble.

— C'est quoi déjà ce maudit sujet? lui demanda-t-elle en avançant vers la sortie.

Elle tenait son sac à dos noir sur une épaule et marchait d'un pas déterminé. Little John avait du mal à la suivre, perdu dans la lecture du document qu'il tenait entre les mains.

— En quoi les valeurs morales permettent d'établir un contrat social qui régule la société? lut-il à haute voix.

— Hum... Bon, inutile de tergiverser une heure, je vais cibler mes recherches sur Kant pour les valeurs morales. Toi, tu devrais te pencher sur Rousseau concernant le contrat social. On voit ce qu'on a chacun de notre côté et on met en commun vendredi, ça te va? débita-t-elle sans même le regarder.

Little John s'arrêta net et la fixa, incrédule.

— Tu t'y connais en philosophie?

— Je te signale que je n'ai pas attendu d'être dans ta classe pour démarrer mes apprentissages scolaires.

— Oui mais...

— Mais quoi? le coupa Lady Violet en se retournant vers lui. Tu pensais que, parce que je mets du noir sur mes yeux et que j'agresse occasionnellement les gens dans les couloirs, je ne suis pas sensible aux grandes doctrines de philosophie ?

Oui, c'était précisément pour ces raisons-là, du moins surtout pour la dernière. C'était aussi peut-être pour son manque flagrant d'investissement en cours ? Mais son camarade décida qu'il serait plus judicieux pour tout le monde de ne pas porter sa réflexion à haute voix. Face aux sourcils froncés de la jeune fille qui guettait sa réponse, il commença à ouvrir la bouche pour rattraper son silence, mais la rouquine ne lui en laissa finalement pas l'occasion.

— Ne me sous-estime pas L'Oisillon.

— Je ne suis pas un oi...

Mais les mots moururent dans sa gorge. La lycéenne avait déjà disparu par la porte principale.

Le jour se levait tout juste. Un calme plat mais flou régnait, que seuls les discrets balbutiements des animaux matinaux venaient perturber. Les silhouettes imposantes des tilleuls qui peuplaient le paysage semblaient s'étirer dans une hâte à peine perceptible, tandis que le ciel prenait une teinte rosée. C'est dans ce décor paradoxal à son humeur que Little John avançait. Ses baskets délavées foulaient l'herbe tendre et humide avec une hésitation déconcertante. En effet, elles semblaient savoir exactement quelle direction emprunter, mais ralentissaient néanmoins au fur et à mesure qu'elles se rapprochaient de leur but, comme animées par une angoisse farouche.

Pendant ce temps, des insectes microscopiques virevoltaient dans la verdure, tentant désespérément de s'écarter à l'arrivée de ces géantes insurmontables. Mais leur agitation prit fin quand ces deux agresseurs extérieurs s'arrêtèrent net.

L'adolescent observa le décor autour de lui, respirant les bouffées d'air frais revigorantes qui lui brûlaient les pommettes. Ses yeux noirs scrutaient les alentours avec la vivacité d'un rapace connaissant son territoire d'une précision chirurgicale.

Il repoussa alors une mèche de son front et commença à fouiller les poches de son blouson, tâtant à l'aveugle les moindres coutures. Enfin, il afficha un sourire satisfait et extirpa de l'une de ses poches un paquet de cigarettes. Il recommença le même manège pour trouver son briquet, avant de pouvoir enfin porter à ses lèvres l'objet de sa convoitise. Une flamme jaillit du petit rectangle strié de pois bleus et blancs, déclenchant un bruit discret, mais pourtant agressif, au creux de cette torpeur propre à l'aube. Cette dernière semblait glacer le parc en un tableau qu'on aurait cru tout droit sorti d'une œuvre impressionniste.

Mais à vrai dire, à ce moment-là, le garçon n'avait que faire de la poésie émanant du cimetière. Il ferma les yeux et inhala la nicotine, qui lui donna alors l'impression de pénétrer l'ensemble de son corps. Little John y trouvait là un moyen fictif de se procurer un semblant de courage.

Il n'y avait rien d'éloquent ni d'héroïque, mais c'était juste assez pour lui éviter de chanceler quand il s'agissait de surmonter ce moment. C'était également une manière de rompre la solitude inévitable qui s'érigerait dès qu'il poserait les yeux sur les stèles. Ce petit bâton toxique faisait tiers entre lui et des tombes beaucoup trop impressionnantes par leur symbolique.

Pourtant, Maryama ne reposait pas ici. C'était justement l'un des motifs qui avivait les tensions familiales. En déménageant dans cette ville, on l'avait privé d'un lieu de recueillement. Même si son cœur n'appartenait à aucune religion, il aimait l'idée d'un endroit où il pouvait se sentir proche de sa mère.

La fumée ressortit en lourdes volutes de sa bouche crispée, que le froid mordant de l'hiver avait déjà attaquée en de multiples gerçures. Son regard se porta alors sur les noms de ces inconnus, dont les lettres gravées portaient les stigmates des années écoulées.

Il songea que le temps grignotait plus facilement les souvenirs que la peine qui, elle, s'était installée durablement tout au fond de son cœur. Mais il devait se contenter de ce cimetière étranger pour aspirer à un semblant de calme.

Soupirant une énième bouffée, il se prit à rêver

d'ailleurs. Quitter son quotidien morne, s'éloigner de cette famille qui lui ressemblait si peu et se forger de nouveaux repères. Il savait que sa vie d'adulte lui tendait les bras, mais il se sentait pourtant si loin de cette étreinte galvanisante.

Tiraillé entre la nostalgie rassurante de son enfance et ses désirs d'émancipation, Little John se sentait prisonnier de geôles invisibles et inviolables.

Perdu dans ses pensées, le regard dans le vide, il ne perçut même pas le mouvement cristallin qui coula sans bruit sur sa joue. C'est le croassement d'un corbeau qui le sortit finalement de sa torpeur.

Dans un soubresaut de conscience, le lycéen vérifia l'heure et réalisa qu'il était déjà temps de se mettre en route. Une réflexion philosophique autre l'attendait.

— Hey l'Oisillon, je suis désolée de te dire ça, mais je pense que ce bon vieux Jean-Jacques s'est retourné dans sa tombe à la lecture de ta prose pour ce devoir!

Little John, peu habitué à ce qu'on lui adresse la parole entre les murs du lycée, mit quelques secondes à réaliser qu'on l'interpellait. Il se retourna prudemment, découvrant une Lady Violet narquoise, adossée à un casier, son texte à la main. Sa botte noire négligemment posée contre la paroi métallique, le garçon ne put s'empêcher de penser à ce que dirait Marius face à cette impolitesse. Loin d'avoir la moindre considération pour l'homme d'entretien, la jeune fille mâchait frénétiquement son chewing-gum, comme pour n'omettre aucun détail à sa désinvolture. Il se demanda alors si elle ne faisait pas exprès d'être impertinente pour tester ses limites.

— Je n'ai jamais prétendu être un expert de Rousseau, répondit-il négligemment, tout en continuant sa route.

Un peu déstabilisée par son indifférence, elle lui emboîta le pas. Elle se mordilla la lèvre inférieure et tergiversa quelques secondes, avant de lâcher :

— Écoute, j'ai vraiment besoin qu'on rende un devoir correct. Or là, je ne suis pas sûre qu'on arrive à un écrit cohérent en imbriquant simplement nos deux parties. Il y a de grosses disparités dans nos réflexions et je doute que la rédaction soit validée en l'état.

Little John s'arrêta brusquement et la fixa en ouvrant exagérément ses yeux.

— Attends… Tu es en train de me dire que M. Doumi nous aurait VOLONTAIREMENT donné un exercice qui nous contraindrait à travailler ensemble ??

Elle jaugea son ton sarcastique et croisa les bras, vexée.

— Oh ça va monsieur le grand sage pacifiste. Inutile d'être condescendant ! Je dois admettre qu'il va falloir se coller à un certain travail… collaboratif, concéda-t-elle, en prononçant le dernier mot avec un certain écœurement.

— Bon, clairement, cette modalité ne m'arrange pas plus que toi, donc autant s'en débarrasser au plus vite. On a une heure de creux avant le cours d'anglais de 14 h 00, on peut se retrouver à la bibliothèque à ce moment-là pour s'y mettre sérieusement ? suggéra-t-il en se frottant les yeux. Sa nuit avait encore été écourtée par les cris incessants des triplés et il aurait clairement préféré mettre à profit sa pause pour faire une sieste salvatrice.

— Je préfèrerais éviter qu'on travaille dans un lieu bondé de gamins, et je doute qu'une heure soit suffisante… Rendez-vous demain à 15 h 00 devant chez toi, je connais un endroit plus propice pour étudier.

L'égo de l'adolescent ne put s'empêcher d'être piqué face au fait qu'elle refusait qu'ils soient vus ensemble dans l'établissement. Visiblement, mademoiselle n'avait pas envie d'être associée à son image d'oisillon isolé.

Même s'il avait l'habitude de ce type de comportement, celui-ci n'en devenait pas pour autant plus appréciable. Il en vint à attendre d'autant plus impatiemment que ce devoir soit achevé.

Puis, en la voyant s'éloigner, il repensa à sa dernière phrase et lui lança :

— Ok, mais comment tu comptes t'y rendre sans mon adresse ?

La jeune fille éclata d'un rire cristallin, accompagné par le balancement de sa chevelure enflammée. Elle se retourna à moitié vers lui et se contenta de répondre :

— Oh, ne t'inquiète pas pour ça.

Little John fronça les sourcils face à cette répartie mystérieuse mais décida de garder son énergie pour affronter le reste de la journée.

Une fois le bâtiment scolaire dans son dos, Lady Violet vérifia que personne n'était à portée de voix et elle fit basculer son sac contre sa poitrine. Offrant une ouverture propice à un meilleur passage d'air, elle se pencha vers l'intérieur et murmura :

— Tu as vu sa tête ? Je crois qu'il me prend pour une espèce de psychopathe guerrière tirée d'un de ses jeux vidéo puérils !

Un petit esclaffement étouffé se fit entendre contre le tissu. Une voix rauque lui parvint avec un timbre transpirant le sarcasme :

— Alors Violet, tu es en train de me dire que tu t'es renseignée suffisamment sur lui pour connaître ses hobbies ?

— N'importe quoi… C'est simplement un jugement de valeur basé sur ses inaptitudes sociales et sa posture physique !

Légèrement piquée qu'on insinue qu'elle puisse avoir un intérêt frivole pour la gent masculine, elle referma d'un coup sec la fermeture éclair. De toute façon elle était déjà arrivée.

Grimpant les marches quatre à quatre, elle pénétra dans la maison de retraite de sa grand-mère.

Attablé face aux jeux de cartes qu'il ressortait inlassablement tous les après-midis, le gang de séniors des Églantiers salua avec enthousiasme son arrivée.

Habituée des lieux, il ne lui suffit que de quelques secondes pour qu'on lui indique spontanément où trouver la personne qu'elle cherchait.

— Mamie Paulette ! Comment ça va aujourd'hui ?

Cette dernière quitta brièvement la quiétude du rayon de soleil qui lui berçait la joue à travers la baie vitrée et lui sourit avec chaleur. Sa petite fille n'aurait échangé pour rien au monde ce rayonnement provoqué inéluctablement par chacune de ses visites du mardi.

— Oh, bonjour ma chérie, quel plaisir de te voir ! Comme tu es élégante aujourd'hui. Même si, de mon temps, mon paternel m'aurait giflé sur la place publique pour oser porter un tel pantalon…

D'un air circonspect, Lady Violet étudia le simili cuir qui épousait ses formes, ne sachant si elle devait le prendre comme un compliment ou une insulte.

— Et bien mamie, je vois que tu es en pleine forme ! Tu n'avais pas envie de rejoindre la partie de tes amis aujourd'hui ?

— Quoi ? Cette bande de vieux schnocks radoteurs ? Dieu merci, Suzie m'a épargné de rejoindre l'activité aujourd'hui, cracha-t-elle, en désignant l'aide-soignante souriante à l'autre bout de la pièce.

La jeune fille étouffa un rire devant l'impertinence de sa grand-mère et ne put s'empêcher de penser que la loi de la génétique donnait allègrement raison à son propre caractère. Mais elle n'eut pas le temps de donner le change que son aînée rebondissait sur sa propre lancée.

— Bon, en parlant de vieux schnock, comment va mon fils ? Tu sais qu'il ne m'a toujours pas appelée pour me souhaiter mon anniversaire ? Ton père est vraiment un étourdi !

Le visage de sa petite-fille s'assombrit et elle lutta pour garder une contenance. Le départ précipité de son père avait provoqué un violent choc émotionnel chez la vieille dame. Barricadé dans son subconscient, l'événement n'était pas digéré et elle restait depuis dans un perpétuel déni.

Tiraillée entre l'envie de la protéger et la fatigue de devoir faire semblant, Lady Violet lui offrit une réponse en demi-teinte :

— Voyons mamie, tu sais bien qu'il n'oublie jamais ta fête ! Mais tu te rappelles ? Il est actuellement en mission, il n'a aucun moyen de nous joindre. Je suis sûre que peu importe où il est, il pense à toi, et pas que le jour de ton anniversaire.

Attendrie, Mamie Paulette lui caressa la joue et lui glissa :

— Tu es mignonne ma petite. Que Dieu soit béni de m'avoir comblée d'une descendance aussi attentionnée !

Décidément, le tout-puissant avait été cité deux fois en l'espace de cinq minutes, c'était un signe de bonne santé mentale chez la vieille femme.

Rassurée, elle poursuivit leur conversation sur des sujets plus détachés et lui tint compagnie pendant une bonne partie de l'après-midi.

Le lendemain, lorsqu'il sauta du bus le déposant à côté de chez lui, Little John fut à peine surpris de découvrir sa camarade de classe assise sur le trottoir d'en face.

— 15 h 08, bravo l'Oisillon, j'ai failli t'attendre!

— Sérieusement? Tu n'arrêtes donc jamais d'attaquer les gens? soupira, agacé, le concerné en traînant des pieds.

Leur temps de travail n'avait pas encore commencé qu'il rêvait déjà de pouvoir se défouler sur son jeu préféré de stratégie en ligne, jusque tard dans la soirée.

Lady Violet haussa les épaules d'un air détaché et l'entraîna dans son sillage. Il découvrit alors un vélo jaune camouflé derrière le buisson du voisin. Elle l'enfourcha et lui désigna d'un signe de tête le porte-bagage à l'arrière. Pas très convaincu, il nota tout de même qu'elle avait fait l'effort de le recouvrir d'un épais tissu molletonné. Peu enclin à s'attirer des réprimandes féministes s'il exprimait sa réticence à monter derrière elle, Little John grimpa sur l'engin.

L'artifice qui devait faire office de siège était visiblement peu efficace car il put sentir passer chaque kilomètre qu'ils parcoururent sur un sentier vallonné. Ce trajet, qui lui sembla interminable, les fit atterrir au milieu d'un parc désert et étrangement dépourvu de végétation. Seule une table en bois de pique-nique venait rompre la monotonie de ce paysage austère.

— Euh… Est-ce que tu as pour projet de me brûler et de me dépecer vivant aujourd'hui ? ironisa l'adolescent avec un soupçon de doute dans la voix.

— A priori pas si on parvient à rendre un devoir correct d'ici la fin de la journée, rétorqua son chauffeur, pince-sans-rire.

Elle s'installa alors sur le banc et sortit une épaisse pile de papiers de son sac. C'est dans cette étrange quiétude qu'ils entreprirent de rédiger leur réflexion philosophique en confrontant leurs écrits respectifs. Concentrés sur leur travail, ce n'est que trois heures plus tard que la jeune fille les raccrocha à la réalité en se rendant compte du temps écoulé.

Ramené devant chez lui, Little John ne fit pas attention à la douleur de son assise, perdu dans ses pensées face à cette après-midi déconcertante. Contre toute attente, elle s'était montrée conciliante et impliquée, rendant leur communication nettement moins chaotique.

Lady Violet et Little John, du haut de leurs dix-sept et dix-huit ans, n'avaient pas encore conscience du lien invisible qui les unissait déjà. Cette gravité et cette maturité paradoxales à l'insouciance festive de leurs camarades de classe n'avaient rien d'anodines. Les êtres abîmés par la vie ont parfois une étrange faculté à se rencontrer.

Pour l'un comme pour l'autre, à quelques années d'écart, l'annonce était tombée, nette, tel un couperet qui s'abat sur la gorge. Un voile noir avait instantanément recouvert leurs prunelles et, soudainement, c'est comme si leurs paupières pesaient le poids de la Terre. Seuls, face à la peine, face à l'immensité de l'absurde, face à la froideur de l'innommable...

Une poignée de secondes avait suffi à les faire basculer de l'insouciance à l'absence. Car il y a des mots qui ont la lourdeur de l'infini, qui ouvrent un gouffre béant dans le cœur, à vif. Et il y a ceux qu'on murmure, de circonstance, qui s'habillent aussitôt de désarroi et de dérisoire. Alors, il ne reste qu'à s'envelopper du silence de ceux qui restent. Puiser en lui des parcelles de réconfort. Pour, bribes après bribes, échec après échec, essayer de faire naître une étincelle. Celle qui sera vitale pour, un jour, poser un premier pas hors de l'obscurité et percevoir de nouveau la lumière. Il faudrait alors réapprendre à marcher, réactiver les rires et réinventer les rêves. Lors de ces journées singulières, la nuit était tombée sur leurs cœurs. Et pourtant, au bout du chemin et, peu importe le temps qu'il faudrait, l'aube finirait par renaître.

C'était l'espoir qui les faisait aujourd'hui se lever chaque matin, avec une conscience féroce de la chance d'être en vie malgré l'absence de leurs proches.

Tempête

Quelques jours plus tard, alors que la fin d'après-midi approchait, Lady Violet vit surgir du chemin principal un invité imprévu. D'abord en proie à la surprise, elle finit par tenter un petit sourire interrogateur forcé. Le genre de sourire que l'on pourrait sans peine ranger dans une minuscule boîte d'allumettes.

Loin de la foule d'élèves qui l'entourait habituellement et maintenant qu'il l'avait vue sous un jour calme, le garçon prit conscience que cette peste lui arrivait tout juste au-dessus du nez. Devant cette gamine soudainement débarrassée de ses apparats, il eut quelques difficultés à réprimer un rire. Mais avant que le moindre tintement résonne, il prit conscience que quelque chose d'inhabituel traînait dans le sillage de la jeune fille.

Il semblait que de la rosée avait perlé un peu trop près de ses cils. Et les quelques traînées charbonneuses qu'elle arborait sous ses yeux, avec un bout du nez un peu trop rouge, lui confirmèrent son impression. Comment ça ? Lady Violet avait pleuré ? Comment était-ce possible ? Son armure en titane devait pourtant la protéger contre toutes les épreuves, il en était persuadé. C'était scientifiquement impossible de pouvoir ressentir de la douleur à travers une couche aussi épaisse de métal. Et pourtant...

Little John tenta donc un pas en avant mais pas trop non plus, car, après tout, il n'était pas à l'abri de tomber dans un piège savamment orchestré.

— Hey, ça va ? Il t'est arrivé quelque chose ? dit-il prudemment.

— Quoi ? Bah non, qu'est-ce qu'il te prend ? Dis-moi plutôt ce que toi tu fais là ! Depuis quand tu te permets de venir empiéter sur mon territoire sans y être invité ? cracha-t-elle d'une traite.

Little John soupira. Qu'avait-il réellement espéré en venant ici ? Il n'y avait jamais eu de quelconque amitié possible entre un oisillon et une panthère. Nul doute qu'elle l'avalerait tout cru sitôt qu'il prononcerait la moindre parole aimable. Visiblement Lady Violet fonctionnait par la riposte, il fallait donc qu'il change son angle d'attaque. Le garçon jeta un coup d'œil autour de lui. La pluie n'avait cessé de tomber ces dernières semaines et semblait ne pas avoir épargné non plus le territoire de sa camarade de classe. Des sillons avaient creusé le terrain en friche, traçant de longues lignes jusqu'à l'horizon.

Quelques plantes pendaient tristement le long du sentier qu'il avait emprunté. Derrière l'adolescente se tenait une cabane aux planches gondolées par la pluie, qu'il n'avait pas remarquée l'autre jour, trop préoccupé par leur devoir. Little John haussa les épaules et lâcha dans un souffle :

— Rien de spécial. Je passais juste dans le coin. J'avais envie de prendre l'air...

— Si tu le dis... répliqua Lady Violet en le détaillant de haut en bas.

Au vu de son sourcil relevé, elle n'avait pas l'air de croire le moins du monde à son excuse. Un silence gênant vint accentuer la fragilité de leur tentative de dialogue.

Pour ne rien arranger, le vent commençait lentement à se lever, faisant tourbillonner les feuilles mortes autour d'eux.

La jeune fille se remit à tailler la pierre sur lesquelles elle s'acharnait déjà à son arrivée. Accroupie, elle se servait d'une planche calée sur un rocher pour fabriquer une sorte de lame. Quelques corbeaux les épiaient du coin de l'œil, comme si, du haut de leurs branches, ils pouvaient percevoir la tension entre les deux individus.

— Et toi, tu vis toute seule ici ? finit par demander Little John, curieux.

— Non. Mes parents habitent là-bas, dit-elle, en indiquant du menton la forêt qui se dessinait sur sa gauche.

Le garçon jeta un regard aux cimes des arbres qui s'élevaient au loin vers le ciel. Leurs feuilles se balançaient doucement au rythme des bourrasques qui se faisaient de plus en plus régulières et intenses.

— Attends, tu habites vraiment là-bas ? Mais tes parents font quoi comme métier ?

Il se disait qu'avec un lieu de vie pareil, il fallait forcément avoir un intérêt arboricole ou avoir une contrainte professionnelle qui les forçait à résider là.

— Non mais je n'habite pas DANS le bois, gros bêta, mais derrière. Ma mère travaille à l'hôpital du coin. Elle est chirurgienne, répondit Lady Violet, sans se déconcentrer de sa tâche.

De petits éclats de pierre s'écrasaient sur le sol, pendant que le bruit du frottement contre la lame rythmait leurs paroles.

— En même temps ton indication prêtait à confusion, grommela-t-il.

« Et puis tu es tellement sauvage que ça ne m'aurait pas étonné que tu aies grandi au milieu des bois » se retint-il d'ajouter. Mais il se contenta d'un :

— Et ton père, il fait quoi ?

Les épaules de son interlocutrice tressautèrent et elle arrêta son mouvement pour le toiser du regard.

— Mon père ? Il est capitaine aérospatial. Sérieusement, tu poses toujours autant de questions ?

Little John fit mine de ne pas relever son ton agacé.

— Oh je vois... Mais tu ne dois pas le voir souvent alors ? Il passe son temps dans le ciel ?

— Ne t'inquiète pas pour ça, il revient toujours pour me voir pendant ses escales, répondit-elle farouchement en détournant les yeux vers l'horizon.

Elle reprit en main sa lame et ajouta :

— Et toi, ta mère elle est où ? Pourquoi tout le monde dit que tu n'en as pas ?

Touché, coulé. Little John déglutit et se demanda comment il était possible d'avoir si peu de tact. Il commençait à ressentir les limites de sa démarche à percer le mystère Lady Violet. À trop s'approcher du feu, ne risquait-il pas de se brûler plus qu'il ne l'était déjà ? Il effectua un pas en arrière et lui répliqua d'un ton égal :

— Évidemment que si j'en ai une, sinon je ne serais pas face à toi aujourd'hui ! C'est juste que... la mienne est aussi dans le ciel... à sa manière.

La jeune fille se radoucit et lança dans un demi-sourire :

— Vraiment ? Ça doit être chouette d'avoir une mère astronaute ! Voyager au milieu de la voie lactée, pouvoir doubler les étoiles filantes juste en agitant les bras...

Le garçon ne put s'empêcher d'esquisser un petit sourire devant cette réponse surprenante. Qu'il s'agisse d'une réplique naïve face à un malentendu, ou d'une volonté de mettre un peu de poésie dans ses propos, pour une fois,

Lady Violet n'avait pas utilisé l'attaque. Il y avait un progrès. Après tout, il aimait bien cette idée de navigation maternelle dans la voûte céleste. C'était une jolie image, bien plus apaisante que la réalité.

Brusquement, autour d'eux, les petites bourrasques se firent tempête et les feuilles mortes se lancèrent dans une chorégraphie endiablée. La lycéenne jeta un coup d'œil inquiet autour d'elle et lui lança précipitamment :

— Il ne faut pas qu'on reste là.

— Tu ne vas quand même pas me dire qu'une grande fille comme toi a peur d'un peu de vent ? lui répondit Little John, avec une pointe d'amusement dans la voix.

Dans la seconde qui suivit, il se racla la gorge d'un air gêné, prenant conscience de sa soudaine assurance face à sa camarade. Cette dernière arqua un sourcil dédaigneux et, sans même prendre la peine de le regarder, elle commença à rassembler ses affaires dans un baluchon qui gisait à ses pieds.

— Tu feras moins le malin quand tu te retrouveras dans l'œil du cyclone, grinça-t-elle.

Mais sa voix lui parvint à peine, tellement l'écho grandissant de la tempête se faisait envahissant à ses oreilles. En voyant avec quelle précipitation elle cherchait à fuir les éléments, il se dit qu'il serait peut-être plus prudent de la suivre. Sans un mot, il lui emboîta le pas, alors qu'elle se dirigeait vers la cabane derrière eux. Il ne voyait pas bien l'intérêt de chercher à se protéger derrière quatre bouts de taule qui semblaient à peine tenir debout mais bon... S'il y avait bien une chose qu'on ne pouvait pas enlever à Lady Violet c'était son assurance apparente dans tout ce qu'elle faisait. Et puis, contrairement à lui, elle avait grandi dans ces lieux et devait donc en connaître les subtilités météorologiques.

Elle s'engouffra dans l'entrée et manqua de lui claquer la porte au nez tellement les bourrasques se faisaient violentes. Elles aussi essayaient de se frayer un passage dans la cabane. Dès que son visiteur mit les pieds à l'intérieur, Lady Violet referma avec véhémence derrière eux. Elle entreprit ensuite de faire glisser un à un les différents loquets qui longeaient la serrure. Il n'y en avait pas moins de six, qui se verrouillèrent tous dans un lourd bruit de métal.

— On n'est jamais trop prudent..., lui signifia-t-elle en voyant son air circonspect.

Il commença alors à regarder autour de lui, prenant peu à peu conscience de la situation absurde dans laquelle il se trouvait. Au fond de sa poche, son portable vibra, lui rappelant qu'il n'avait toujours pas répondu au message de son père. Luc lui demandait s'il comptait rentrer à temps pour le dîner. Visiblement, il ne lâchait pas l'idée de maintenir un semblant de cohésion familiale. Son fils décida de remettre la tâche à plus tard.

Pour le moment, il était trop occupé à détailler ce qui l'entourait. Car ce qui, de l'extérieur, ne semblait être qu'une simple bicoque biscornue, n'en n'avait en rien l'apparence une fois dans ses murs. Ces derniers étaient d'ailleurs intégralement métallisés et semblaient contenir une épaisseur qui n'avait rien à envier aux maisons traditionnelles. La décoration intérieure, en revanche, était, elle, un peu vétuste. Une banquette poussiéreuse, une table bancale et une bibliothèque, qui l'était tout autant, constituaient les seuls meubles de la pièce. Une lumière blafarde émanait d'une ampoule nue qui pendait tristement du plafond.

Tic. Tac. Tic. Tac.

C'est dans le mouvement monotone de l'horloge que Little John battait la mesure, balançant ses orteils contre le pied de la table face à lui. Cela faisait maintenant une demi-heure que la scène n'avait de cesse de se répéter, de sorte que la lassitude et l'ennui semblaient avoir pris possession de toute la pièce. Quand sa chaussure heurta le bois, pour la énième fois, l'adolescent entendit Lady Violet lâcher un soupir exaspéré, qui en disait long sur son état d'esprit.

Contre le carreau, la pluie continuait sa cadence infernale, semblant répondre à son rythme ennuyé.

Tic. Tac.

Alors qu'il s'apprêtait à reprendre sa triste chorégraphie, son attention fut captée par le pelage grisâtre d'un petit mammifère, posé à même le sol dans un coin de la pièce. La peluche fixait le canapé d'un regard vitreux. Mais, l'espace d'une demi-seconde, le garçon crut percevoir un léger mouvement, à peine perceptible.

Fronçant les sourcils, il reporta l'attention sur l'horloge, estimant que la perception d'un quelconque mouvement ne pouvait être que le fruit de son imagination, envahie par le désœuvrement. Après tout, ce ne serait pas la première fois qu'il en ferait les frais.

Pourtant, il ne put s'empêcher d'observer de nouveau le petit marsupial pelucheux qui se trouvait à quelques mètres de lui. Ses captivants yeux noirs en bouton de manchette et son épaisse fourrure grise, un peu passée par le temps, l'intriguait et dénotait un peu au milieu de l'univers de sa propriétaire.

Le souffle coupé, Little John assista soudain à un discret froncement de museau de la part de l'animal. Le mouvement n'avait duré qu'une fraction de seconde et aurait sans doute été imperceptible à quiconque doté d'un semblant de rationalité. Heureusement, ce n'était pas le cas du lycéen. Il se figea et entreprit d'observer minutieusement la suite des événements. À vrai dire, il n'osait pas faire part de ce qu'il venait de voir à Lady Violet. Il pouvait déjà imaginer son jugement et elle l'aurait mis à la porte dans la seconde, non sans d'abord l'avoir traité de « taré ».

Et puis, après tout, il était preneur de n'importe quelle occasion de rompre la monotonie de ce long après-midi entre quatre murs. De toute façon, elle était bien trop focalisée sur l'aiguisement de sa lame. En la voyant ainsi concentrée à la fabrication de cette arme, comme s'il s'agissait d'une activité manuelle lambda, il n'avait même pas cherché à la questionner. Il avait bien compris qu'en la brusquant, il ne ferait que la braquer davantage.

Quelques secondes s'écoulèrent, laissant peu à peu place aux minutes. Mais aucun élément ne revenait perturber la morosité ambiante. Little John finit par se convaincre que sa perception était réellement altérée par l'ennui.

Tic. Tac.Tic...

Soudain les babines frémirent, les joues se gonflèrent d'air et un bâillement interminable s'empara de la peluche. Sous les yeux ébahis de son spectateur, elle s'étira alors les pattes une à une, comme pour pallier l'engourdissement qui l'ankylosait depuis toutes ces années. Le spectateur de la scène jeta un regard incrédule à la jeune fille à côté de lui, qui se contenta de passer son doigt sur le rebord tranchant de son arme, probablement pour s'assurer de sa précision mortelle. Pris de court, il regarda tout autour de lui, comme pour chercher un autre témoin pouvant contester sa possible hallucination.

Pendant ce temps, à présent tout à fait éveillé,

le koala se mit à détailler avec tout autant de curiosité l'inconnu qui se tenait à quelques mètres de lui.

— Violet c'est quoi cette drôle de bestiole ?

— Oh lui ? T'inquiète, c'est juste un gars de ma classe. On s'est fait surprendre par la tempête, du coup il s'est incrusté ici, répondit avec nonchalance la maîtresse des lieux.

La mâchoire de Little John faillit se décrocher face au dialogue improbable qui était en train de se dérouler sous ses yeux. La voix caverneuse du marsupial avait résonné dans la cabane sans que cela ne choque le moins du monde la rouquine sur le canapé. Il prit quelques secondes pour se ressaisir avant de murmurer :

— Euh…, en parlant de bestiole… C'est quoi cette sorcellerie ? Est-ce qu'il y a une caméra cachée dans un coin de cette maudite cabane ?

Alors qu'il essayait de capter son regard pour saisir l'honnêteté de sa réponse, Lady Violet échangea un regard avec l'animal et éclata de rire. Elle était tellement habituée à ce dernier qu'elle avait tendance à oublier que le commun des mortels n'avait pas de notion de koalas doués de paroles. Elle s'éclaircit la gorge et le désigna d'un geste symbolique :

— Little John, Poppy. Poppy, Little John.

Ce dernier maintint son expression, dans l'attente d'un semblant d'explications rationnelles à une situation qui n'en n'avait rien. Son interlocutrice soupira.

— C'est un genre d'animal de compagnie si tu veux. Certains ont un chien ou un poisson rouge, et bien moi j'ai ce koala intelligent et un peu fourbe.

— Cela est un résumé un peu simpliste et dégradant de ma personne Violet. Après tout ce qu'on a traversé ensemble, il me semblait pourtant évident que je suis plus utile qu'une boule de poils qui urine sur le tapis, s'insurgea le concerné, les poings crispés contre ses hanches arrondies.

— Désolé Poppy, j'essaie juste d'offrir un argument rudimentaire à notre invité. Ça peut se comprendre qu'il soit un peu surpris de ta présence, se justifia-t-elle.

Little John les regarda tour à tour et se massa les tempes.

— Cette scène n'a aucun sens.

En voyant que la tempête n'était pas près de s'apaiser et qu'ils étaient condamnés à cohabiter dans cet espace clos encore quelques temps, la jeune fille se décida à livrer quelques détails supplémentaires.

— Bon alors, comment t'expliquer… Disons que Poppy fait partie de ma vie depuis que ma première dent a poussé. Mon père me l'a ramené de l'une de ses expéditions interplanétaires. Il était encore petit quand il l'a trouvé, abandonné dans la nature. On a grandi ensemble et au bout de quelques mois sur Terre, on s'est rendus compte qu'il émettait des sons de plus en plus intelligibles. Mais ne te fie pas à son apparence, Poppy est un être brillant. Son développement cognitif a été beaucoup plus rapide que le mien, si bien qu'à un an il avait déjà bien plus de vocabulaire que moi !

— Voilà qui me convient un peu mieux, s'enorgueillit le spécimen.

— Wow… Alors ça, je ne l'avais pas vu venir… J'ai déjà entendu parler d'espèces découvertes ces dernières années sur d'autres planètes, mais je n'avais jamais vu en vrai une telle créature…

— Hey l'humain, arrête de m'insulter ! Je suis certes doué de conscience, mais mon instinct primaire n'est pas à l'abri de prendre le dessus face à ton impertinence ! grogna Poppy, en brandissant ses petites pattes pelucheuses d'un air faussement menaçant.

— Bon allez, je pense que c'est assez d'émotions pour aujourd'hui. Il est temps qu'on essaie de rentrer chez nous avant que la nuit tombe, coupa Lady Violet, les yeux rivés à la fenêtre.

La tempête commençait à s'éloigner pour laisser s'infiltrer le soleil.

Babysitting

Alors que Lady Violet mâchait silencieusement son pancake, elle entendit sa mère descendre bruyamment les escaliers. Trois semaines s'étaient écoulées depuis cette scène incongrue de rencontre entre cet étrange garçon et Poppy, et ils ne s'étaient pas reparlés depuis. Mis à part des hochements de tête prudents en se croisant dans les couloirs sombres de Richard V, leur dernière interaction avait visiblement laissé sans voix son homologue masculin.

Elle haussa les épaules et se resservit une dose généreuse de sirop d'érable, bien décidée à noyer ses pensées dans une surconsommation de glucides. Pendant ce temps, perché sur un tabouret surmonté de trois coussins, son marsupial de compagnie la jaugeait du regard. Il n'avait pas besoin d'entendre sa voix pour savoir exactement ce qu'il se tramait derrière.

— Vi, ne laisse pas un énergumène à testostérones te perturber dans ton projet. Avril approche, il est plus que temps de passer à la vitesse supérieure, lui glissa-t-il en léchant ses griffes pleines de sucre.

— Un énergumène à testostérones ? Hum… on dirait que j'arrive au bon moment ! s'enthousiasma Iliana en déboulant dans la pièce.

Déjà prête pour sa journée de travail, elle se versa énergiquement un thermos de café tout en jaugeant sa fille, dans l'attente de détails supplémentaires. Cette dernière soupira et reposa son pancake. Cette conversation lui coupait l'appétit d'avance.

— Maman, depuis quand tu accordes du crédit aux paroles de Poppy ? C'est une bestiole sans cervelle qui s'évertue simplement à me rendre folle en racontant des inepties toute la journée !

— Hum… énonça la chirurgienne, peu convaincue. Dans ce cas, laissons de côté le garçon. Mais puis-je avoir l'immense privilège de savoir quel est ce projet qui approche ?

La rousse face à elle roula des yeux, exaspérée.

— Sérieusement ? Je t'en ai déjà parlé au moins trois fois. Comment tu peux oublier un truc pareil ?

Iliana pencha la tête et reprit une gorgée de café, en exagérant une mimique de concentration extrême.

— … Ah oui, CE PROJET-LÀ ? Mais oui, mais oui ma chérie, enfin, ne crois pas que je ne t'écoute pas. C'est simplement que j'ai d'autres préoccupations qui encombrent mes pensées en ce moment. D'ailleurs, mon dieu, tu sais que c'est aujourd'hui l'intervention chirurgicale sur l'ataxie secondaire de mon patient ? Des semaines que j'attends ça ! Incroyable que…

Quelque peu blasée, Lady Violet laissa sa mère déblatérer pendant quelques minutes ses termes médicaux à fort potentiel au Scrabble. Il était clair qu'Iliana n'accordait aucun crédit à ce qu'elle planifiait depuis de longs mois. Est-ce qu'elle la pensait incapable d'y arriver ou s'agissait-il d'un réflexe de protection maternelle tordu pour ne pas l'encourager dans cette voie ? Il lui était difficile d'établir un pronostic engagé quand il s'agissait de sa mère.

Après un passage à vide de quelques semaines, suite à l'annonce de perte de signal du vaisseau de son mari, elle avait brutalement relevé la tête du jour au lendemain. Ce souvenir avait fortement marqué sa fille, tant la sidération s'était emparée d'elle ce matin-là.

Alors qu'elle préparait une fois de plus le petit déjeuner de sa mère, pour l'inciter à s'alimenter un minimum, celle-ci avait débarqué sur son trente-et-un dans la cuisine. Maquillée, coiffée et sa sacoche en cuir à la main, elle avait embrassé brièvement sa progéniture sur la joue et avait repris, comme si de rien n'était, le chemin du travail. Abrutie par cette vision si décalée de leur quotidien actuel, Lady Violet s'était écroulée sur un fauteuil du salon. Elle avait fixé le vide pendant un semblant d'éternité, ne sachant que penser de cette soudaine résilience. Il fallait se rendre à l'évidence, la reprise du quotidien après la perte d'un proche était une étape violente. Comment sa mère pouvait-elle retourner au bloc opératoire, redonner un souffle de vie à ses patients, alors que celui de son mari ne tenait peut-être qu'à un fil ? Poppy avait été aussi atterré que sa maîtresse, démontrant même une certaine virulence verbale envers Iliana. Un fossé s'était clairement creusé dans le foyer à partir de ce jour-là.

Cette scène matinale n'avait donc rien d'inhabituel. Sa mère cultivait un certain déni face à sa majorité approchante. Elle ne semblait pas prendre au sérieux son émancipation à venir.

— Little John, excuse-moi de te déranger, c'est juste pour te rappeler que ton père et moi sortons ce soir, prévint Chloé en passant la tête à travers la porte entrebâillée.

La tête dans ses manuels, ce dernier maugréa un « oui oui, je sais ».

— Du coup, la babysitter arrivera vers 20 h 00. Elle ne pouvait malheureusement pas plus tôt donc… Est-ce que tu pourrais surveiller les triplés pendant la petite demi-heure de délai avant son arrivée ? Ça nous rendrait un grand service, tenta sa belle-mère avec un petit sourire contrit.

Les épaules du garçon s'affaissèrent et il ne chercha pas à cacher son agacement.

— Sérieusement ? Vous ne pouvez pas attendre qu'elle arrive avant de partir ?

— Désolé mais non, la séance est à 20 h 00 et nous n'avons pas encore de Retourneur de Temps pour pouvoir nous dédoubler dans deux endroits à la fois !

Il fit semblant de ne pas relever la référence à l'un de ses livres favoris et lâcha un « ok » empreint de mauvaise volonté.

C'était plus fort que lui, toute manifestation physique ou verbale de la nouvelle femme de son père l'horripilait. Et l'idée de devoir en plus faire face aux trois gnomes de la fratrie, pendant trente minutes entières, ne pouvait que renforcer sa mauvaise humeur. Luc lui aurait rétorqué qu'il avait déjà de la chance qu'ils aient embauché une babysitter alors qu'il était à la maison.

Toutefois, son père était suffisamment lucide pour ne pas laisser ses derniers enfants sous la responsabilité de son aîné. Cela n'aurait fait qu'aggraver la situation déjà tendue. Et à quoi bon essayer de forcer des liens familiaux contre sa volonté ? Une certaine Lucie, amie de Chloé, était donc déjà venue les garder plusieurs fois et cela avait permis d'éviter un certain nombre de tensions.

L'adolescent chercha à se focaliser de nouveau sur ses apprentissages. Mais cette conversation avait jeté de l'huile sur un feu qui l'empêchait définitivement de se concentrer. Irrité, il repoussa ses ouvrages et alluma son ordinateur, bien décidé à noyer ses neurones sous un amas de stimulis technologiques.

Cela ne le dispensa pas de la contrainte de descendre au rez-de-chaussée surveiller les triplés une heure plus tard. Il accueillit donc la sonnerie de la porte tel le messie. Après une ouverture fracassante, c'est un Little John parsemé de vomi et avec un Alexis braillant dans les bras qui apparut dans l'encadrure. Lady Violet éclata d'un rire franc face à sa mine déconfite, mais le regard noir qu'il lui jeta l'interrompit rapidement.

— Qu'est-ce que tu fais là ? Ok j'ai compris que tu sais où j'habite, mais ton sens du timing est quelque peu désastreux.

— Du calme l'Oisillon. On dirait que la régurgitation fraternelle ne te réussit pas dis donc… Tu m'as l'air un tant soit peu… tendu ! Heureusement pour toi, je ne viens pas te harceler mais plutôt mettre fin à ton supplice, rétorqua-t-elle, en entrant sans attendre son invitation.

Elle déposa son sac par terre et lui prit Alexis des bras. Celui-ci cessa net de se débattre et émit même un petit rot de satisfaction.

— Attends… C'est TOI la babysitter ?

— En personne !

— Han… Il manquait plus que ça… Sur toute une ville, il faut que ça tombe sur toi ? maugréa-t-il en lui indiquant de mauvaise grâce le salon, où babillaient les deux autres enfants dans le parc.

Chloé avait visiblement omis de lui mentionner que Lucie n'était pas disponible ce soir.

— Et bien ça va peut-être t'étonner, mais figure-toi que les gens autour de toi ont des interactions sociales. J'ai rencontré ton père aux Églantiers il y a quelques jours, car ma grand-mère m'a dit qu'il cherchait une babysitter en urgence. Et j'avais besoin de me faire un peu d'argent donc… Me voilà. Mais rassure-toi, je n'ai aucunement l'intention de violer ton intimité. Montre-moi juste où est leur chambre et… Tu peux disposer !

Tout en déblatérant sa tirade, Lady Violet posa le troisième bébé à côté de Léana et Mathéo. Elle en profita pour reboutonner le body de sa sœur et essuyer la bave de son frère. Ses gestes étaient directs et assurés, ce qui décontenança encore plus leur aîné.

— Franchement, on aura tout vu… Une vipère avec de l'instinct maternel ?

Little John arqua un sourcil et ne put retenir un rire moqueur.

— Wow, très spirituel de parler d'instinct maternel en voyant une femme s'occuper de mouflets. Eh bien je suis désolée de briser ton mythe, les enfants me donnent de l'urticaire… Mais c'est toujours plus tolérable que de ne pas avoir assez d'argent pour…

La jeune fille se reprit à temps pour ne pas

finir sa phrase.

— Bref, va donc t'enfermer dans ta grotte de Cro-Magnon pour geeker pendant que je gère des tâches d'adultes.

L'homme préhistorique en question décida d'abandonner le combat en l'état, trop exaspéré pour le mener plus loin. Il lui indiqua la chambre des triplés et monta à l'étage sans se retourner.

— Bon, à nous quatre maintenant, grimaça Lady Violet face au triptyque candide qui la fixait, peu consentant à aller dormir.

Une heure plus tard, elle s'affala sur le canapé en velours avec un soupir exagéré mais satisfait. Et ce n'est que grâce à cette première minute salvatrice de silence qu'elle remarqua un bruit étouffé dans l'entrée.

— Oups, désolé Poppy! s'excusa-t-elle avec un sourire contrit, en extirpant l'animal ronchon de son sac à dos.

Elle en profita par la même occasion pour prendre son précieux carnet et sa trousse. Il lui restait au moins deux bonnes heures avant le retour de Luc et Chloé, c'était l'occasion d'avancer un peu.

Elle avait encore un certain nombre de problématiques techniques et géographiques à régler. Elle noua ses longues mèches rousses en une queue de cheval haute et s'installa par terre, prenant la table basse comme plan de travail.

Après un certain temps plongée dans ses

réflexions et ses croquis, elle n'accordait plus la moindre importance au monde extérieur. Elle n'entendit donc pas la présence masculine la rejoindre dans son dos. Ceci dit, il prit un malin plaisir à se rapprocher le plus silencieusement possible pour lui glisser à l'oreille :

— Au fait, désolé pour mon accueil de tout à l'heure.

Lady Violet fit volte-face, et dans un même mouvement surréaliste porta la main à sa botte et pointa une dague menaçante dans sa direction. Visiblement, elle avait abandonné son projet de tailler son couteau dans la pierre. Est-ce qu'elle comptait se servir de l'argent du babysitting pour investir dans d'autres armes blanches ?

Le souffle court et les pupilles dilatées, elle le fixa et vacilla une demi-seconde, assimilant progressivement l'absence de danger. De son côté, Little John avait reculé d'un bon mètre et manquait de se décrocher la mâchoire tant son ahurissement était visible.

— Mais ça ne va pas ?! Tu es complètement tarée ma parole ! Tu as une dague sur toi quand tu fais du babysitting ?

L'accusée reprit une contenance et redisposa ladite arme dans sa chaussure, comme si c'était l'acte le plus anodin du monde.

— Il faut toujours être paré à toute éventualité, se défendit-elle en haussant les épaules.

Elle entreprit également de remettre de l'ordre

dans les papiers étalés devant elle, peu encline à ce qu'il en discerne le contenu. Poppy, quant à lui, accordait un crédit certain aux fauteuils moelleux de la famille et l'incident ne semblait pas avoir perturbé sa sieste. Il affichait un petit sourire paisible, ses pattes confortement calées sur sa bedaine rebondie. Little John décida de ne nommer qu'un seul problème à la fois et ne mentionna donc pas cette intrusion velue et non consentie dans son salon.

— Est-ce que c'est aussi une éventualité sur laquelle tu travailles autant ?

— Pardon ?

Son hôte désigna d'un mouvement de tête les documents qu'elle rangeait frénétiquement.

— Oh ça ? C'est... Un projet personnel, hasarda-t-elle.

— Voilà qui est bien mystérieux... Quoi ? Tu as peur que mon cerveau paléolithique ne le comprenne pas ? la provoqua-t-il, en croisant les bras avec un air insolent.

— Certes, c'est une possibilité non négligeable, qui s'ajoute au fait que tu n'es PAS DU TOUT quelqu'un d'intrusif, ironisa-t-elle. À part si tu m'as caché des notions d'ingénierie aéronautique ou d'exploration spatiale, je doute d'avoir un intérêt à te l'exposer.

Little John prit un air contrarié et répondit :

— Bon, je ne voulais pas fanfaronner, mais dans ce contexte, tu m'obliges à te dévoiler que j'ai débloqué le *Niveau Argent* dans « Star Craft[1] » la semaine dernière… Ça me paraît être un argument non négligeable à prendre en compte.

Poppy ouvrit vivement les yeux, attentif à la conversation. Il prit un air impressionné mais soupçonneux :

— Ça peut nous intéresser.

Sa maîtresse le dévisagea, surprise, se demandant s'il faisait dans l'ironie. Mais il lui lança un regard sans équivoque et argumenta :

— Sérieusement Vi, ça fait des mois qu'on piétine. On ne sait jamais, ce grand dadais a peut-être des ressources intéressantes ? Dans tous les cas ce sera toujours mieux d'avoir un troisième cerveau que de stagner à notre étape actuelle.

Elle ouvrit la bouche pour le contredire, mais se ravisa en voyant le petit sourire encourageant de Little John. Une pause mutique s'installa entre eux, laissant place à son débat intérieur. Puis, au prix d'un effort pesant pour mettre de côté son égo et son indépendance, elle consentit à lui donner une chance. À vrai dire c'était plutôt à elle qu'elle se l'accordait, car le koala marquait un point, ils peinaient à régler certaines questions primordiales. Et puis son camarade de classe s'était montré respectueux et ouvert d'esprit face à la découverte de sa cabane, du métier de son père et de l'existence de son animal de compagnie exotique.

---

1 Star Craft : jeu vidéo de stratégie se déroulant dans un univers futuriste.

Un silence s'ensuivit suite au long exposé qu'elle entreprit. Lady Violet regarda tour à tour Poppy, puis Little John. Ce dernier affichait un air ahuri et mêlé de consternation. Le petit koala, quant à lui, fixait sa réaction d'un regard amusé.

— Tu penses que je suis complètement folle, c'est ça ?! lança la jeune fille, dont les joues étaient encore empourprées par ses longues explications animées.

— Euh... Non... Non, je suis juste un peu... Surpris, se justifia prudemment le garçon.

Pourtant dans sa tête, une toute autre réponse résonnait : « FOLLE ? Non. Mais complètement givrée, OUI ! Non mais sérieusement, une Aéromachine ?! ».

— Tu es surpris ? Hum... Pourrais-tu nous développer ta pensée s'il te plaît ? lui lança l'animal, non sans afficher sa satisfaction d'embourber délibérément Little John.

Lady Violet s'adossa à l'armoire face à eux, croisa les bras et attendit sa réponse, les sourcils arqués.

— Et bien c'est juste que... Que tu es très jeune et, à vrai dire, je ne savais même pas que ces véhicules pouvaient encore être en circulation, ni qu'on pouvait se rendre aussi facilement sur les autres planètes... hasarda-t-il prudemment.

— Alors, théoriquement, ce n'est pas vraiment.... commença Poppy.

— On n'est jamais trop jeunes pour partir à l'aventure!, le coupa expressément la rouquine. Ce n'est pas une question d'âge, mais de maturité. Ou alors tu penses que je ne suis pas assez mature peut-être?

— Alors non, je n'ai pas du tout dit ça. Et de toute façon je ne te connais pas assez pour pouvoir en juger. Mais c'est juste que... Tu ne peux pas disparaître comme ça. Qu'est-ce que tu vas dire à ta mère? Elle est au courant au moins? Et les cours? Tu es prête à tout sacrifier pour réaliser ce projet? répondit doucement le garçon.

— Tu ne comprends pas, se ferma brusquement la jeune fille en reprenant le rangement de ses croquis.

Elle vint s'asseoir sur l'accoudoir près de lui et fixa une fissure qui sillonnait le plafond sur plusieurs centimètres.

— Je ne sacrifie rien. Au contraire, chaque étape est bien réfléchie et fait partie d'un plan. Cela fait deux ans que je consacre toute mon énergie libre dans ce but. Aller sauver mon père est loin d'être une perte de temps. Au contraire, c'est la clé qui m'aidera, ensuite, à réellement pouvoir me consacrer à ma vie. Tout mon temps libre, toutes mes vacances passées sur des petits jobs minables sont motivés par ça. Crois-moi, je ne me suis pas imposée deux étés consécutifs à vendre des glaces sur la plage à 35° pour qu'on me renvoie aujourd'hui à mon inconscience! Et puis je ne suis pas non plus irresponsable. La fin d'année approche et ma majorité avec. Je ne compte pas embarquer dans cette épopée sans avoir mon diplôme en poche. Si tout se passe bien, je serai revenue avant la fin de l'été, à temps pour la prochaine rentrée.

Little John sentit que sa camarade se refermait et qu'il s'apprêtait à perdre le soupçon de confiance qu'elle venait aujourd'hui de lui accorder. Il se redressa alors contre les coussins du canapé et chercha à croiser son regard. Mais son corps tendu et son visage fixe ne lui laissaient aucun accès.

Il posa doucement sa main sur le bras de Lady Violet et sentit sa peau tressaillir.

— Je te crois. Et je n'ai aucun doute sur la rigueur avec laquelle tu as préparé ce périple. C'est juste que… je suis surpris. Ce n'est pas vraiment le genre de choses que font tous les lycéens pour se divertir en sortant des cours.

Il lui adressa un sourire timide et la jeune fille ne put pas contrôler bien longtemps ses fossettes, qui se ranimèrent contre sa volonté. Pour retrouver une contenance, elle sauta sur ses pieds et planta ses yeux dans les siens avec un air de défi :

— Je crois que tu vas devoir te mettre dans la tête, l'Oisillon, que je ne suis pas comme « tous les lycéens ».

Pendant ce temps, Poppy avait pris l'initiative de saisir la lime à ongles noire qui trônait sur la table basse. Il entreprenait méticuleusement de polir ses griffes, tout en suivant la scène avec attention. Ces humains étaient décidément bien plus divertissants que les meilleurs feuilletons télévisés !

Il connaissait sa maîtresse depuis qu'elle avait l'âge de marcher, et cela faisait longtemps qu'il ne l'avait pas vue autant impliquée dans une interaction avec l'un de ses pairs. Pourtant, il l'avait connue très sociable.

Dès la maternelle, Lady Violet était la première à mettre de l'animation dans la cour de récréation. Très entourée, elle avait toujours des amis vers qui se tourner. Et puis son père était parti et, du jour au lendemain, une ombre s'était jetée au tableau. Poppy l'avait vue peu à peu s'extirper du collectif pour faire cavalier seul. Trop aux prises avec ses angoisses et sa peine, elle n'avait plus laissé d'espace à ceux qui auraient pu la soutenir.

Malgré le passage légendairement passionné de l'adolescence, elle n'avait pas plus fait cas de sa vie sentimentale. Elle avait eu des relations, bien sûr, mais rien de très sérieux. Dès qu'un garçon montrait un peu trop d'attachement, elle s'empressait de mettre un terme à leur rapprochement. Elle s'arguait de ne pas avoir le temps ni l'énergie à consacrer à ces frivolités.

Pourtant, le petit koala ne comptait plus le nombre de nuits passées dans ses bras, détrempé par ses larmes, victime collatérale de sa solitude extrême. Alors, quand il l'avait entendue accepter d'exposer ses plans à ce nouveau venu, quelques minutes plus tôt, il avait frôlé la syncope.

Il était maintenant tiraillé entre l'amusement et la curiosité de voir comment allait se dérouler la suite des événements.

— Mais ça ne t'effraie pas de prendre la route toute seule ? l'interrogea le garçon, avant de se faire fusiller du regard par le petit marsupial, outré de son manque de considération pour sa personne.

— La vie est bien trop courte pour que je prenne le temps d'écouter mes peurs. Je veux pouvoir mourir demain sans avoir un arrière-goût de remords dans la bouche. Retrouver mon père vaut tous les sacrifices, coupa court la babysitter.

Face à ce leitmotiv indiscutable, Little John choisit de se taire, n'ayant pas encore conscience que ses deux premières phrases allaient s'inscrire durablement dans sa tête et bouleverseraient le cours de sa vie.

Concession

En sortant du cours d'espagnol, Lady Violet manqua d'être percutée.

— Little John, il faut vraiment que tu regardes où tu vas quand tu marches…

— Désolé, j'étais perdu dans mes pensées et je comptais te voir aujourd'hui justement ! J'ai bien réfléchi à ce dont tu as besoin et… J'ai une bonne et une mauvaise nouvelle…

— Va droit au but. Toujours la mauvaise en premier, dit-elle en continuant à marcher.

— Bon, je ne vais pas te mentir, j'ai beau avoir passé plus d'heures sur Star Craft qu'à faire mes devoirs, je ne vais être d'aucune utilité pour t'aider à concevoir cet engin. En revanche…

Il marqua un arrêt pour faire monter le suspense, mais l'expression blasée de son interlocutrice l'incita à continuer :

— Je connais quelqu'un qui peut nous être d'une grande aide !

— Non.

— Comment ça non?

— Il est hors de question qu'une énième personne prenne part à ce projet. Tu as déjà eu de la chance que je t'en parle, et honnêtement je n'attendais pas grand-chose de ta part. C'est Poppy qui m'a convaincue.

— Ok, donc, si je résume, tu préfères rester bornée et te bloquer toute seule, plutôt que d'accepter de l'aide d'une tierce personne juste par fierté ? Tu as conscience qu'il ne te reste que trois mois avant ton prétendu départ ?

Il avait bien entendu déjà préparé cette réplique, puisqu'il commençait à anticiper les objections prévisibles du personnage en face de lui.

— Aïe, s'exclama cette dernière en portant la main à ses côtes.

Son sac à dos venait de lui administrer un coup franc qui n'omettait aucun doute sur le message de son émetteur.

— Non mais sérieusement, vous vous connaissez depuis trois jours mais vous avez déjà décidé de faire alliance ? maugréa la lycéenne à destination de ces deux détracteurs. Bon, tu marques un point sur l'urgence de l'échéance. Je veux bien accorder un peu d'attention à cette proposition, mais à cette condition inéluctable : pas un mot sur la raison de ce projet.

— Ce n'est pas un problème, je me doutais que tu dirais ça. Retrouve-moi au café à 17h45. Il nous rejoindra vers 18h00 !

— Est-ce que tu es en train de me dire que tu avais de toute façon déjà programmé cette rencontre ?

— Bien évidemment ! À tout à l'heure Violet ! lui lança-t-il avec assurance, avant de bifurquer dans un couloir.

Il prit toutefois le risque de se retourner quelques mètres plus loin pour observer en cachette sa réaction. Décontenancée face à ce revirement de prise de pouvoir, elle s'était arrêtée net près de son casier. Elle secoua la tête, mais l'exaspération laissa rapidement la place à un petit sourire amusé.

En voyant ses joues rondes comme des pommes s'animer, Little John réprima l'envie de croquer dedans à pleines dents et de faire ainsi quelques provisions fruitées pour l'hiver. Tout en reprenant son chemin, il eut toutefois la lucidité de se dire qu'un koala parlant faisait partie de ce packaging incongru.

— Elle a de l'aplomb cette petite, je l'aime bien, glissa Marius à Little John en lui donnant un coup de coude appuyé.

Tous les trois étaient assis autour de la table en formica bleu de Rosine. Leurs tasses de thé avaient depuis bien longtemps refroidi, suite aux explications animées de Lady Violet. D'abord perplexe en voyant arriver le gardien de l'établissement, ses connaissances poussées en mécanique l'avaient peu à peu convaincue. Elle s'était décidée à lui accorder une chance, au moins à titre consultatif. En deux temps trois mouvements, il lui avait corrigé bon nombre de détails sur ses croquis.

— Bon, avec toutes tes recherches précédentes, on a des bases théoriques pour un engin assez solide, mais où comptes-tu te procurer le matériel nécessaire ?

La jeune fille esquissa un sourire de fierté et répliqua :

— Je n'ai pas que les bases théoriques, en réalité, j'ai un prototype de mon père dans notre garage ! C'est lui qui m'a parlé d'Aéromachine quand j'étais petite et il a investi dans un ancien modèle il y a quelques années. Mais bon, entre deux expéditions, il n'a clairement jamais eu le temps de le retaper suffisamment pour qu'il soit viable et fonctionnel…

— Je vois… répondit Marius, en caressant son bouc d'un geste machinal. Eh bien écoute, un vieil homme comme moi ne peut pas refuser de prendre part à un tel challenge. J'ai du temps libre à revendre. Et puis, un peu d'aventure ne fera pas de mal à ma vieille carcasse !

Little John regarda furtivement sa voisine d'en face. Après une heure de discussions avec cet homme, qu'elle ne connaissait que de vue, allait-elle saisir la main qu'on lui tendait ? Effectivement, face à la proposition d'aide spontanée du gardien, elle se trémoussa mal à l'aise sur le banc.

Heureusement qu'elle avait pris soin de déposer le sac avec Poppy à quelques dizaines de centimètres d'elle. Elle aurait assurément reçu un coup insistant de la part de ses petites pattes velues.

— Merci pour vos suggestions. Mais malheureusement je ne peux pas vous rémunérer… Mon budget me permet tout juste de financer la machine et le voyage…

Marius la dévisagea d'un air tendre, avant de lui répondre :

— Jeune fille, mon mari est décédé il y a maintenant huit ans, et nos deux enfants ont quitté le nid depuis déjà un certain temps. Jude et Camélia sont partis vivre sur un autre continent, pour travailler dans une grande firme technologique qui ne leur laisse que peu de temps libre. Alors crois-moi que ce n'est pas ma vie sociale qui m'étouffe. Si je n'avais pas ma voisine pour disputer quelques jeux de dames à l'occasion, mes soirées seraient bien longues… Pour tout te dire, je devrais déjà être à la retraite depuis trois ans, mais j'ai convaincu le doyen de me garder à mi-temps pour ne pas rester à moisir chez moi. Et puis, Paul était un féru d'astronomie, je suis sûr qu'il aurait adoré participer à la conception de cette expédition ! la rassura-t-il avec un air nostalgique, en parlant de son défunt époux.

— Bon les loulous, je sais que vous aimez passionnément le café de Tata Rosine, mais vous savez que je ne propose pas encore de dortoirs, n'est-ce pas ? leur lança jovialement la propriétaire depuis son comptoir.

Ils jetèrent un coup d'œil autour d'eux et se rendirent compte que tous les clients avaient déserté le café. En réalité, Rosine aurait dû fermer boutique depuis déjà une bonne demi-heure. Mais en voyant ses petits protégés aussi animés dans leur discussion, elle n'avait pas eu le cœur de les faire sortir.

Pour une fois qu'elle voyait ce jeune garçon dans une interaction sociale avec l'une de ses pairs, elle ne voulait pas gâcher cette occasion. C'était toutefois un trio détonnant, avec cette adolescente aux boucles enflammées et ce bon vieux Marius. Ce dernier s'empressa d'ailleurs de quitter la table, prenant conscience que c'était à lui de fermer les grilles de l'établissement. Sans le savoir, la gérante avait contribué à clore la conversation sans que Lady Violet ne puisse contre-argumenter.

Contraint de rentrer chez lui à pied, car plus aucun bus ne passait à proximité du quartier en dehors des horaires de cours, Little John se surprit à prendre la route avec enthousiasme. Le fait de pouvoir se concentrer sur ce projet lui ouvrait de nouvelles perspectives.

Hors de son quotidien morose, il se rendit compte qu'il n'avait pas pensé une seule fois à sa mère aujourd'hui. Bien que, paradoxalement, cette idée le contrarie un peu, il dut admettre qu'il se sentait un peu plus léger.

Il était également content de son association car il n'avait jamais vu Marius exprimer autant d'animation et d'enthousiasme. C'était l'une des rares personnes à faire cas de sa présence dans ce lycée et toutes leurs conversations au détour de ses cours prenaient enfin un sens. En connaissant son parcours de vie, le domaine d'activité de ses enfants et ses compétences manuelles, il n'avait pas hésité bien longtemps à le considérer comme une ressource précieuse. Sa mère lui avait dit un jour que les personnes que nous croisons dans nos vies ne sont jamais le fruit du hasard. Peu importe la nature de l'impact entre deux âmes, elle nous en apprendra forcément un peu plus sur nous-même. Notre être tout entier se nourrit de rencontres. Toutefois, en la voyant emmitouflée par les tubes qui jalonnaient son corps, son fils n'avait pas accordé énormément d'attention à ses propos. Mais force est de constater que la maladie n'avait en rien entravé la sagesse maternelle et qu'il mesurait aujourd'hui tout le crédit de ses paroles.

*

— Écoute, je ne vais pas te le répéter dix fois, tu viens avec nous, un point c'est tout! tonitrua Luc, en abaissant violemment son poing sur la table.

Surprise, même Chloé sursauta et lâcha sa cuillère. À côté d'elle, les triplés se mirent à pleurer simultanément, créant une cacophonie presque aussi pesante que la tension qui régnait déjà dans la pièce.

— Ça ne sert à rien de me crier dessus, je ne viendrai pas, répliqua posément son fils en continuant imperturbablement à manger sa soupe.

Le visage de son père se crispa encore un peu plus. Il était à deux doigts de s'arracher littéralement les cheveux, même si ces derniers étaient beaucoup trop courts et crépus pour rendre cela réalisable.

— Gamin, tu vis encore sous mon toit, et j'estime que ta m... Chloé et moi ne te demandons pas des efforts faramineux. Nous n'allons chez eux que deux fois dans l'année, alors tu vas nous faire le plaisir de venir puisque, que ça te plaise ou non, tu fais partie de notre famille !

Face à cette énième dispute au sujet de l'invitation chez ses parents, les yeux de Chloé se voilèrent de larmes. Elle s'empressa de câliner les triplés pour les inviter à se calmer, mais regretta à ce moment-là de ne pas avoir le même tour de passe-passe pour les deux coqs à l'autre bout de la table. Little John lâcha un petit rire sans joie et planta son regard dans celui de son paternel :

— Sur le papier, peut-être, mais sinon je n'ai rien en commun avec toute cette mascarade. Et puis de toute façon j'avais déjà des plans pour ce week-end, donc même si j'avais voulu venir, je ne suis pas libre.

— Des plans ? Laisse-moi rire. Fiston, passer ces journées et nuits devant son ordinateur au lieu de passer du temps avec ces proches, c'est ça qui est écrit dans ton planning ?

Blessé, ce dernier se leva brusquement, peu enclin à continuer vers ce terrain glissant.

— Si tu t'intéressais un minimum à ma vie, tu saurais que ça fait plusieurs semaines que je me suis fait des amis et que je travaille sur quelque chose d'important ! Et même si ce n'était pas le cas, je te rappelle que c'est toi qui m'as forcé à déménager dans cette ville. Tu ne peux pas te plaindre que je m'isole alors que c'est toi qui m'as coupé de tous mes repères. Tu as peut-être oublié notre ancienne vie et maman, mais pas moi !

Sur cette dernière phrase lancée comme un couteau, Little John quitta le repas et monta l'escalier en prenant bien soin d'exprimer sa fureur sur chacune des marches.

Stupéfait, son père n'émit pas la moindre objection et sentit un poids immense s'abattre sur ses épaules. Profondément peiné par cette accusation, il sentit à peine la main de Chloé se poser sur son épaule dans un geste réconfortant.

Après cette énième nuit agitée, à tenter de passer le portail du sommeil sans succès, Little John arrêta enfin sa décision. Il allait prendre part à l'expédition de Lady Violet. Il n'avait rien à perdre, sinon un dernier mois de cours, qui ne l'intéressait pas plus que ça. Il ne supportait plus d'être spectateur de sa vie, il devait absolument s'extirper de son bourbier quotidien, sous peine d'imploser. Maintenant qu'il était majeur, il n'avait plus de compte à rendre à personne.

*

Une fois les détails logistiques résolus, le transfert de l'Aéromachine put être organisé entre le garage de Lady Violet et le hangar de Marius. Elle était encore étonnée de voir à quel point le vieil homme l'aidait avec la plus grande bonté. Ça en était même un peu louche, elle s'attendait à tout moment à ce qu'il cherche à tirer un quelconque parti de la situation. Mais elle devait reconnaître qu'elle avait bien fait de mettre son égo de côté, car elle se sentait déjà un peu plus légère de voir que son plan avançait. Elle s'assura toutefois que son armure était bien maintenue sous son pull gris, avant de démarrer cette nouvelle journée de préparatifs.

Poppy grimpa dans son sac, bien décidé à superviser lui aussi l'opération. Marius avait vu suffisamment de choses dans sa vie pour ne pas être réellement surpris qu'un koala parlant fasse partie de l'équipage. À la surprise de tous, il s'était contenté de dire qu'une paire de bras supplémentaire n'était pas de refus face au travail qui les attendait.

La jeune fille vérifia l'heure, ses acolytes allaient bientôt arriver. À son réveil, sa mère était déjà partie. Elle avait bien été obligée de l'informer du déplacement de l'engin qui envahissait leur espace depuis des années. Mais Iliana était tellement préoccupée par son travail qu'elle aurait probablement mis plusieurs semaines à se rendre compte que le hangar était vide. De toute façon elle n'y mettait jamais les pieds, ce lieu avait toujours été le terrain de jeu de son époux.

Autrefois, il avait pris un plaisir fou à aménager l'espace à sa guise, y entreposant armes et appareils sportifs en tout genre. Lady Violet l'avait bien vite rejoint avec des yeux émerveillés, désireuse de marcher dans les pas de son père. Lorsqu'il n'était pas en expédition, il n'était pas rare qu'ils passent tous les deux leurs après-midis dans le bâtiment, s'entraînant à diverses techniques de combat. Bien qu'elle soit haute comme trois pommes, sa fille avait ainsi rapidement pu développer des aptitudes de rapidité et de réactivité. Ensuite, l'acquisition d'une vieille Aéromachine, dont se délestait son organisation, lui avait permis d'initier sa progéniture à quelques notions aérospatiales. C'était l'avantage de son statut et de ses contacts, qui lui permettaient de bénéficier d'un certain nombre de privilèges.

La tâche la plus ardue n'avait pas été de ramener ce moyen de transport original à la maison, mais plutôt de le faire accepter à Iliana. Elle n'était pas vraiment enchantée à l'idée de le stocker dans leur garage.

Même si leurs salaires respectifs leur avaient permis d'acquérir une résidence spacieuse et un beau terrain de quatre mille mètres carrés, elle ne voyait pas l'intérêt de l'encombrer ainsi. Elle connaissait suffisamment son mari pour savoir que malgré ses grandes ambitions, le projet serait vite abandonné dans un coin.

Le Capitaine Sky était ainsi, empli d'une bonne volonté sur l'instant mais avec une certaine incapacité à la maintenir sur la durée. Ses nombreuses périodes de déplacements professionnels ne facilitaient pas vraiment l'investissement dans une révision mécanique de cette envergure.

Malheureusement, il avait disparu avant que l'engin ne soit réparé. Mais ils avaient passé bon nombre d'heures sur des jeux de simulation de vol. C'était leur rituel du soir quand elle revenait de l'école. Elle pouvait passer des heures à l'écouter lui expliquer comment utiliser les différentes commandes et optimiser sa conduite.

Elle s'amusait ensuite à monter dans l'Aéromachine pour reproduire les mécanismes appris sur l'écran. C'était leurs moments privilégiés, que Lady Violet n'aurait échangés pour rien au monde.

Un klaxon la sortit de sa torpeur, et elle constata que la camionnette délabrée de Marius attendait devant la maison. Après s'être fait de nombreux nœuds au cerveau pour trouver comment déplacer l'Aéromachine, ils avaient conclu que le plus simple restait de l'attacher à son véhicule. Après tout, elle possédait pas moins de huit roues, il aurait été dommage de ne pas s'en servir. Et de toute façon sa taille était trop importante pour envisager de la transporter sur un autre support.

Leur inquiétude était plutôt de savoir si la vieille camionnette allait pouvoir supporter le poids de cet inhabituel bagage. Mais son propriétaire avait l'air plutôt confiant sur ses capacités. Il avait cloué leurs questionnements d'un mystérieux « vous savez les enfants, elle en a vu d'autres… ».

De toute façon, ils n'avaient pas le choix, surtout que la propriété de Marius avait le mérite d'être un peu plus en périphérie de la ville. Son hangar était suffisamment vaste et équipé pour accueillir tous leurs travaux. Et pour ne rien gâcher, le champ voisin était une aubaine pour envisager leur décollage le moment venu.

Bien qu'ils aient choisi un jour en plein milieu de la semaine pour procéder avec plus de discrétion au transfert, nul doute que les voisins de Lady Violet seraient à l'affût. La profession atypique du Capitaine Sky avait engendré bon nombre de commérages dans le quartier, et sa disparition n'avait pas arrangé les choses. Iliana et sa fille étaient maintenant habituées à entendre des murmures dans leurs sillages. La plupart des habitants de Saint-Bertini n'avait jamais quitté cette ville, alors les explorations de planètes n'étaient qu'un sujet abstrait sur leurs écrans télévisuels. D'ailleurs, quand Little John lui avait sous-entendu les discriminations dont il avait pu être victime à son arrivée, Lady Violet n'avait malheureusement pas été étonnée outre mesure. Elle était attristée de constater l'étroitesse d'esprit des gens. Pétris de préjugés et de manque d'éducation, ils se repliaient dans la crainte et l'ignorance de ce qu'ils ne connaissaient pas.

Le concerné apparu sur le pas de la porte. Son visage paraissait plus fermé que d'ordinaire. Il ne lui laissa toutefois pas le temps de l'interroger sur ses états d'âme car Marius les attendait pour procéder à la suite de l'opération.

L'argument

— Alors qu'est-ce que tu en dis ? insista l'adolescent, les yeux brillants d'excitation.
Les mains pleines de cambouis et un chiffon douteux sur l'épaule, Lady Violet passa à la pièce rouillée suivante sans même le regarder. Concentrée sur sa tâche, elle répondit d'un ton égal :
— Il en est hors de question.
— Pourquoi ? Tu as peur de ne pas réussir à me supporter ? argua Little John avec effronterie, bien qu'un peu atteint dans son égo.
— Entre autres, oui, le piqua-t-elle avec un demi-sourire amusé.
Face à son silence expectatif, elle ajouta :
— Je crois que tu ne mesures pas réellement les risques, l'Oisillon. J'ignore moi-même la durée de cette expédition et par combien de planètes il faudra passer pour espérer trouver des réponses. Même si ce type de voyage reste assez commun, généralement les gens s'amusent plutôt à aller

vers des destinations plus attractives. Quitte à quitter la Terre, autant que ce soit pour un lieu accueillant et connu. Là, je vais sur des terrains troubles, sans réelle visibilité sur ce qui m'attend.

— Ce n'est pas totalement vrai, tu as quand même la limite de cette fin d'été, d'après ce que disait Marius l'autre jour. Il faudra revenir pour réalimenter les réserves de carburant, de nourriture et faire une révision complète de l'Aéromachine. Je te mentirais si je te disais que je te fais cette proposition les yeux fermés. J'ai conscience des risques encourus. Même si la circulation est autorisée à notre majorité, ce n'est pas un voyage anodin. Mais bon, on sait que la plupart de ces planètes font à peine la taille d'une ville, ça ne sera pas forcément extrêmement chronophage d'investiguer plusieurs d'entre elles. En plus, on n'est pas totalement seuls et inconscients, Marius et la professeure Firenze nous assurent une expertise et un lien avec la Terre en cas de problème!

— Je dois admettre que ce petit est attentif. C'est un fouineur un peu envahissant, mais il a le mérite de capter rapidement les informations, grommela Poppy, tout en passant une clé de douze à sa maîtresse.

Cette dernière le dévisagea, surprise par cette soudaine connivence, bien qu'ils aient passé beaucoup de temps tous les trois ces derniers temps. Le petit marsupial lui renvoya un petit clin d'œil taquin et attendit sa réponse.

— Certes, on a un ordre d'idée à ce niveau. Mais pour le reste c'est le flou total. Comme tu le sais, ce type d'explorations interplanétaires reste assez occasionnelles dans ce contexte. C'est même la première fois qu'on mettra les pieds dans certaines zones, et encore, si on arrive à les atteindre. C'est comme piloter un avion les yeux fermés, il faut s'attendre à tout et surtout au pire. Ce n'est pas pour rien que mon père a disparu malgré ses quatre-vingt-dix kilos et ses vingt-cinq ans de carrière. Crois-moi qu'il en a vécu des expéditions dangereuses, et pourtant il en était revenu à chaque fois avant celle-ci.

Enfin, il y en avait bien eu une qui avait fini en pugilat. Il était rentré, le corps couvert de bandages et un cercle noir lui marbrant le regard. Mamie Paulette en avait lâché son tricot en l'apercevant. Les Églantiers parlaient encore de cette anecdote, inscrite dans les annales des commérages de l'institution.

À ce moment-là, la retraitée avait bien tenté de le convaincre d'arrêter ce travail risqué. Mais le Capitaine Sky avait le sens du devoir et, un mois plus tard, il embarquait de nouveau vers une nouvelle aventure. Même si sa mère était contrariée, elle n'en vantait pas moins les mérites de sa progéniture à qui voulait bien l'entendre. Après tout, il faisait partie d'humains triés sur le volet pour explorer et évaluer les dangers envers la nation. Même si le climat politique était relativement calme, la sécurité de la population restait une priorité.

Après tout, les terriens n'avaient que peu d'éléments sur ce qu'il se passait au-delà de leur planète bleue, il fallait donc des experts pour se préparer à toute éventualité.

D'ailleurs, Lady Violet écoutait toujours avec des yeux brillants d'admiration les aventures du Capitaine. Il avait un don pour raconter les histoires et, elle le soupçonnait maintenant adulte, d'avoir peut-être distillé un soupçon de fiction dans ses récits. Elle aurait toujours le doute sur ce requin ailé et féroce, soi-disant à l'origine de la longue cicatrice sur le biceps paternel…

Quand elle cherchait à le questionner sur des éléments plus rationnels, il bottait systématiquement en touche. Son poste exigeait une certaine confidentialité, il ne pouvait donc pas détailler son quotidien professionnel, même à sa propre famille.

Bien sûr, Little John n'avait pas ce recul mais il n'avait pas l'intention de se laisser déstabiliser pour autant. Il était hors de question qu'il passe un été de plus dans son foyer à l'ambiance nucléaire. Certes, les jeux vidéo étaient très divertissants et lui permettaient d'échapper à son quotidien morose. Mais il avait désormais envie de passer de l'autre côté de l'écran pour vivre pleinement ces aventures.

Plus qu'une envie, c'était même un besoin qui l'envahissait viscéralement. Il savait que s'il balayait cette opportunité maintenant, ce serait comme passer à côté de sa vie. Ce n'était pas tous les jours qu'on avait la possibilité d'embarquer à bord d'une Aéromachine. Et puis il avait soif d'expériences. Découvrir ce monde n'était pas suffisant, il voulait aussi explorer les autres planètes.

Après tout, s'il avait bien appris une chose au décès de sa mère, c'est que la vie passait à une vitesse fulgurante. En un clignement de paupière on pouvait basculer. Et Little John ne voulait pas que la sienne n'ait que le goût amer du deuil et du regret.

Pris dans ses pensées, il n'avait pas remarqué les messes basses de ses deux acolytes. La plus humaine des deux se planta devant lui, les bras croisés.

— Bon, qu'est-ce que tu penses pouvoir apporter à notre équipage ?

— Alors déjà, de la bonne humeur, répondit-il en lui désignant son plus beau sourire.

— Nous voilà bien avancés, maugréa Poppy.

— À vrai dire je ne m'étais pas vraiment préparé à passer un entretien d'embauche. À force de passer tout ce temps ensemble à bricoler ces dernières semaines, je ne pensais pas avoir besoin d'arguments sur mon utilité, rétorqua le garçon, légèrement contrarié.

Face au silence entendu de ses deux interlocuteurs, il se sentit toutefois obligé de compléter.

— Bon alors, j'ai un très bon sens de l'orientation. Aussi, de nous trois je ne pense pas exagérer en disant que je suis celui qui a passé le plus de soirées, enfermé devant mon ordinateur. Maîtriser cette technologie m'a permis de développer beaucoup de compétences. J'apprends vite et je pense qu'on ne serait pas trop de trois pour piloter cet engin. Le rythme va être fatiguant, surtout si on doit multiplier les explorations de planète en planète. Avoir une personne supplémentaire pour te seconder Violet, en toute logique, tu admettras que ce ne serait pas un luxe face à ce saut dans l'inconnu.

Marius entra dans le hangar, coupant net le dialogue, mais sans en avoir perdu une miette pour autant. Il lissa sa moustache et posa un bras protecteur sur Little John.

— Petit, as-tu bien conscience que cette quête est celle de Lady Violet et non la tienne ? Rien ne t'oblige à partir. C'est une grande fille qui sait ce qu'elle fait, il n'y a pas lieu de s'inquiéter pour elle. Tu peux tout aussi bien la seconder, tout en restant avec moi sur Terre. Notre utilité n'en sera pas moindre.

Son protégé se dégagea, légèrement vexé d'être infantilisé de la sorte.

— Marius, je sais ce que je fais ! Je ne propose pas mon aide par charité ! J'ai dix-huit ans et j'ai passé ces cinq dernières années à vivre dans l'ombre. C'est bien simple, l'espoir s'est arrêté en même temps que le cœur de ma mère. J'ai besoin de passer à l'action et de reprendre les rênes de ma vie.

Poppy entrechoqua ses paumes dans un applaudissement étouffé par sa pilosité. Sa maîtresse l'interrogea du regard et il justifia :

— Je dois admettre que c'était convaincant.

Iliana traversa le couloir avec hâte. Depuis sept heures, elle avait à peine eu le temps d'avaler un café. Les patients s'enchaînaient, ne lui laissant que peu de répit. Elle devait toutefois admettre que cette activité intense lui évitait de trop se focaliser sur ce qui la préoccupait réellement. Son métier était une véritable soupape de décompression et elle était reconnaissante que son quotidien soit rythmé par cette effervescence hospitalière.

Trouver des remèdes, procéder à des recherches, contribuer à la guérison de patients, toutes ces tâches donnaient du sens à sa vie. Nul doute que se relever de la disparition de son mari n'aurait pas été possible sans ce levier professionnel.

En voyant une famille endeuillée rassemblée dans une chambre, elle pensa à sa propre fille et son cœur se serra. Malgré les années, Lady Violet persistait à vouloir retrouver son père. Cette obsession laissait peu de place pour le reste. Entre perte d'amis et sanctions disciplinaires à l'école, sa fille créait vagues et remous autour d'elle sans que rien ne semble l'apaiser.

Cette année encore n'avait pas fait exception, elle avait été renvoyée du lycée privé d'Adéli dès le début du semestre. Pourtant, Iliana avait misé sur cet éloignement de la ville pour lui permettre de trouver de nouveaux repères. Elle l'avait même inscrite à l'internat, pour ne pas qu'elle s'enferme dans les souvenirs qui imprégnaient leur maison. Mais la jeune fille n'avait pas supporté les trois cents kilomètres qui la séparaient de Saint-Bertini. Elle s'était mise en tête de remettre à neuf leur vieille Aéromachine au lieu de se concentrer sur ses études. Après de multiples conflits entre elles, son expulsion n'avait laissé d'autre choix que de réintégrer le foyer. Heureusement, Iliana ayant elle-même fréquenté les bancs du lycée Richard V et bénéficiant d'une certaine notoriété dans la ville, le doyen n'avait pas rechigné à accepter l'inscription tardive de sa fille.

Un collègue en blouse blanche l'interpella en la voyant passer devant son bureau :

— Iliana, nous avons de nouvelles informations susceptibles de vous intéresser pour le programme.

Son cœur loupa un battement, pris soudain d'un vif intérêt. La journée promettait encore de nombreux rebondissements.

*

D'un pas assuré, Lady Violet s'avança sur l'épaisse couche de glace. Tout autour d'elle, l'aura dominante des pins enveloppait la vallée. Ici et là, elle pouvait voir briller la réverbération du soleil sur la blancheur immaculée de la poudreuse. Elle ferma les yeux et se laissa bercer par le froid sec qui tourbillonnait autour d'elle. Ses longs cheveux ondulés semblaient comme figés par la brise hivernale. Elle inspira longuement. Au loin, elle pouvait percevoir le bruissement des feuilles de la rangée de sapins près de la cabane. Plus proche, c'était le doux craquèlement de la neige qui résonnait sous ses pieds. Ici même, à quelques centimètres sous elle, la vie terrestre continuait, coupée du monde extérieur. Dans la douce quiétude, absente d'intervention humaine, fourmis et lombrics menaient leur quotidien sous la pellicule givrée. Lady Violet sourit à cette pensée.

Soudain, elle perçut un mouvement sur sa droite. Elle se retourna et contempla l'horizon. Une lourde volute de fumée s'élevait de la petite cheminée du cabanon en bois.

— Ce petit a finalement de la ressource, murmura la jeune fille pour elle-même.

Aujourd'hui, ils s'étaient accordés une pause dans leurs tâches mécaniques. Rassemblés dans cette cabane qui avait vu naître leurs premiers échanges, ils entreprenaient un inventaire du matériel à prévoir. Ils devaient aussi estimer approximativement un ordre de destinations à respecter, selon leurs distances avec la Terre et leur lien potentiel avec l'expédition de son père.

Elle enfonça les poings dans ses poches, comme pour contrer un peu mieux le froid mordant de cette fin de matinée. En se rapprochant de l'habitat, elle se surprit à ressentir un étrange sentiment qui ne lui était plus familier : le réconfort.

Savoir que quelqu'un l'attendait derrière cette porte lui réchauffait le cœur plus qu'elle ne l'aurait voulu. Lady Violet marqua alors un arrêt face à la cabane, pour prendre le temps de se remettre les idées en place. Il était hors de question de se laisser aller à quelconque sentimentalisme. Plutôt mourir que de laisser quelqu'un l'atteindre de quelque manière que ce soit! Bon, la notion de mort était peut-être une légère extrapolation, certes. Mais il était dangereux de se laisser happer par de nouvelles sensations qui pouvaient possiblement entraîner des habitudes qui, elle le savait, ne pourraient durer. L'espoir n'était plus un concept qu'elle pouvait se permettre d'alimenter.

Plus elle restait concentrée et plus elle aurait de chances de retrouver son père. C'était son unique préoccupation. Passé la surprise face à la proposition de Little John de l'accompagner, cette décision s'était dessinée assez naturellement. Elle devait se rendre à l'évidence, elle pourrait difficilement entreprendre le pilotage de l'Aéromachine et l'exploration spatiale seule (malgré toute sa considération pour Poppy). Mais maintenant, le mois de mars approchait, il ne leur restait donc que peu de temps pour tout finir et espérer partir à la fin de ce second semestre.

L'Aéromachine

— Est ce que tu veux bien nous faire l'honneur d'être le premier invité de l'Aéromachine 2.0 ? lança Marius, avec un clin d'œil complice.

— Ce serait un grand honneur, répondit Little John en posant la main sur son cœur avec un air solennel.

Pendant ce temps, Lady Violet et son fidèle acolyte observaient la scène un peu en retrait. Ils semblaient encore se questionner sur la légitimité ou non de cette intrusion dans leurs plans. Mais le vieux gardien balaya leurs doutes en interrogeant la propriétaire du regard sur cette invitation à pénétrer dans l'engin. Elle finit par acquiescer en silence et leur emboîta le pas.

Le week-end précédent, ils avaient enfin réussi à la terminer. Après trois mois d'efforts intensifs et de croix sur une bonne partie de leur temps libre, Marius, les deux lycéens et même le petit marsupial pelucheux, avaient réussi à remettre sur pied le vieux coucou. Bien que la remise en route mécanique et les imprévus aient été chronophages et énergivores, ils s'en étaient plutôt bien sortis. Cette longue étape avait été un peu moins fastidieuse que prévu. Il faut dire que le gardien était un fin connaisseur en bricolage et un fervent curieux. Une fois qu'il avait décidé de mettre son nez dans une problématique matérielle, il lui était difficile de s'en détacher tant qu'il n'y avait pas trouvé de solution. Lady Violet devait admettre, avec le recul, qu'elle aurait été incapable d'y arriver seule.

À force d'entendre un raffut émaner du hangar de son voisin, l'amie de longue date de Marius, Miranda Firenze, avait fini par passer la tête par-dessus sa balustrade. Face à cet étonnant tableau et avec son diplôme de professeure, il lui était apparu évident de proposer son aide sur certains points de navigation.

En effet, Lady Violet avait été forcée de constater que les vieilles cartes aérospatiales de son père n'étaient pas forcément assez détaillées. Avec son double doctorat en sciences et la pleine confiance que lui accordait son voisin, cette femme était une alliée de choix pour préparer l'expédition avec plus d'expertise. Et puis, maintenant qu'elle avait ouvert la voie, Lady Violet n'était plus à une ou deux personnes près, tant que cela lui permettait d'atteindre plus vite son objectif.

Grâce aux précieux conseils de cette nouvelle invitée, elle avait une idée un peu plus précise des planètes à prioriser pour espérer retrouver la trace du Capitaine Sky. Cette mission avait collé comme un gant aux deux sexagénaires, et ils y avaient même pris un plaisir non dissimulé. Il faut dire que ce goût de se sentir utile avait une saveur comparable à aucune autre. Remettre en route et dynamiser l'Aéromachine avaient remis du sens dans leurs week-ends et leurs longues soirées habituellement en solitaire. Et, bien que relativement insupportables, par l'insolence de leur jeunesse, ils avaient commencé à s'attacher à ces deux gamins.

C'est donc presque avec un pincement au cœur qu'en ce mercredi soir, Marius présentait le fruit de leur travail fini. Sa fierté se mêlait néanmoins à un petit goût amer d'inachevé. S'il était honnête avec lui-même, il aurait embarqué de ce pas à l'aventure avec eux, sans aucune incertitude.

Toute cette activité l'avait même replongé dans sa jeunesse à l'armée. À une époque où le service militaire était encore un passage obligatoire, il avait eu la chance de faire ses armes au service automobile. Équipé de ses quelques connaissances en mécanique, acquises auprès de son père, lui-même garagiste, il avait beaucoup appris là-bas.

C'est également à cette époque qu'il avait rencontré Paul, qui était rapidement devenu son meilleur ami. Tous les deux du même âge et affectés à la même division, ils avaient tissé des liens rapidement. Du haut de leurs dix-huit ans, il ne comptait pas le nombre de soirées passées avec une bière à la main, sur les capots des solides jeeps qu'ils avaient retapées toute la journée. Quand on passait plusieurs heures par jour, le visage caché sous une voiture et les mains dans le cambouis, on appréciait d'autant plus une compagnie humaine agréable.

Cette amitié avait ensuite résisté malgré les années et leurs mariages respectifs. Jusqu'à ce qu'ils réalisent, une dizaine d'années plus tard, qu'ils aspiraient tous deux à une autre tournure dans leur relation. Ils avaient quitté leurs femmes et avaient fait enfin abstraction du regard de la société pour vivre leur histoire au grand jour. Mais, après vingt-cinq ans d'un amour sans nuages, ce dernier avait été englouti par la nuit, un soir de novembre, suite à un seul appel téléphonique.

Le verdict avait été sans appel pour Paul : le camion qui avait percuté sa moto n'avait laissé de lui que son nom. Aujourd'hui, le seul souvenir qui subsistait de lui reposait au-dessus de la cheminée du salon de Marius. On y voyait les deux comparses, parés de leur plus bel uniforme, souriant à l'objectif comme si la vie n'attendait qu'eux.

Le vieil homme s'extirpa de ses souvenirs pour laisser passer Little John par le sas, situé au bout de l'Aéromachine. Du haut de l'échelle, menant à l'unique entrée et sortie, on pouvait apercevoir l'extrémité des deux ailes qui dépassait.

Le tissu mordillé par les mites avait été remplacé par une toile beaucoup plus résistante. Bien qu'elle n'ait pas d'autre fonction que celle d'être décorative, sa couleur émeraude ajoutait du panache à l'engin. En son centre, une épaisse baguette en bois structurait son squelette, se divisant en plusieurs ramifications, pour équilibrer l'aile d'un bout à l'autre. L'entrée, d'environ trois mètres carrés en tout et pour tout, était complètement vide. Seul un petit panneau de commandes, jonché de boutons plus ou moins complexes, venait casser la vacuité du lieu. Des murs lisses et orange les entouraient.

Lady Violet sourit avec fierté à ses coéquipiers et ouvrit la porte suivante face à eux. Un couloir s'étendait devant eux, avec des pièces de chaque côté. La largeur réduite ne leur permettait que de se déplacer en file indienne pour le parcourir. Au bout, on pouvait distinguer sans peine l'impressionnante vitre, qui permettait d'avoir une vue imprenable sur le hangar dans lequel ils se trouvaient. Ils pouvaient même déjà apercevoir le tableau de bord et quelques écrans, surplombant ce hublot surdimensionné. Cet engin avait définitivement gardé son aspect vintage. Pourtant, il ne fallait pas se fier aux apparences, il avait survécu à suffisamment de destinations pour prouver sa solidité.

Avant que Little John prenne vraiment le temps de mesurer ce qu'il voyait, la jeune fille le coupa dans ses pensées. Elle l'entraîna dans la visite détaillée de la machine, ne lui épargnant aucun placard et ne lésinant pas sur les adjectifs élogieux pour mettre en avant l'ampleur de la tâche accomplie, comme s'il n'avait pas grandement participé à sa mise en œuvre. Marius l'écoutait, amusé. Poppy faisait déjà comme chez lui et s'était installé sur un confortable fauteuil rotatif dans le Salon de Commandes. La pièce était relativement vaste et circulaire, contrairement au reste de l'Aéromachine, qui était lui, de forme rectangulaire. Elle était ainsi aménagée de façon à pouvoir servir de poste de contrôle mais aussi de salon pour manger et se détendre. Une large table en métal, fixée au sol, trônait en son centre. Des banquettes avaient été installées de chaque côté du vitrage, pour pouvoir observer le ciel en toute quiétude.

— Et là, le plus important! annonça Lady Violet en le poussant vers la dernière porte à droite, qui les ramenait vers la sortie.

Ils venaient de voir la petite cuisine, les deux cabines d'équipage et une salle de bain, faisant aussi office de sanitaires. Little John se demanda ce qu'il pouvait bien lui rester de si primordial à voir.

— Taaadam! s'enthousiasma-t-elle, en faisant sauter le verrou d'un grand placard, posté au fond du débarras dans lequel elle l'avait emmené. Les deux portes s'ouvrirent dans un battement, dévoilant une belle collection d'armes. Épées, poignards et arbalètes dormaient, bien alignés, sur plusieurs rangées. Son camarade se frotta le front avec un air blasé, teinté d'une pointe d'amusement.

— Pourquoi est-ce que je suis à peine surpris ?

— En même temps tu t'attendais à quoi ? Moi je ne pars pas sur ce genre d'expéditions munie d'un lance-pierre et d'un couteau suisse. Je tiens un minimum à ma vie et encore plus à ma crédibilité quand même, rétorqua la jeune fille, en admirant une fois encore ses dangereuses possessions.

— Je pense que tu sous-estimes largement le potentiel de cet outil Violet ! lança le koala, qui avait tout entendu à l'autre bout de l'engin.

Il passa machinalement une patte sur la poche avant de son sac, comme pour vérifier que le petit couteau à multiples usages se trouvait bien là. Il ne se baladait jamais sans, et cela avait entraîné de nombreuses moqueries de la part de sa maîtresse. Elle arguait toujours que ce n'était pas avec ça qu'il allait pouvoir la protéger le jour où elle en aurait besoin. Même si, de toute manière, elle était déjà persuadée qu'il ne fallait qu'elle compte que sur elle-même pour se sauver. Mais Poppy comptait bien lui prouver le contraire.

En refermant la porte principale, Lady Violet fit un arrêt sur le premier barreau de l'échelle. C'était maintenant. Après des mois à se consacrer à ce projet, l'Aéromachine était enfin viable et prête à décoller vers les planètes voisines. Il lui semblait qu'elle n'avait jamais été aussi proche de retrouver son père, et pourtant un nœud dans le ventre tendait à lui rappeler qu'un long chemin restait encore à parcourir. Combien de milliers de kilomètres devraient-ils parcourir ? Combien de lieux devraient-ils explorer ? Quels dangers les attendaient sur la route ? Et surtout, dans quel état retrouverait-elle son père, si elle le retrouvait ? Elle soupira et tâta machinalement son sac et son torse. Sentant l'armure et sa dague, elle se sentit tout de suite plus rassurée.

— Ça va Violet ? s'inquiéta Little John en voyant qu'elle peinait à redescendre.

Cette dernière reprit contenance et lui lança un regard déterminé avant de sauter les derniers barreaux pour atterrir au sol.

— C'est parfait. Prépare tes bagages l'Oisillon, on décolle samedi.

Partie 2 : Negata

Cauchemar

— Alors, je ne crois pas qu'au facteur chance pour réussir dans la vie, tu vois. C'est avant tout une question de savoir saisir les opportunités, rétorqua Lady Violet en rangeant une énième boîte de conserve dans le placard dédié à cet effet.

— Oui, mais bon, reconnais qu'on n'a pas tous le même degré d'accès à ces opportunités.

— Je ne dis pas le contraire. Seulement, c'est aussi tentant de rester caché derrière cette inégalité des chances pour justifier l'abandon d'un rêve ou d'un échec.

— Mouais... T'es un peu dure là !

— Je ne suis pas dure. Je suis peut-être idéaliste mais je crois aussi au mérite. Rappelle-toi : « Rome ne s'est pas faite en un jour. »

— Tu es vraiment la seule personne de mon âge à pouvoir sortir naturellement des phrases de vieilles personnes et des proverbes tirés de je ne sais quel bouquin poussiéreux, se moqua son coéquipier en achevant le rangement de la dernière étagère de provisions.

Cela faisait près de trois heures qu'ils avaient entrepris un inventaire dans la pièce principale. Les principaux détails logistiques liés à leur première trajectoire avaient été réglés avec la professeure Firenze, la veille. Little John, quant à lui, avait été soumis à un entraînement intensif ces dernières semaines pour pouvoir seconder Poppy et Lady Violet sur la conduite de l'engin. Cette dernière devait reconnaître que le garçon possédait bien les aptitudes sur lesquelles il avait misé pour les convaincre de rejoindre l'équipage.

Les centaines d'heures qu'il avait passées sur ses jeux vidéo n'étaient pas en vain, contrairement à ce que pensait Luc. Il était rapide, réactif et sa faculté à analyser un grand nombre d'informations visuelles en une fraction de seconde était clairement un atout. Il avait même pu faire quelques suggestions pour optimiser leur temps de trajet et compléter les ressources matérielles à leur disposition.

Miranda avait cependant émis des réserves sur certaines idées, qui auraient certes été pertinentes face à une attaque d'androïdes, mais a priori ce n'était pas au programme. Bien qu'il subsiste des zones d'ombres sur les planètes prévues dans leur itinéraire, aucune présence extraterrestre n'avait été recensée au cours des derniers siècles. S'ils se retrouvaient nez à nez avec un être ressemblant à un humain, c'est que c'en était probablement un.

L'avantage des nombreuses avancées scientifiques et de la facilitation des moyens de transport, c'est que tout un chacun pouvait désormais voyager librement. On pouvait décider de s'installer ailleurs, du moment que l'atmosphère était viable. Pour autant, cela ne concernait qu'une infime partie de la population, souvent marginale. Probablement que le Capitaine Sky s'était retrouvé auprès d'eux et, aux prises avec un problème technique, n'avait pu redécoller pour revenir sur Terre.

Il fallait cependant espérer que leur voyage se cantonnerait aux planètes voisines, car plus ils s'éloigneraient et moins ils auraient de visibilité sur ce qu'il se trouvait après. De toute façon, il n'aurait ni le temps ni les ressources suffisantes pour embarquer sur un temps illimité.

*

Après un décollage des plus réussi, qui avait malgré tout déclenché un effet émétique immédiat sur Little John, ils pouvaient se relayer au tableau de bord. Lady Violet ne put s'empêcher de le taquiner. C'était plutôt ironique de le voir être malade sur un vol dans la vie réelle, alors qu'il passait toutes ses soirées dans des vaisseaux virtuels.

Le concerné essaya de rétorquer qu'il avait simplement attrapé un virus et que ce vomi n'avait aucun lien avec cette nouvelle situation expérimentée par son corps. Aucun de ses coéquipiers ne fit semblant de le croire.

Avec Marius, et surtout les précieux conseils d'ingénieurs de ses enfants, ils avaient pu élaborer un système de pilotage automatique. Au vu de la durée indéterminée de leur expédition, c'était une trêve salvatrice que de s'accorder quelques heures par jour sans se préoccuper de ce point. C'était donc actuellement Poppy aux commandes, qui prenait son rôle on ne peut plus à cœur.

Les sourcils froncés et les manches de sa veste de capitaine retroussées, il fixait l'écran de contrôle et la voie lactée face à eux avec une remarquable intensité. Il faut dire que pendant qu'il gérait des responsabilités d'adultes, il n'avait pas à prendre part aux jérémiades humaines dans son dos.

— Ce n'est pas une phrase de vieille personne ! s'offusqua sa camarade. Les leçons issues de la philosophie et de la littérature sont intemporelles. Tu ferais bien d'en tirer de la graine d'ailleurs.

— Intemporelles ? répondit le lycéen, sans même prendre la peine de rebondir sur sa pique. Donc tu pars du principe que notre manière de raisonner restera bloquée sur la parole d'évangile d'une poignée de Lumières et de types plus ou moins allumés ? Elle ne peut pas évoluer ?

— Mon dieu, Descartes doit se retourner dans sa tombe ! Tu as quand même une fâcheuse tendance à interpréter mes propos en faisant des raccourcis douteux, l'Oisillon. Encore heureux que notre culture ne reste pas bloquée sur des références anciennes, sans possibilité de se développer. Mais on peut prôner l'évolution, tout en ayant la modestie de conserver les paroles sages délivrées par le passé non ?

Le garçon sourit en voyant qu'il avait réussi à agacer Violet sans aucune difficulté. En même temps, il commençait à saisir les rouages qui la faisaient s'enflammer en quelques mots et il prenait un grand plaisir à les actionner. Elle le toisa du regard en attendant sa riposte, mais il se contenta de se rapprocher d'elle tranquillement.

Il lui saisit des mains l'ouvrage, qu'elle avait empoigné pour illustrer ses propos, et il le posa sur l'étagère près d'eux, sans la quitter du regard. Elle ne sourcilla pas, mais, sous son attitude impassible, il crut entendre les battements de son cœur prendre de la vitesse. Il se rapprocha, comblant encore plus la distance qui le maintenait dans la zone de proximité sociale tolérée habituellement par la jeune fille. Son souffle s'accéléra et il vit son regard osciller une demi-seconde sur ses lèvres. Il plongea profondément ses yeux noirs dans les siens et souffla doucement :

— Effectivement, on peut avoir cette modestie.

Il laissa planer sa phrase, puis s'écarta en se rendant compte de l'atmosphère pesante qui régnait. Pris d'une violente envie de prendre ses jambes à son cou mais limité au périmètre de l'Aéromachine, il n'eut d'autre choix que de s'éloigner nonchalamment pour reprendre le chemin de sa cabine. Alors qu'il arrivait à sa porte, il entendit une exclamation dans son dos :

— Tu es insupportable.

— Je sais, provoqua-t-il.

— Ne prend pas trop la confiance l'Oisillon. Tu joues à un jeu dangereux. Je peux encore décider de faire demi-tour et te redéposer sans ménagement dans ton ennuyeux quotidien.

Little John esquissa un demi-sourire et entra dans sa cabine, bien décidé à s'octroyer une petite sieste avant de prendre la relève de Poppy.

Allongé sur sa couchette, il fixa le plafond et se mit à penser à la lettre qu'il avait laissée derrière lui. Comment son père avait réagi en découvrant qu'il prenait le large indéfiniment, avec une fille qu'il ne connaissait que depuis quelques mois ? Enfin, il avait quelque peu laissé planer le mystère sur cette donnée. Et ce n'était pas avec le peu d'intérêt que Luc accordait à son cercle social qu'il obtiendrait l'information.

Son fils avait toutefois tenu à préciser la nature non terrestre de son voyage, au cas où il lui prendrait l'idée saugrenue de partir à sa recherche. Il avait toutefois assez peu de suspicions sur cette démarche. Il se doutait qu'il rendait un fier service à cette famille de substitution, en disparaissant de leurs vies. Bien sûr, il comptait revenir les voir à l'issue de cette aventure. Après tout, cette pause dans leurs liens ne pouvait qu'être bénéfique pour tout le monde. Avec un peu de chance, chacun ferait des efforts à son retour et la vie pourrait reprendre avec un petit peu plus d'apaisement. Et si ce n'était pas le cas, Little John reviendrait de toute façon avec un bagage certain pour affronter son envol du domicile familial.

Cette expédition était une occasion en or pour leur prouver ce dont il était capable. À vrai dire, c'était aussi à lui-même qu'il comptait apporter quelques preuves, mais ça, il s'était bien gardé de le nommer auprès de l'instigatrice de l'Aéromachine.

*

La nuit était sombre, noire comme la plus profonde des ombres. Seules quelques gouttelettes de pluie venaient se déposer délicatement sur la cime des sapins. La jeune fille effleurait la neige du bout de ses sandales rouges, s'enfonçant à chaque pas un peu plus dans les ténèbres. Elle s'arrêta un bref instant afin de contempler le décor lugubre qui lui faisait face.

Bien qu'elle n'ait d'autres choix que de continuer son chemin en suivant le sentier tracé après d'innombrables passages de chasseurs, un mauvais pressentiment l'assaillait.

Au loin, même les oiseaux avaient cessé d'émettre leurs pépiements. Pas un souffle de vie ne régnait sur la forêt. Elle était seule. Désespérément et inexorablement seule.

L'immensité d'arbres dans laquelle elle se frayait une route n'avait rien d'accueillant et, à vrai dire, elle ne se rappelait plus vraiment quelle était la véritable origine de sa quête. Entourée par les troncs craquelés et par la danse des feuilles caressées par le vent, l'environnement lui apparaissait soudainement bien oppressant. Au loin, elle entendit un hurlement fendre les branches.

Lady Violet se crispa et les muscles de son corps se tétanisèrent. Son cerveau reptilien lui envoyait tous les signaux instinctifs d'une menace approchant. Chacun de ses sens considérablement stimulés par ce cri inhumain cherchait désespérément à identifier quelle créature pouvait être l'auteur d'un tel bruit. Un deuxième appel se fit alors entendre, plus long, plus guttural que le premier. Il semblait y avoir de la détresse mêlée à une profonde colère. Était-ce un loup ? La jeune fille tenta de fouiller dans les tréfonds de sa mémoire pour y déceler une réponse.

Oui, elle se souvenait des histoires paternelles, racontées au creux de la couette et à la lumière de la lune. Les soirs où celle-ci était pleine, elle raffolait d'autant plus de ces contes mystiques et effrayants. Aujourd'hui elle se demandait d'où lui venait cette fascination morbide pour des légendes qui, au fond la terrorisaient et étaient susceptibles d'engendrer quelques insomnies. Mais finalement n'est-ce pas le propre de l'Homme que d'être fasciné par l'inexplicable et la tragédie ? Le nier serait faire abstraction de leur dimension cathartique, celle même qui les rendait si attrayants.

Tous ces contes racontés aux enfants avaient, certes, la vertu d'alimenter leur imaginaire, mais ils étaient surtout là pour les initier aux valeurs morales et à la lecture de leurs émotions. Au détour d'une page, le loup-garou maléfique apparaissait alors comme le symbole même de ceux dont nous devons apprendre à nous méfier.

Oui, Lady Violet le percevait au fond d'elle-même, toutes ces histoires avaient non seulement ponctué son enfance mais continuaient d'alimenter sa grille de lecture des événements. Bien que son père ne soit pas friand de nourrir les terreurs nocturnes de sa progéniture, il finissait toujours par céder au regard implorant de cette dernière. Car malgré les diablotins, les vampires, les corps sanguinolents, les membres déchirés et les enfants dévorés dans leur sommeil par les forces du mal, il était auprès d'elle. Et, du haut de ses huit ans, elle était intimement persuadée que rien de mauvais ne pourrait advenir dans ces conditions. La présence paternelle avait autant de valeur, sinon plus, que le plus tenace des boucliers en métal.

Accrochée à cette idée, elle se mit à le chercher frénétiquement des yeux. Le son animal reprit, avec encore plus d'intensité cette fois. Malgré la barrière nocturne qui brouillait sa vision, la jeune fille pouvait percevoir sans difficulté que la créature se rapprochait. Bientôt, au-delà de sa propre respiration saccadée, elle put percevoir le bruit des pattes sur le sol meuble de la forêt. Elle se mit à haleter, cherchant désespérément son souffle face à son incapacité physique à mouvoir son corps.

Brusquement, le décor forestier se mit à tourner autour d'elle, comme secoué par une violente bourrasque, la tirant brutalement des bras de son inconscient. Elle n'eut alors d'autre alternative que d'ouvrir les yeux.

— Violet, Violet, réveille-toi!

« Ah, encore ce satané microbe », soupira-t-elle intérieurement. Le visage plein d'énergie penché au-dessus d'elle acheva de lui faire reprendre pied avec la réalité. Ici, il n'y avait aucun risque de finir sous les crocs d'un animal sauvage, mais son coéquipier n'avait aucunement l'air d'en avoir conscience.

— Désolé j'ai essayé la manière douce pour te réveiller mais visiblement ce n'était pas suffisant. On a besoin de toi avec Poppy.

Pendant qu'elle s'asseyait dans son lit et tentait de remettre ses idées en ordre, il referma la porte pour repartir aux commandes. Une douce odeur de café flottait dans son sillage, confirmant à Lady Violet que le jour s'était levé.

Quelque chose dans son cauchemar l'avait déstabilisée, mais elle n'aurait pas su dire de quoi il s'agissait. Ce n'était pourtant pas la première fois qu'elle le faisait. Au contraire, c'était la même scène qu'elle revivait inlassablement, environ une fois par mois.

Bizarrement, à chaque fois, un événement venait l'extirper du sommeil, avant que son chemin ne croise celui de la créature mystérieuse. Elle repensa brièvement aux histoires du soir de son père, à la chaleur de ses bras protecteurs contre les siens. Mais un trottinement plus léger se fit entendre de l'autre côté de sa porte. Ce second coéquipier pelucheux ne fit pas cas de la moindre délicatesse et rouvrit sa porte de cabine à la volée.

— Allez, lève-toi, on a du travail qui nous attend! On n'a pas embarqué dans cette boîte de conserve pour faire des grasses matinées jeune fille!

Face à un tel acharnement matinal, cette dernière n'eut d'autre choix que de battre en retraite. Elle soupira bruyamment pour faire comprendre à son interlocuteur le poids de leur réveil brutal, et elle posa les pieds sur le parquet de sa cabine. Il était temps de s'attaquer à la prochaine étape de leur plan.

*

— Bon, l'atterrissage sera possible d'ici demain, en fin de matinée. Est-ce qu'on peut se faire un rapide débriefing de toutes les informations à connaître avant de mettre les pieds sur Negata ? lança Lady Violet en prenant place dans le fauteuil principal.

Sur le petit écran face à elle, la professeure Firenze acquiesça, tout en chaussant ses lunettes. Little John, quant à lui, s'empara d'un bloc-notes, bien décidé à exploiter toutes les données utiles pour survivre à cette première expédition.

Loin d'être aussi stressée que lui, son homologue féminine était une fois de plus surtout concentrée sur le limage de sa dague. Vu le nombre de fois où elle en affutait la lame, c'était presque étonnant qu'il reste encore du métal.

— Alors les enfants, heureusement pour vous, vous n'arrivez a priori pas en terrain hostile. Cette planète étant la plus proche de la nôtre, un grand nombre d'expéditions a déjà été mené et aucun incident mortel n'a été recensé jusqu'ici. Vous aurez toutefois à porter un masque à oxygène, dès lors que vous franchirez les portes de l'Aéromachine. L'air de Negata est réputé pour provoquer des émanations potentiellement délirantes à long terme. Si vous vous exposez trop longuement, vos capacités cognitives pourraient donc être altérées. Même s'il n'y a eu que deux ou trois cas recensés ces vingt dernières années et que leurs études restent relativement controversées, mieux vaut n'omettre aucun risque.

Little John fronça les sourcils, peu rassuré, mais Marius enchaîna.

— Pour rappel, vous trouverez les masques dans le sas d'entrée, sur la première étagère du placard de gauche. Bon, malheureusement, nous n'avons trouvé que des tailles standards… précisa-t-il en cherchant du regard le koala grognon de l'autre côté de l'écran.

De toute évidence, une fois la surprise de la rencontre passée, Poppy était désormais adopté et considéré par l'ensemble de cet équipage incongru. Il leva les épaules, résigné.

— Je sais bien, je ne verrai pas la couleur de Negata… Mais bon, il faut bien que quelqu'un veille sur cet engin pendant que vous partez jouer les apprentis explorateurs ! Et puis, j'aurai sans doute l'occasion de voir les prochaines !

— Alors, à vrai dire, dans l'idéal j'aimerais bien m'en tenir à celle-là tu vois… riposta sa maîtresse, consciente de ce que voudrait dire la poursuite du voyage.

Un silence pesant s'ensuivit, chacun étant intimement convaincu qu'il s'agirait d'un coup de chance immense que le Capitaine Sky se trouve sur leur premier point de chute.

— En tout cas, je n'ai qu'une seule précieuse consigne à vous adresser : avancez prudemment et ne baissez jamais la garde. Peu importe combien de destinations vous aurez à traverser, nous n'avons aucune cartographie ni données très récentes de ces différents lieux. Et ce n'est pas pour rien, si vous voulez mon humble avis.

Violet, même si tu veux à tout prix retrouver ton père, promets-moi que tu ne commettras pas trop d'imprudences… prévint la professeure Firenze avec un ton maternel.

Elle ne pouvait s'empêcher de penser qu'elle avait une part de responsabilité dans cette folle expédition. Et ils étaient si jeunes pour affronter seuls une telle aventure.

— Professeure, vous tenez vraiment à ce que je vous mente ouvertement à travers écrans interposés ? se moqua gentiment la jeune fille, malgré tout touchée par cette intention bienveillante. Je peux seulement vous promettre que je ferai le plus attention possible pour pouvoir ramener l'Oisillon indemne !

Elle amorça un mouvement envers le concerné, qui croisa les bras en soupirant, peu enclin à ce qu'on l'infantilise de la sorte. Après tout, lui aussi était prêt à commettre des imprudences, excité à l'idée de résoudre le mystère autour de la disparition du Capitaine.

— Bon, j'imagine que je vais devoir me contenter de ça alors… Sur ces belles promesses, je dois vous laisser. L'heure de la visite à ma mère approche, je dois prendre la route, les prévint la scientifique.

Tout le monde se salua et se sépara, empreints d'espoir que leur prochaine rencontre audiovisuelle soit porteuse de bonnes nouvelles.

Code Jaune

Penché une énième fois au-dessus de la carte peu précise de Negata, Little John tentait de faire abstraction des notifications qui clignotaient frénétiquement sur sa montre connectée. Depuis le décollage, il s'était bien gardé d'établir la moindre communication avec son père. Il se doutait donc que celui-ci était dans une rage folle qu'il n'ait laissé qu'une simple lettre de départ évasive.

Bien sûr, il avait tout de même mis suffisamment les formes pour éviter de se retrouver en alerte « disparition inquiétante » sur tous les médias. Luc ne lui connaissant aucun ami à Saint-Bertini et n'ayant absolument pas pris la mesure du quotidien de son fils ces derniers mois, il devait être dans une confusion des plus totales.

— VIOLET, CODE JAUNE, cria Poppy depuis son siège molletonné.

Sa maîtresse débarqua dans la pièce, le pas lent et les sourcils froncés. Elle fixa son coéquipier avec intensité, alors même qu'il assistait à leur duo avec stupéfaction. Il se redressa, mal à l'aise, sentant que quelque chose se tramait.

— Ok, crache le morceau, dit-elle.

— Comment ça? De quoi est-ce que vous parlez?

— C'est affligeant, son index s'acharne tellement sur la table qu'il faudrait être aveugle ET sourd pour ne pas percevoir son stress, précisa le koala d'un air hautain.

— Hum... Je vois. Bon, Little John, on est condamnés à devoir se supporter dans ces quarante mètres carrés à mille lieux de la Terre. C'est-à-dire aucune échappatoire possible et une durée indéterminée dans cette situation, donc qu'est-ce qu'il se passe? demanda son homologue en se campant devant lui avec détermination.

— Ôte-moi d'un doute : vous n'avez pas réellement conçu un code couleurs pour toutes les interventions qui me concernent? répliqua l'intéressé avec un soupçon de vexation dans la voix.

Un long silence coupable s'ensuivit.

— Tu ne t'attendais quand même pas à ce qu'on inclue un humain inconnu dans notre équipage sans assurer un minimum de règles tacites entre nous quand même? finit par s'esclaffer Poppy. Vi, je t'avais dit qu'il était naïf!

Cette dernière réprima un sourire, consciente que leur attitude provocante n'allait pas l'inciter à s'ouvrir à eux.

— L'Oisillon, tu esquives ma question. Je suis sérieuse, on est une équipe. Demain on va sur le terrain, donc c'est important que je mesure le mental de chacun pour évaluer l'impact que cela peut avoir sur notre mission.

— Ne vous inquiétez pas pour mon mental, je ne suis pas là pour rien.

Lady Violet et Poppy se lancèrent un regard de connivence, qui n'échappa pas à leur interlocuteur. Il sentit alors une pointe d'agacement percer sa poitrine.

— Vous avez réellement des doutes me concernant ? Dans ce cas, pourquoi m'accepter à bord de l'Aéromachine ? Vous auriez pu m'évincer cent fois depuis le début de notre préparation.

Le koala haussa les épaules, les yeux dans le vague. Son acolyte féminin garda le silence à ses côtés, l'air faussement absorbé par la carte.

— C'est quand même incroyable... J'ai volontairement quitté un lieu hostile, où je ne me sentais pas à ma place, dans l'espoir d'un mieux. Et me voilà bloqué dans une situation semblable, à 400 000 kilomètres de la Terre qui plus est !

— Alors, théoriquement, on ne dépassera la lune que dans une petite heure, donc j'estime notre distance plutôt aux alentours de 380 000 kilomètres. Simple précision, tempéra Poppy en dressant ses pattes avec innocence.

Lady Violet sortit alors de son mutisme, toujours sans détacher son regard du document.

— Tu ne te sentais pas à ta place dans ta famille ?

— Non, ce n'est pas ça... Enfin, c'était juste une façon de parler, se rattrapa-t-il, regrettant déjà sa logorrhée cynique.

— Au contraire, je crois que chaque mot, qu'il soit soigneusement choisi ou qu'il s'échappe malencontreusement de ta bouche, n'est jamais anodin... le provoqua-t-elle volontairement en se rapprochant d'un pas félin.

— Oh, je t'en prie Violet, pas de théorie freudienne maintenant... Vous voulez vraiment que je saute de cette Aéromachine n'est-ce pas ? s'agaça Little John en se levant brusquement.

Il prit la direction de sa cabine d'un pas déterminé, mais un rire franc et grave le stoppa net.

— Petit, c'est si facile de te faire sortir de tes gonds ! Je sens que ce jeu va beaucoup me divertir... Mais crois-moi que si l'un de nous deux avait émis la moindre opposition à ta présence ici, tu n'aurais même pas posé un pied sur la première marche.

Il toisa le koala insolent et vit ensuite sa coéquipière le sonder, les bras croisés. Son rictus ne laissait que peu de doutes sur ce qu'elle pensait de cette situation.

— Violet, un commentaire peut-être ?

La concernée se remit en mouvement et se déplaça nonchalamment jusqu'à leur modeste bibliothèque. Réfléchissant quelques secondes en explorant les tranches des différentes œuvres, elle finit par opter pour l'une d'elles. La couverture bleue dans ses mains, elle entreprit sans hésitation sa quête vers la page recherchée. S'arrêtant sur l'une d'elle, l'air satisfait, elle lut alors :

— *"Faut-il partir ? Rester ? Si tu peux rester, reste ; Pars, s'il le faut[2]."*

— Me voilà bien avancé, maugréa le lycéen.

— Tu ne dois pas regretter d'être ici. Si tu as saisi cette opportunité, c'est que le chemin qui se présentait à toi avait du sens. Peu importe où cette exploration nous mènera, tu as traversé le plus difficile en choisissant de quitter ta zone de confort. Il faut un grand courage pour oser le faire, alors ne doute pas que tu as ta place parmi nous, argumenta tranquillement son acolyte en reposant les vers de Baudelaire sur l'étagère.

Little John resta figé face à ces mots. Il se demanda si la personne en face de lui était la même rousse volcanique qui l'avait percuté dans les couloirs quelques mois plus tôt. Mais il n'eut pas le loisir de lui demander car elle avait déjà quitté la pièce.

*

Luc soupira en passant la porte de son bureau. Le dernier bilan comptable des Églantiers n'était pas des plus fructueux. Bien qu'il occupât ce poste

---

2 Charles Baudelaire - Le voyage [Les Fleurs du Mal]

depuis plusieurs années, il ne cessait d'être surpris des coûts engendrés par ce genre d'institutions. Dans sa culture, il était impensable de parquer les personnes âgées dans des maisons de retraite. Quand il voyait les résidents enthousiasmés par leur unique visite hebdomadaire, il ne pouvait qu'avoir une pensée pour sa propre grand-mère.

Dans leur village, chaque ancien était choyé et respecté, il en allait de la responsabilité de tous. Ce n'est d'ailleurs qu'après le décès de Mamie Amélé que Maryama et lui s'étaient autorisés à partir. Sa femme et lui rêvaient de parcourir le monde et, armés de toute la fugueuse insouciance de l'amour, ils avaient pris le large. Ils n'auraient jamais pu prédire que la maladie viendrait les faucher au point culminant de leur bonheur. Cette épreuve avait sali tout ce qu'ils avaient construit. À partir du moment où son épouse s'était éteinte, une partie de Luc l'avait rejointe.

Il posa sa sacoche en cuir sur son bureau et contempla avec tendresse la photo encadrée du petit enfant souriant qui lui tendait les bras. Sans la présence de Little John, nul doute qu'il ne se serait jamais relevé. Il avait bien sûr été tenté d'abandonner cette nouvelle vie pour repartir se consoler auprès des siens et renouer avec ses racines. Mais la volonté de ne pas arracher son fils à son quotidien, en lui enlevant encore plus que ce qu'il avait déjà perdu, l'avait dissuadé.

Depuis treize ans, son garçon n'avait connu

que cette ville de banlieue, où il avait tous ses amis et son école. Et puis il y avait son précieux club de hockey. Il y passait religieusement tous ses mercredis après-midi et ne manquait aucun match le week-end. Et c'est d'ailleurs sur ses gradins froids, en plein mois de février, que Chloé lui était apparue. Venue encourager son frère au match suivant, elle s'était rapidement imposée comme une évidence. Et, petit à petit, ce deuil si pesant avait laissé place à un rayon de lumière. C'était d'ailleurs l'une des dernières volontés de son épouse.

Lors d'un énième jour gris passé entre les murs ternes de l'hôpital, Maryama lui avait caressé affectueusement la joue et lui avait fait promettre de ne pas fermer son cœur après son départ. Sur l'instant, ces paroles lui avaient paru grotesques et absurdes. Mais il en mesurait désormais toute la portée.

Cette nouvelle relation avait toutefois engendré bon nombre de tensions et de difficultés. Son fils vivait très mal de ne pas en être rendu à la même étape de deuil que lui. Luc avait alors pris la douloureuse mais nécessaire décision de leur faire quitter ce lieu d'habitation qui avait vu naître leur première famille. En proposant un nouveau départ aux siens, à des centaines de kilomètres de là, il avait espéré offrir une seconde chance à ce bonheur naissant.

Malheureusement, Little John l'avait très mal

vécu. Son père se demandait encore tous les jours s'il avait pris la bonne décision en déménageant à Saint-Bertini. Il soupira pour la seconde fois de la matinée et réajusta sa cravate trop serrée. Même s'il était loin d'être passionné par son travail, il était grand temps de débuter toutes ses tâches quotidiennes.

Le lac

Quand ils arrivèrent enfin à destination, le soleil commençait tout doucement à s'échapper derrière les modestes collines de Negata. Violet avait eu de la peine à laisser Poppy derrière eux, même si elle le savait en sécurité. Marius avait élaboré un engin particulièrement défensif envers les intrusions. De plus, cette première escale s'annonçait comme étant la plus petite planète de leur périple, il ne serait donc pas seul trop longtemps.

Dès l'atterrissage, ils avaient aperçu au loin, six tourelles, annonçant les contours d'un palace. D'après leur estimation, ils en avaient pour environ deux heures de marche avant de l'atteindre. Ce bâtiment n'étant pas indiqué sur la carte de la professeure Firenze, ils n'avaient aucune idée de qui en était le propriétaire.

Cependant, quoi de mieux qu'une interaction avec un habitant de cette planète pour avancer dans la recherche du Capitaine Sky ? Toutefois, ils devaient d'abord passer par le point névralgique, qui, à lui seul, légitimait leur choix de commencer par cette planète. En effet, son vaisseau avait borné une dernière fois au-dessus du lac de Negata, il y a quatre ans, avant de s'évaporer dans la nature.

Les données géographiques du lieu étant très peu précises, il avait fallu près d'un an et demi avant d'obtenir cette localisation. Mais pour autant, Violet ne restait sûre de rien, tant l'opacité régnait autour de la pseudo-enquête menée par la hiérarchie de son père. Son organisation gouvernementale étant tenue à la plus grande discrétion concernant leurs missions, la langue de bois était de rigueur. Or, la famille du Capitaine et des trois autres professionnels disparus en avaient fait les frais, confrontés à un manque de transparence sur le déroulé des événements. Ses supérieurs avaient émis l'hypothèse d'un « possible accident », niant toutefois leur responsabilité sur une éventuelle défaillance du vaisseau. Ils soutenaient qu'ils avaient envoyé leurs hommes les plus expérimentés sur cette mission mais qu'aucun d'entre eux ne pouvait échapper aux aléas de la vie.

Et bien qu'ils aient soutenu avoir mené une enquête poussée pour retrouver leurs traces, cette affirmation ne reposait que sur des mots. Bien qu'Iliana se soit fait une raison et semblait s'en contenter, ce n'était pas le cas de sa fille.

Alors, vu qu'il fallait bien commencer quelque part, ils empruntèrent l'un des chemins sinueux qui s'offraient à eux. Bien qu'ils n'aient pas un tracé précis à suivre, il était difficile de se tromper de direction car toutes les routes s'acheminaient vers ce fameux lac. Aucun volatile n'était en vue, pourtant il régnait une étrange cacophonie autour d'eux. Pépiements et croassements se mêlaient, dans un concert étouffé semblant émaner des centaines de bananiers bleus jonchant le paysage. Little John se doutait bien qu'il ne s'agissait pas réellement de bananiers, car si c'était le cas, il aurait été hors de question qu'il en goûte les fruits. Il était toutefois émerveillé de ce décor si exotique.

Negata était bien loin de la morosité ambiante de Saint-Bertini. Mais, loin d'être une promenade de santé, leur première excursion était relativement fastidieuse. Parés de leur combinaison et de leur masque à gaz, les deux acolytes commençaient déjà à souffrir de la chaleur, après seulement quelques minutes de marche. Malgré l'épaisse couche de tissus qui les protégeait, Lady Violet comprenait maintenant pourquoi la professeure Firenze leur avait parlé de « climat humide ». Et cette constatation prit encore plus d'ampleur quand un léger film de buée commença à se former sur sa visière. Ils n'étaient qu'à mi-chemin de leur première étape et elle avait déjà envie d'enlever ce maudit masque.

De toute façon, Marius les avait mis en garde sur le fait qu'ils ne devaient pas les garder trop longtemps non plus car ils s'exposaient aussi à des risques. En se rappelant ce dernier fait, Violet stoppa sa trajectoire et porta la main à sa tête pour se délester du poids. Mais un geste l'arrêta net.

— Non! Mais qu'est-ce que tu fais? Tu es folle ou quoi?

Le son éraillé du microphone inséré dans son casque ajouta un ton très mélodramatique à Little John. Et le regard furieux qu'il lui jeta n'en était pas moins intense.

— C'est intenable ce masque. Concrètement il n'y a aucune donnée scientifique fiable qui a prouvé l'intérêt de le porter! Miranda l'a dit, c'est une simple mesure de précaution. Si ça se trouve les gens qui ont perdu la tête ici avaient simplement un problème psychique. Sinon tous les voyageurs auraient été concernés et l'accès aurait été définitivement proscrit aux humains. J'aimerais bien avoir l'esprit clair et ne pas mourir étouffée dans ce casque avant d'avoir atteint le lac... grogna la jeune fille, l'air à moitié convaincue par ses propres propos.

— Non mais si on raisonne comme ça, on ne va même pas survivre à la première journée sur Negata... Tu tiens vraiment à prendre le risque d'inhaler la moindre substance nocive? Ce n'est pas en fonçant tête baissée dans le danger qu'on retrouvera ton père Violet, entreprit-il de la raisonner.

La concernée prit quelques secondes de réflexion, soupira et se rendit à l'évidence qu'elle devait écouter un peu plus l'esprit rationnel de son homologue masculin et un peu moins son impulsivité. Mais, vexée de s'être fait remettre en place, elle ne prit pas la peine de répondre et reprit la route.

Environ quarante-cinq minutes plus tard, ils atteignirent la colline qui était censée cacher leur destination. Malgré son dénivelé quelque peu sportif, les deux Terriens étaient bien entraînés et le gravirent assez rapidement, le masque aidant à maintenir un taux d'oxygène régulier. Little John remercia intérieurement son acolyte de l'avoir entraîné dans des footings hebdomadaires et de l'avoir remis au sport avant le départ.

Sa mère l'avait initié au hockey dès son plus jeune âge et cette discipline avait rythmé son enfance. Bien qu'il n'appréciait guère les compétitions régulières imposées les week-ends, il s'y était plié pour le plaisir de voir la fierté dans les yeux de Maryama. Alors quand cette dernière s'était éteinte, son goût pour cette activité était parti avec elle. Ses dix ans de pratique sportive étaient désormais quelques peu rouillés.

Arrivés au sommet, l'adolescente lui adressa un sourire satisfait, contemplant avec lui le magnifique paysage qui s'offrait à eux. Difficile d'imaginer qu'un drame aurait pu avoir lieu dans ce décor paisible et coloré.

L'étendue d'eau de seize hectares était plus impressionnante par la couleur de son eau que par sa taille. En effet, paré d'une robe bleu marine, le lac offrait une eau d'une grande pureté et pas une once de mouvement ne régnait à la surface. Les arbres de la même couleur continuaient de joncher la nature avoisinante. Cette homogénéité était visuellement satisfaisante mais dégageait un étrange manque d'authenticité…

C'était bien la première fois qu'ils voyaient une nature composée d'une seule espèce végétale. Mais ils ne prirent pas le temps de philosopher plus longtemps sur cette réflexion car Lady Violet dévala la pente en riant, prise d'une douce euphorie. Elle avait tellement attendu ce moment. Même si elle ne s'attendait pas à découvrir le Capitaine Sky derrière un bosquet, elle avait enfin l'impression d'agir concrètement. Le fait de voir de ses propres yeux ce lac lui apportait un élément tangible pour avancer dans son enquête.

Son coéquipier esquissa un sourire, l'enthousiasme de sa partenaire étant communicatif. Ils arrivèrent ainsi en un rien de temps au bord de l'eau.

Un éclair bleu traversa alors le champ de vision de Little John sur sa droite. Il eut un brusque mouvement de tête, mais malheureusement pas assez rapide pour attraper le responsable de ce mouvement. Il contempla les monticules de rochers entourant le lac, mais ne perçut aucune agitation. Le calme régnait autour d'eux. Il secoua la tête, se persuadant d'avoir rêvé.

— Cette planète dégage vraiment une atmosphère étrange, songea à voix haute Lady Violet.

— Qu'est-ce que tu veux dire ?

— Je ne sais pas trop comment exprimer ce ressenti car tout est très beau mais… C'est comme si chaque élément avait été placé là selon un calcul précis. Tout est trop lisse et régulier, je n'ai jamais rien vu de tel…

Son acolyte acquiesça, contemplant de nouveau les blocs de cailloux qui s'amoncelaient dans une déconcertante cohésion. La jeune fille se mordilla la lèvre et entreprit de se focaliser sur leur mission.

— Bon, concentrons-nous, la prochaine étape va être un peu plus technique. Peux-tu sortir la sonde pendant que je prépare mon équipement de plongée ?

Little John extirpa de son sac la petite mallette préparée soigneusement par la Professeure Firenze. Il l'ouvrit et entreprit de relire une énième fois les instructions qu'elle leur avait laissées, utilisant le vocabulaire le plus accessible possible. Ce matériel était censé évaluer la concentration toxique de l'eau, pour déterminer si un humain pouvait bien entrer dans le lac. Cette estimation était déterminante car elle leur fournirait également un indicateur précieux sur la dangerosité de ce lieu. Si le vaisseau du Capitaine avait été immergé malencontreusement dans des fluides contenant une dose létale, l'espoir de le retrouver en vie s'amenuiserait considérablement.

Le lycéen avait déjà des gants, il se contenta donc de plonger la sonde sous la surface et attendit que l'écran indique les données. En parallèle, il alluma le talkie-walkie pour communiquer avec Poppy.

Ce dernier devait donner les résultats à la Professeure afin qu'elle les guide dans la suite des événements. Au bout de quelques minutes, les premiers chiffres apparurent. Il leur fallut ensuite attendre leur interprétation.

Lady Violet trépignait d'impatience, légèrement agacée de devoir procéder à autant de vérifications avant de pouvoir accéder aux profondeurs. Bien qu'elle n'ait pas plongé depuis les dernières vacances avec son père, la révision des quelques règles de sécurité de base avait suffi à réveiller sa mémoire.

Le Capitaine Sky lui avait partagé sa passion pour les excursions sous-marines et lui avait même offert le passage du niveau un pour son douzième anniversaire. Elle avait donc les aptitudes nécessaires pour aller jusqu'à vingt mètres de profondeur, ce qui était déjà suffisant pour se faire une idée du contenu du lac. Vu la taille de celui-ci, un vaisseau coulé serait vite repérable. Il serait en revanche quasiment impossible de déceler des squelettes.

D'après ses recherches morbides, le temps de décomposition d'un cadavre dans l'eau aurait eu largement raison de ces quatre longues années écoulées.

— Eh oh, vous m'entendez ? crépita Poppy à travers l'engin.

— Oui oui, on t'écoute, répondit l'adolescent en faisant signe à sa partenaire d'approcher. Celle-ci lâcha son équipement et le rejoignit, les sourcils froncés, anxieuse du résultat.

— Bon, Miranda m'a chargé de vous transmettre qu'a priori il n'y a pas de toxicité notable dans cette eau. Vous pouvez donc y plonger sans problème. Par contre, elle vous rappelle de ne pas trop vous y attarder et de ne pas descendre trop bas, car il y a une marge d'erreur possible.

— Ok merci, c'est noté, dit sa maîtresse, soulagée.

— Ah et aussi…, Poppy marqua un temps d'arrêt. Elle était assez décontenancée car il y a une certaine propension de chlore dans cette eau, qui n'a rien de naturel…

— Du chlore ? s'exclama Little John, pas certain d'avoir bien entendu.

— Oui, moi aussi j'ai cru à une erreur… Mais les résultats sont sans équivoque, ce lac en contient.

— Mais c'est abrasif, il est hors de question que Lady Violet mette les pieds là-dedans s'il y a une importante quantité de chlore !

Cette dernière lui décrocha un coup de coude pour lui signifier son mécontentement face à son injonction non sollicitée.

— Attendez, je vais poser la question à la professeure, je reviens, tempéra leur interlocuteur.

— Chlore ou pas chlore, je n'ai pas fait tout ce chemin pour m'arrêter à la surface. La combinaison est suffisamment épaisse et je ne compte pas passer dix heures là-dedans, prévint la jeune fille tout en commençant à enfiler ladite tenue.

Conscient que sa prévention à lui ne pesait pas lourd face à sa détermination à elle, Little John laissa retomber ses bras avec abnégation. Trois minutes plus tard, la voix du koala refit surface.

— Miranda comprend vos inquiétudes mais il s'avère que la quantité de chlore n'est que de 4,8mg par litre. Je ne sais absolument pas comment interpréter ce chiffre, mais en tout cas ça avait l'air de la rassurer!

— Super, merci Poppy! On te fera signe quand je serai remontée! lui lança Lady Violet, remplaçant déjà son masque à gaz par celui de plongée sous-marine.

Elle refit un petit débriefing avec son équipier de leur code de communication quand ils seraient chacun de leur côté. Ils avaient convenu que si elle n'était pas remontée au bout d'une heure trente, c'est qu'il y avait un problème.

En réalité, sa bouteille de douze litres permettait de tenir deux bonnes heures, mais ils préféraient prévoir une marge de manœuvre. Ce plan restait toutefois relativement hasardeux puisque son partenaire n'avait pas vraiment de levier d'action si un incident se produisait. En effet, ses capacités de nage étaient plutôt médiocres et il n'avait jamais fait de plongée de sa vie.

De toute façon, Lady Violet avait été intransigeante sur le fait qu'il ne devait sous aucun prétexte partir à sa recherche dans l'eau. De son point de vue, il valait mieux une seule victime que deux. Bien que ce principe soit bourré de sagesse sur le papier, l'appliquer en pratique paraissait nettement plus compliqué.

— Bon, sois prudente. Je ne rigole pas avec toi, ne cherche pas à faire des prouesses techniques ni à jouer avec le feu. Pour retrouver ton père, tu seras plus utile vivante à la surface que morte au fond de ce lac, l'avisa-t-il d'un ton sec.

Les mains posées sur ses épaules, il plongea son regard dans le sien, espérant lui faire passer tout le discernement et la prudence dont il était capable.

— Du calme, l'Oisillon, je vais commencer à croire que tu t'inquiètes pour moi, répondit-elle dans sa tête.

Le détendeur déjà dans la bouche, empêchant toute communication, elle se contenta toutefois de former un cercle avec ses doigts et de lui adresser son air le plus compréhensif.

Bien qu'elle soit confiante pour deux, elle ne put retenir la petite boule d'appréhension qui se forma dans son ventre au moment de mettre le premier pied dans l'eau. Même si l'exercice lui était familier, elle ne l'avait jamais pratiqué sans la présence rassurante de son paternel. Et malgré son impatience de trouver des réponses, elle ne souhaitait vraiment pas les trouver dans le fond de ce lac.

Lady Violet entreprit de se focaliser sur la présence rassurante de l'armure froide maintenue sous sa combinaison. En quelques secondes, un interrupteur cliqueta dans son cerveau et elle parvint à éteindre ses émotions afin de plonger d'une traite dans le liquide azur.

Le garçon resté sur le rivage ne put s'empêcher de réaliser un bref signe de croix en voyant le sommet de son crâne disparaître. Bien qu'il ne soit pas spécialement un fervent pratiquant, il avait été éduqué dans la religion chrétienne.

Il se souvenait encore de l'intérêt tout particulier apporté à sa tenue par sa mère. Il était hors de question qu'il passe le pas de la porte le dimanche avec une chemise froissée ou le pantalon souillé.

Maryama aurait d'ailleurs certainement fait une syncope en voyant les mini dreadlocks qu'il arborait maintenant sur son cuir chevelu. Bien qu'ouverte d'esprit sur bon nombre de sujets, elle était restée un peu conservatrice sur ceux en lien avec l'apparence.

À sa mort, Little John avait déserté les églises et laissé sa foi bien rangée au fond d'un placard. Après tout, quel dieu acceptait de séparer une mère de son enfant dans de si tragiques circonstances ? Quelle justice existait-il dans le deuil ?

Son père avait pourtant bien essayé de le convaincre de puiser du réconfort dans ses croyances, mais en vain. Lassé d'être dans une lutte perpétuelle avec sa progéniture, il avait fini par capituler sur cette bataille. Depuis plusieurs années, c'est donc seul que Luc passait le pas de l'église lors des messes dominicales.

*

Lady Violet mit quelques secondes à s'habituer à la matière qui l'enveloppait. Elle s'était attendue à un choc thermique, entre son corps brûlant et l'eau du lac, mais étrangement la température ne devait pas être en dessous des vingt-six degrés.

Même si cette donnée l'arrangeait, elle ne put s'empêcher de penser que Negata dégageait une douce impression d'être contrôlée par une puissance extérieure. Rien ne semblait vraiment naturel et authentique, entre le chlore et la couleur de ces arbres analogues. Elle entreprit de se reconcentrer afin d'observer les alentours, à l'affut du moindre indice de passage de son père. Mais il régnait un calme plat et le seul mouvement perceptible était celui de grandes algues plates, elles aussi bleues. Bien qu'elle plisse les yeux dans l'espoir de distinguer quelques créatures sous-marines, ces plantes aquatiques semblaient être les seuls êtres vivants présents.

Cela faisait maintenant une vingtaine de minutes qu'elle errait dans ces eaux, sans succès. Elle commençait même à être agacée par cette impression de voir en continu le même paysage. Par chance, la profondeur ne dépassait pas les quinze mètres, elle pouvait donc inspecter le fond sans difficulté.

Au-dessus d'elle, Little John guettait attentivement la scène, un livre à la main. Sa partenaire l'avait convaincu de relire « Le Petit Prince[3] » maintenant qu'il avait atteint l'âge adulte. Il lui avait d'abord ri au nez, pensant qu'elle lui faisait une blague. Mais au bout d'une quinzaine de minutes d'arguments sur l'intérêt de cette œuvre, il s'était laissé convaincre. Il n'était toutefois pas dans les meilleures conditions pour comprendre le message philosophique derrière la mise en carton d'un mouton.

Préoccupé par l'excursion sous ses yeux, il devait en plus faire des points réguliers avec Poppy sur l'absence d'avancée des recherches. En hyper vigilance sur l'environnement qui l'entourait, il crut même distinguer à deux reprises le même éclair bleu qu'à leur arrivée. Saint-Exupéry ne réussit pas à détourner son attention, les lignes de texte se faisaient floues et son rythme cardiaque était beaucoup trop élevé pour une activité de détente littéraire.

*

À peine éveillée, elle peinait à ne pas sombrer dans les limbes de Morphée. Ses longs cils venaient envelopper ses paupières avec une telle

---

[3] Antoine de St Exupéry – Le Petit Prince (1943)

grâce, que l'on croyait y voir un plumage d'oiseau sombre. Maintenant trois jours qu'elles vivaient en parallèle du monde extérieur, coincées dans une autre dimension faite d'attente et de peur. La douce complainte de la mort approchant résonnait dans leurs crânes sans que rien ne puisse l'occulter.

Au milieu de tout ça, même les murs blancs immaculés de l'hôpital ne semblaient pas apporter de clarté dans cette ambiance funeste.

Tic toc tic toc.

Sa petite montre sertie d'argent la ramenait parfois à la réalité.

Tic toc.

L'épais brouillard se dissipait.

Tic toc.

Quelques rayons de lumière tentaient de se frayer un passage jusqu'à son esprit.

Tic.

— Miranda !

Le contact de la main froide de sa mère sur sa joue lui fit cligner des yeux et elle reprit conscience subitement.

— Oui maman ?

— J'ai très soif. Est-ce que tu pourrais m'apporter le verre d'eau là-bas ? demanda-t-elle doucement en lui désignant la table de nuit à laquelle elle n'avait pas accès à cause de tous ses branchements. Il fallait vraiment qu'elle soit déshydratée pour réveiller sa fille exprès.

— Merci, dit-elle après que Miranda ait reposé le gobelet.

— Tu as besoin d'autre chose ?

— Et bien... Un petit thé à la menthe ne serait pas de refus !

Sa voix rocailleuse brisait le cœur de la professeure à chaque mot. Cela ne l'empêcha toutefois pas de riposter :

— Voyons, tu sais bien que les médecins ne veulent pas que tu avales autre chose que le régime strict donné par l'hôpital. Et je ne peux pas les contredire sur ce point.

— Au diable les médecins ! Je ne veux pas que mes dernières heures ne soient que privation et frustration !

Son ton, soudainement déterminé, et son corps habituellement voûté, qui se redressa dans le lit, firent sortir définitivement la sexagénaire de sa léthargie. Même si les mots résonnaient en elle comme un jugement implacable et tragique, un petit sourire se fraya un passage sur son visage, clairsemant le coin de ses yeux de petites ridules.

— Tu as toujours eu le chic pour démonter tous mes arguments. Très bien, attends-moi là, je me dépêche !

— Rassure-toi ma fille, je ne risque pas d'aller bien loin.

Miranda se tourna vers elle pour échanger un regard compatissant. Une fois de plus, elle était happée par la beauté subsistante d'Hannah. Ses longs cheveux argentés se nouaient en une tresse délicate, qui encadrait la finesse de son visage anguleux. Mais, ce qui ressortait le plus, restait ses yeux verts en amande, qui scrutaient encore le monde avec une étonnante lucidité. Seule la peau marquée par la vieillesse venait rappeler que, face à elle, se tenait une femme de quatre-vingt-cinq ans.

Une bouffée d'amour l'envahissait, à chaque fois que son regard se posait sur elle. Et, aujourd'hui, elle regrettait d'être la seule famille qui soit là pour l'accompagner dans la dernière ligne droite de sa vie.

Son père était parti avec une autre femme pendant la grossesse, laissant sa mère avec un cœur irréparable. Logiquement, elles avaient donc construit leur vie en binôme, sans laisser personne interférer dans leur relation. Mais, loin de se laisser abattre, leur solitude partagée avait engendré un lien unique et indéfectible. Ce lâche inconnu qui était son paternel n'avait aucune importance à ses yeux, puisqu'elle ne l'avait jamais connu. Elle respectait donc le silence que sa mère entretenait à son sujet.

La professeure regarda l'heure pendant que la tasse se remplissait du liquide brûlant. Elle se demanda ce qu'il se passait en ce moment pour le trio qui avait atterrit sur Negata en début de journée.

Elle avait fait ce qu'elle avait pu pour leur délivrer un maximum de conseils. Mais une certaine inquiétude subsistait face à toutes les informations qu'aucun d'eux ne maîtrisait. Miranda devait prendre son mal en patience et prier pour que tout se déroule correctement. Cependant, elle avait d'autres préoccupations en ce moment, elle tâchait donc de ne pas se laisser déborder par une expédition qui n'était pas de sa responsabilité.

Suite à l'appel l'ayant informée de la prise en charge médicale urgente de sa mère, qui avait chuté dans les escaliers, elle avait quitté immédiatement ses travaux de recherches et sa maison. Après quelques examens et analyses, le verdict avait été sans appel : une tumeur était en train de dévorer le cerveau d'Hannah.

Cette dernière avait mis les migraines de ces derniers mois sur le compte de ses verres optiques, qui n'étaient sans doute plus très adaptés. Elle s'était positionnée sur la très longue liste d'attente de son ophtalmologue, et avait attendu patiemment son rendez-vous, programmé le mois prochain.

Alimentée par l'adrénaline et l'attente, Miranda essayait, en vain, de ne pas songer à la perspective que, peut-être, elle reparte seule de l'hôpital. L'idée qu'un petit sac de vêtements et deux romans seraient la seule trace de sa mère qui subsisterait entre ses mains en quittant les lieux, la submergeait d'angoisse.

La machine à boissons émit trois bips sonores, et la sexagénaire récupéra le gobelet brûlant du bout de ses manches. Pourquoi même ce thé avait le goût de la maladie ? Elle respira un grand coup et retourna en direction de la chambre 106.

*

Pendant ce temps, loin de ces préoccupations, Lady Violet finit enfin par repérer un élément atypique immergé sous un monticule d'algues mortes En s'approchant de plus près, elle distingua un large morceau de tôle gondolé par la rouille.

Elle tenta de la soulever mais en fut incapable. Heureusement que cette marque orangée du temps passé avait attiré son regard. Le reste était sensiblement de la même teinte que tous les végétaux de cette planète.

En replongeant dans ses souvenirs, le cœur de la jeune fille manqua un battement. Elle était quasiment persuadée que les différents vaisseaux dans lesquels elle avait déjà vu son père respectaient tous un certain code esthétique s'apparentant à ce qu'elle avait sous les yeux. Bien sûr, n'ayant pas pu obtenir l'accès aux documents officiels de l'organisation, elle ne savait pas quel véhicule exact avait été impliqué dans cette mission. De plus, la taille et la forme du vestige ne permettaient pas vraiment d'évaluer s'il s'agissait bien d'un bout de vaisseau ou de tout autre chose.

La plongeuse donna un coup de poing rageur dans les algues voisines, frustrée de ce semblant d'indice qui ne lui apportait aucune réelle réponse. Jetant un coup d'œil à sa montre, elle réalisa que le temps restant lui était compté et qu'elle devait se dépêcher. Elle fixa la scène sous ses yeux, déterminée à prendre une photo mentale de tous les détails importants dont elle devrait se souvenir. Elle entreprit ensuite de finir rapidement son état des lieux du lac, afin d'avoir une vision d'ensemble du périmètre.

Vingt minutes plus tard, Little John vit son acolyte émerger de l'eau doucement. Malgré ses lunettes de plongée épaisses, il put voir immédiatement que ses yeux lançaient des éclairs. Ses mouvements brusques en retirant sa combinaison de plongée en disaient également long sur l'état émotionnel de l'adolescente. Il prit donc le parti d'attendre qu'elle lui relate l'expédition avant de lui adresser la parole.

Lady Violet remplaça son équipement et, une fois son masque à gaz remis, elle commença à faire les cent pas sur la berge. Sa respiration reprit peu à peu un rythme normal et elle finit par s'arrêter, poings sur les hanches, pour établir un dialogue avec son coéquipier.

— On n'est pas plus avancés… Je ne comprends pas, j'ai ratissé l'ensemble du lac et l'eau était suffisamment claire pour que je puisse percevoir le fond. Mais je n'ai trouvé qu'un gros bout de tôle qui pourrait appartenir à tout et n'importe quoi !

— Attends mais c'est déjà peut-être un indice Violet ! Ce n'est pas anodin qu'il y ait ce genre d'éléments dans un milieu naturel, tenta-t-il d'édulcorer.

— Hum… Naturel ? Je ne suis plus si sûre… Il n'y a pas un seul poisson dans ce lac… J'ai l'impression que Negata est en train de se jouer de nous, répondit-elle pensivement en observant les alentours avec défiance.

— C'est vrai que plus les heures passent et plus j'ai une sensation de malaise en étant sur cette planète… Je n'arrive pas non plus à mettre le doigt dessus mais il règne une atmosphère presque aseptisée ici.

Ils prirent quand même le temps de résumer la situation à Poppy et décidèrent de reprendre tout de suite la route pour ne pas perdre de temps. Ils n'avaient pas vraiment envie de s'éterniser plus qu'il n'était nécessaire. Leur membre d'équipage resté à l'Aéromachine rejoignit le raisonnement de Little John sur le caractère tout de même intéressant de cette petite découverte sous-marine. Il entreprit de faire des recherches sur les couleurs des vaisseaux et autres engins spatiaux afin de déterminer s'il s'agissait là d'un semblant de piste.

Ils reprirent ensuite la route vers le palace, bien déterminés à ne pas ressortir vains de cette première vraie journée d'expédition. Le lycéen avança qu'il était préférable de ne rien trouver de concret plutôt que de tomber sur la carcasse du vaisseau, voir même sur le reste de la dépouille du Capitaine Sky. Sa partenaire était plus mitigée quant à cette manière de voir les choses.

L'absence de réponses n'était-elle pas parfois pire que le couperet de la vérité ? Vivre dans les doutes et les questionnements de savoir ce qu'il était advenu d'un proche lui apparaissait comme le pire des purgatoires. Negata s'annonçait comme les prémices d'une quête qui la dépassait.

Faux-semblants

Perdue dans ses pensées et bercée par la routine de leurs pas réguliers, Lady Violet manqua de rentrer dans son homologue masculin, quand ce dernier stoppa brusquement. Il la regarda fixement et lui fit signe d'écouter les alentours, mais elle ne percevait que les pépiements monotones des oiseaux.

Au bout de quelques secondes, elle discerna toutefois une irrégularité, suivie d'un léger grésillement. Elle fronça les sourcils et se concentra pour comprendre ce qu'il se passait. De nouveau, le son se produisit, avec cette fois un crépitement bien plus important. Elle ouvrit la bouche, mais son partenaire posa la main sur son bras pour l'inviter à maintenir le silence. Il décida de se diriger en direction du bruit.

Après quelques pas, son regard fouilla le paysage jusqu'à s'arrêter à un buisson très étoffé. Il en écarta les feuilles et se lança dans une recherche minutieuse, mais rien de concluant n'en ressortit. Il allait revenir vers elle mais le bruit se reproduisit à proximité et il perçut cette fois qu'il émanait non pas du sol mais d'au-dessus de lui. Little John leva la tête, scrutant le bananier bleu le surplombant. Il écarta l'une de ses épaisses branches et ses yeux s'écarquillèrent.

— Violet, viens voir ça, tu ne vas pas le croire!

Intriguée, elle se rapprocha pour voir ce qu'il lui désignait à travers les feuilles. Une petite boîte noire grillagée leur faisait face. Elle ne comprit pas tout de suite ce dont il s'agissait. Mais le grésillement émis par l'appareil eut tôt fait de l'éclairer.

— Attends, ces croassements émanent d'enceintes?

— Je crois que Negata n'a pas fini de nous surprendre... répondit-il en essayant d'atteindre l'objet.

Il tira dessus pour voir quel genre d'installation permettait que cette enceinte fonctionne au milieu de nulle part. À sa grande surprise, un branchement apparut, dont le fil prenait racine à même l'écorce. Il comprit qu'un réseau électrique parcourait le tronc et s'échappait probablement sous leurs pieds.

Abasourdi par ce système technologique, il contempla les centaines de bananiers autour d'eux, se demandant combien d'entre eux recelaient ce genre de surprises.

— Je me demande ce que Marius penserait de tout ça... Vu la technicité employée, nul doute qu'un cerveau humain est passé par là, compléta-t-il.

— À ce stade, ça pourrait tout aussi bien être aussi une intelligence supérieure à la nôtre, l'Oisillon. Je ne serais pas surprise qu'une armée de petits êtres chauves à scaphandres débarque dans notre champ de vision dans les prochaines minutes, répliqua Lady Violet.

Elle essayait de faire de l'humour, mais aucun des deux ne se leurrait, cette expédition prenait de plus en plus une tournure orwellienne et apparaissait de moins en moins rassurante.

*

Alors qu'Hannah sombrait de nouveau dans un sommeil apaisant, Miranda vit apparaître une tignasse blonde dans l'entrebâillement de la porte. À cette heure-ci, il y avait rarement des visites et la blouse blanche qui la jalonnait ne laissa que peu de doutes à la professeure sur la nature de cette apparition. Cette dernière arrivait d'ailleurs d'un pas pressé, mais tout son corps se figea quand elle constata l'état de la patiente à sa gauche. Elle fit un petit sourire poli à Miranda et lui fit signe de la rejoindre à l'extérieur de la pièce.

— Bonjour Madame, nous n'avons pas encore été présentées mais je suis la neurochirurgienne en charge du dossier de votre mère.

La professionnelle accompagna prestement sa présentation orale d'une main tendue. Son interlocutrice ne put s'empêcher d'admirer la délicatesse de ses longs doigts. Visiblement, l'interdiction de fantaisies ongulaires pour le corps médical ne portait pas préjudice à cette femme à la beauté naturelle. Elle inspirait la confiance en elle et la ténacité.

Les membres encore engourdis d'être restée assise depuis le début d'après-midi, la sexagénaire s'empressa de répondre à son geste de politesse. Elle se retint de demander comment elle avait deviné leur lien de parenté quand elle se rappela avec bon sens qu'elle était la seule famille restante d'Hannah. Elle ne put toutefois réprimer la suite de sa pensée :

— Bonjour docteure. Alors quel est votre pronostic sur son état ? Est-ce qu'il y a encore une chance ?

Ces mots lui brûlaient les lèvres depuis son arrivée et elle faisait partie des gens qui préféraient obtenir une réponse honnête plutôt que de flotter dans l'incertitude. Son esprit cartésien et scientifique attendait des réponses claires et précises. La femme face à elle afficha un air compatissant, mais le temps d'arrêt qu'elle marqua pour choisir ses mots ne permettait pas de se forger un trop grand espoir. Plaçant délicatement une mèche ondulée derrière son oreille, la médecin répondit calmement :

— Nous ne pouvons pas vous cacher que l'état de Mme Firenze est critique depuis quelques jours et en particulier depuis ces dernières vingt-quatre heures. Nous faisons notre possible pour assurer son confort et la soulager mais, à l'heure actuelle, nous ne pouvons pas nous engager sur du long terme.

L'utilisation du « nous » permettait à ce moment-là à Iliana de se détacher, dans la mesure du possible, de sa responsabilité individuelle en tant que médecin. Bien qu'en charge du dossier de la patiente, toute une équipe de professionnels travaillait à ses côtés. Elle devait admettre que cette imputabilité partagée lui permettait de pouvoir fermer l'œil la nuit.

Porter le poids de plusieurs vies, au quotidien, avait aussi une incidence sur la sienne. Mais, en formation, on lui avait appris à parler au nom du corps médical et elle en comprenait tous les jours l'importance. Face à cette femme épuisée d'attendre un miracle, elle ne put s'empêcher de penser à sa propre belle-mère.

« Mamie Paulette », comme l'appelait sa fille, était bien au chaud dans son fauteuil, à tricoter un nouveau pull en laine importable. Mais qu'en serait-il si c'était elle qui se retrouvait dans ce lit d'hôpital, la vie suspendue à des perfusions ? Comment réagirait-elle face à une menace invisible et fatale grignotant le corps de celle qui avait mis au monde son mari ? Certes, Iliana devait sa réputation à ses compétences médicales, mais pas que. L'empathie était une qualité déterminante, bien qu'éprouvante, pour marquer la vie de ses patients. Aujourd'hui ne dérogeait pas à la règle.

Malgré un réveil à cinq heures et l'inquiétude de ne pas savoir où précisément était Violet, elle ne pouvait s'empêcher de ressentir de la compassion face à cette sexagénaire dont seuls les nerfs maintenaient les paupières éveillées. Elle venait d'ailleurs de les clore suffisamment de temps pour leur laisser le temps d'assimiler ces mots.

En dépit de sa peine, Miranda Firenze ressentait de la gratitude d'avoir partagé autant d'années avec sa mère. Pouvoir l'accompagner jusque dans les couloirs ternes de cet hôpital était, à son sens, la plus belle preuve d'amour qu'elle pouvait lui offrir.

Iliana posa une main compatissante sur son épaule puis s'éloigna en direction de la chambre suivante. La journée était loin d'être terminée.

La Duchesse

Le poids de la journée passée alourdissait leurs pas mais n'avait en rien enlevé la témérité de Lady Violet. Mais malgré son envie d'aller au bout du chemin, sa marche s'était subtilement ralentie, comme si elle luttait intérieurement contre les démons qui menaçaient de la rattraper à chaque mètre franchi. Le silence avait depuis déjà un bon moment remplacé leurs discussions animées.

Comme saisis de la même impulsion, ils se figèrent huit cent mètres devant le bâtiment. Little John interrogea sa camarade du regard. Elle le lui rendit et murmura :

— C'est bon. Ça va aller.
— Tu es sûre de toi ?
— Absolument certaine. J'attends ce moment depuis trop longtemps. Je suis prête à en affronter les réponses. Si le lac ne nous a rien apporté, cette habitation est notre seul espoir de ne pas repartir de Negata les mains vides.

Il s'approcha alors d'elle et la serra avec douceur dans ses bras. Pour une fois, elle ne laissa échapper aucune remarque cinglante et ne chercha pas à s'en détacher. Ce soudain réconfort arrivait à point nommé et de toute façon elle était trop aux prises avec les différentes émotions qui faisaient déjà tempête en elle pour pouvoir le repousser.

— Courage. On sait tous les deux que tu en es capable…

Face au petit sourire qu'elle lui adressa en retour, le garçon eut envie de glisser sa main sur sa joue, mais leur masque respectif l'empêcha de céder à cette impulsion. Ou alors c'était la peur qui le retint, il n'aurait su le dire. Lady Violet contempla l'immense palace devant eux. À l'image du reste de la planète, il présentait une surface lisse et sans entaille du passé. Elle ne sut si ce gage de modernité était positif ou non dans sa quête. Si ses habitants s'étaient implantés là récemment, ils n'auraient aucun élément sur ce qu'il s'était passé quatre ans plus tôt.

A contrario, elle ne put s'empêcher de penser que l'équipage aurait pu élire domicile là après un accident, bloqué sans véhicule pour retourner sur Terre. Elle espérait de tout son cœur trouver des indices derrière ces murs, peu importe leur teneur.

En levant les yeux vers les hautes fenêtres du dernier étage, elle crut voir un mouvement de rideau. Aussi furtif qu'un battement de cils, il se figea et elle se demanda si son imagination n'était pas en train de lui jouer des tours. En le voyant de plus près, il semblait que le bâtiment faisait la hauteur de huit ou neuf étages. Mais il était difficile de le déterminer car aucune ouverture ne venait parasiter la façade argentée parfaitement lisse.

Malgré leur forme de champignon, ce qui semblait être un hublot avait été placé sur chacune des six tourelles. Avec ces quelques mètres de hauteur en plus, il y avait de grandes chances pour que les habitants aient vu leur Aéromachine atterrir sur Negata. Cela n'avait rien de rassurant et Little John regretta d'avoir somnolé jusqu'à l'atterrissage. S'il avait été attentif, il aurait pu voir l'étrange bâtisse au moment où ils l'avaient survolée.

En même temps, cela n'aurait pas changé grand chose puisqu'ils n'avaient pas d'armes supplémentaires en réserve, pour tant soit peu qu'il y ait un combat compris dans le dénouement de l'histoire. Son acolyte interrompit brutalement ses pensées quand elle monta les marches de l'entrée et s'exclama d'un ton effaré :

— Mon dieu mais c'est quoi cette horreur ?

Le sang de l'adolescent ne fit qu'un tour et il se mit tout de suite à sa hauteur pour voir de quoi elle parlait.

— C'est une blague ? Violet si tu pouvais éviter à mon cœur de lâcher avant la fin du voyage j'apprécierais ! répliqua-t-il en détaillant le poney avec un nœud jaune autour du cou qui les fixait depuis le pallier.

Oui, quelqu'un avait délibérément acheté et placé là un paillasson de très mauvais goût. Le mot incongru « CENTRAMES » venait surplomber l'animal, avec un lettrage orné de rubans et de fanfreluches.

Quel genre de psychopathe pouvait bien avoir mis ça là ? Et qui donnait un tel nom à un équidé ? La jeune fille commença à avoir un rire nerveux et il eut tôt fait de la rejoindre dans son hilarité. Ils se rendaient tous les deux compte du ridicule de la situation. Faire tous ces kilomètres et prendre les armes, tout ça pour se retrouver nez à nez avec un misérable poney, ce n'était pas vraiment l'image qu'ils s'étaient faite de ce périple.

En tout cas, si le paillasson avait été mis là pour tromper les ennemis, cela avait le mérite d'être plutôt efficace. C'est donc l'esprit plus détendu qu'ils voulurent sonner à la porte. Mais à leur grand étonnement, ce n'était pas une simple sonnette qui les attendait, mais un tableau électronique comprenant les lettres de l'alphabet. Le surplombant, une petite pancarte annonçait : « Pour mériter l'entrée, remuer et réordonner vous devrez ».

— Sérieusement Negata ? soupira l'adolescente en se laissant tomber sur la première marche, la tête entre les mains.

Le poids de la journée commençait à se faire ressentir et elle n'avait aucune envie de dépenser plus d'énergie dans des énigmes stupides. Elle chercha un autre moyen d'entrer, mais la porte ne comportait aucune poignée.

Elle frappa alors contre le métal mais l'épaisseur de matériel étouffa son appel. Un grincement retentit au-dessus d'elle.

— L'Oisillon, je crois qu'on est observés.

Il fixa le point rouge qu'elle lui désignait derrière le pot de fleurs fixé sur le mur. Elle remercia intérieurement son père de lui avoir appris quelques réflexes de détection du danger, même si la caméra était grossièrement dissimulée.

— Décidément, les enceintes cachées, les caméras, ça commence à faire beaucoup... Mais au moins ça ne laisse que peu de doutes sur une présence humaine ici, rétorqua-t-il perplexe.

— En tout cas, qui que ce soit derrière ces murs, il n'a pas l'air décidé à nous aider. Je crois qu'on ne va pas pouvoir échapper à cette devinette puérile, maugréa-t-elle.

Son coéquipier relisait inlassablement la phrase, essayant d'y mettre du sens. Il essaya le mot « NEGATA », mais une croix rouge le balaya ostensiblement. Un petit message apparut ensuite en pixels : « Essaye encore ☺ ». Le smiley semblait clairement le narguer, ce qui l'agaça au plus haut point. Il essaya d'autres mots associés à la planète mais aucun ne trouvait grâce aux yeux du gardien de ce palais. Il s'assit alors à son tour sur les marches.

Après quelques secondes d'intenses réflexions, ils décidèrent d'appeler Poppy en renfort. Il avait la tête plus reposée qu'eux et pourrait leur apporter un éclairage extérieur. Et effectivement, celui-ci ne tarda pas à revivifier leur esprit.

— Bon, si je résume vous devez rentrer un code composé uniquement de lettres. Si j'en crois les indications du propriétaire, un indice doit être à votre portée pour former un mot avec des lettres dans le désordre.

— C'est bien ça le problème, il n'y a aucun autre indice sur la porte.

— Je vois, mais autour de vous ? Pensez de manière plus large, il y a forcément quelque chose ! les encouragea-t-il d'un ton paternaliste.

Lady Violet se creusa la tête et se leva brusquement pour regarder de nouveau l'affreux paillasson.

— Attends, je crois qu'on peut essayer quelque chose.

Elle tenta le terme « CENTRAMES », puis « PONEY », « CHEVAL » et termina par un désespérant « JAUNE ». Mais la croix et le petit sourire revenaient inlassablement achever ses tentatives.

— Tu crois qu'il faut qu'on appelle Marius et la professeure Firenze ? Ils auront peut-être des idées…

— J'en doute, ils n'avaient même pas connaissance d'une habitation sur Negata, je ne vois pas en quoi ils pourraient nous être utiles, répondit-il, lui aussi gagné par la fatigue.

Poppy finit alors par reprendre la parole :

— Les enfants, je suis désolé de vous dire ça mais vous n'êtes pas les couteaux les plus affutés du tiroir... Un gamin de cinq ans aurait compris l'objet de cette énigme.

— Hey, ne sois pas désobligeant, ça se voit que ce n'est pas toi qui viens de parcourir des kilomètres à pied et de nager pendant deux heures, le reprit sa maîtresse avec humeur.

— On t'écoute puisque tu es plus malin que nous, compléta Little John les bras croisés.

À travers le talkie-walkie, ils entendirent distinctement le marsupial soupirer de dépit.

— « Remuez et réordonner » : c'est une anagramme ! Visiblement « CENTRAMES » est le seul mot clair sous vos yeux. Or, nous pouvons tous nous accorder sur le fait que ce n'est pas un mot commun, que ce soit comme message de paillasson ou comme nom de poney. On doit trouver quel autre mot peut être formé avec ces mêmes neuf lettres pour définir le mot de passe !

Les deux destinataires du message se dévisagèrent les yeux écarquillés, se demandant comment ils avaient pu ne pas y penser plus tôt. L'air de Negata était peut-être bien aliénant finalement, et ce, malgré leurs masques ?

Little John ne tarda pas à trouver un petit bâton par terre et entreprit de tracer les lettres dans la terre afin d'y voir plus clair. Ils fixèrent avec concentration le tout, tentant d'y mettre un sens.

— Arf... Je savais que j'aurais dû plus m'investir dans les parties de Scrabble des Églantiers, gémit la jeune fille, le cerveau en ébullition.

— Essaye « SACREMENT », lui répondit-il après un silence. Ça peut correspondre, pour un palace.

Elle le regarda avec des yeux admiratifs et s'empressa de taper sur le clavier. Mais un sourire de défi la recala immédiatement.

— Je rêve, on a fait tout ce chemin pour se retrouver bêtement bloqués par neuf lettres...

— MECREANTS Violet, MECREANTS! scanda son petit animal à travers les grésillements de l'appareil.

Cette énième tentative fut la bonne, un petit signal vert apparut suivi d'un « bien joué! ».

— Drôle de choix pour un mot de passe, murmura Little John, méfiant.

Mais ils n'eurent pas le temps d'analyser l'information car leur manipulation déclencha automatiquement un tintement de clochettes de l'autre côté de la porte. Il y eut un silence, puis des pas lourds résonnèrent sur le sol, se rapprochant peu à peu d'eux. Le bruit s'arrêta net et une voix haut perchée se fit entendre à travers le bois.

— Oui? C'est pour quoi?

— Euh... Bonjour, nous venons pour réaliser une étude sur la faune et la flore !

Little John donna un coup de coude à sa coéquipière et lui glissa :

— Une étude, vraiment, c'est ça ton plan ? Est-ce qu'on a une allure crédible de chercheurs ?

Elle lui jeta un regard menaçant et lui fit signe de se taire pendant que la serrure se faisait lentement déverrouiller. La porte massive s'entrouvrit alors dans un grincement qui leur procura un frisson dans le dos. Une grosse tête apparue, surplombée d'un chapeau cloche jaune. À première vue cela semblait être une femme d'une soixantaine d'année, qui les observait avec un sourire jovial et rassurant.

— Voyons, rentrez donc ! Vous n'allez tout de même pas rester dehors par un froid pareil mes petits ! Je viens justement de faire mettre à chauffer ma théière. Vous avez bien le temps d'échanger autour d'une tasse ?

Des mèches blondes décolorées venaient encadrer ses joues épaisses et son double menton frémissait à chacune de ses paroles. Cette entrée en matière était assez engageante, malgré le fait que seul son visage leur était visible. Cette personne était assurément humaine, ce qui était déjà un bon point. De toute façon, il était trop tard pour reculer.

Le garçon esquissa un sourire timide, même s'il ne comprenait pas sa remarque sur la météo, alors qu'ils transpiraient dans leur combinaison depuis le début de la journée. Et puis pourquoi feindre une telle surprise alors que la caméra à l'entrée l'avait vraisemblablement avertie de l'arrivée de ses visiteurs ?

— Vous êtes sûre Madame ? Nous ne voulons pas vous déranger...

— Me déranger ? Voyons quelle idée ! Mon feuilleton préféré vient de se terminer et je n'ai que ce bon vieux Foxy pour me tenir compagnie.

À l'entente de son prénom, un petit trottinement se fit entendre derrière l'inconnue. En une fraction de seconde, un long museau se fraya un passage entre ses jambes et apparût dans l'entrebâillement de la porte. Puis, trois yeux ronds comme des billes et une paire d'oreilles velues suivirent. Son pelage bleu et sa particularité oculaire leur laissèrent un doute sur sa nature.

— Vous avez un... blenard... comme animal de compagnie ? s'émerveilla Little John sans feindre son enthousiasme.

Il avait toujours adoré les animaux, et l'idée d'apprivoiser une créature sauvage lui avait souvent traversé l'esprit pendant son enfance. Autant il n'enviait pas du tout le compagnon pelucheux de Violet, autant le mammifère face à lui le fascinait. C'était la première fois qu'il en voyait un de ce type, en dehors des livres de contes que lui lisait sa mère.

Derrière lui, son amie ne disait rien, analysant tout ce qu'elle pouvait percevoir de l'intérieur du palace sans aucune discrétion. Elle n'était nullement intéressée par cette conversation de convenance.

— Oh, c'est même plus qu'un animal de compagnie, mon garçon ! Foxy fait partie de ma vie, il est comme mon enfant, répondit leur hôte en gloussant.

Elle papillonna des cils en contemplant la créature avec adoration. Le concerné glapit et frotta sa tête contre la jambe de sa maîtresse en guise d'acquiescement. L'attitude de cette dernière rendait soudainement le choix du paillasson beaucoup plus limpide. Malgré un âge adulte assez avancé, elle se comportait avec une attitude étonnamment enfantine. Engoncée dans une robe constituée d'un nombre impressionnant de froufrous et volants, elle semblait peiner à se déplacer.

Sans se concerter, les lycéens pensèrent à la même chose : que faisait une dame de son âge, isolée dans un tel endroit ? Comme si elle lisait dans leurs pensées, son front se plissa un instant, trop peu pour qu'ils y fassent attention.

Puis, son sourire de circonstance revint et elle ouvrit enfin la porte en entier afin de les laisser passer. Ils purent alors pénétrer à l'intérieur de la mystérieuse bâtisse.

L'entrée regorgeait de décorations en tout genre, donnant l'impression d'un passage très étriqué. Vaisselles, rubans, dentelles, broderies, tout s'imbriquait, rendant presque impossible de déterminer la couleur réelle de la tapisserie qui devait se trouver en dessous. Alors qu'elle leur empruntait le pas de sa démarche chaloupée, la dame s'exclama :

— Oh mais comme je suis impolie, je ne me suis même pas présentée, même si mon identité tombe sous le sens... Je suis bien évidemment la Duchesse de Clarence, leur lança la maîtresse de maison en se dandinant péniblement jusqu'à la pièce suivante.

Little John lança un regard interrogateur à Lady Violet, qui, au vu de sa tête, ne semblait pas le moins du monde avoir déjà entendu ce nom. Le titre de duchesse les laissait perplexe. Pour eux, ce statut de noblesse n'existait que dans les livres d'Histoire.

— Et bien à vrai dire, nous manquons de connaissances sur la population de Negata, c'est pourquoi nous venons réaliser des études statistiques ici. Nous n'avions pas connaissance que cette planète était administrée par un titre de noblesse, répondit prudemment le lycéen en contournant un vase proéminent en forme de cœur.

Son homologue féminin esquissa un petit sourire et lui adressa un pouce vers le haut. Visiblement il ne s'en sortait pas si mal pour mentir de manière convaincante... La proéminente dame fronça les sourcils et s'arrêta net. À ce moment précis, la respiration de l'adolescent se bloqua, persuadé qu'il venait de vexer suffisamment la duchesse pour que leur retour sur Terre se fasse plus vite que prévu.

— Negata ? Mais qu'est-ce que vous racontez ? Vous vous êtes trompés de planète mes petits. Ici vous êtes sur Clarencia. Mais rassurez-vous, vous gagnez au change. Ici, le soleil brille toute l'année, les sols regorgent de nourriture abondante, les ennuis n'existent pas en ce lieu ! Qui donc préférerait aller sur une autre planète que Clarencia en sachant cela ?! Negata... Quelle drôle d'idée ! Elle acheva sa phrase dans un ricanement moqueur et leur fit signe d'entrer dans le salon.

Ils ne purent que constater que le choix décoratif de l'entrée n'était apparemment pas une exception.

Tous les murs étaient surchargés d'objets au goût douteux. Malgré tout, on pouvait vaguement distinguer une tapisserie jaunâtre dont la bordure fleurie venait lécher la moquette couleur pistache. Deux fauteuils moelleux trônaient près d'une cheminée où le feu crépitait paisiblement. Une importante chaleur émanait de l'âtre, rendant la pièce encore un peu plus étouffante. Little John se demanda quel intérêt pouvait bien avoir une cheminée sur une planète où le soleil maintenait toute l'année une température plus qu'agréable...

Visiblement, à l'image de la nature, les habitants aussi présentaient quelques incohérences. Foxy sauta immédiatement sur l'un des deux fauteuils et se blottit contre un coussin, continuant de les fixer du coin de l'œil. Les deux aventuriers s'étaient arrêtés net en entendant qu'ils ne se trouvaient pas au bon endroit. Tout s'expliquait maintenant : le paysage irréel, le climat anormal, l'architecture de cette maison... Mais comment avaient-ils pu se tromper à ce point dans leur plan de vol ? Et comment expliquer qu'un lac était aussi sur cette planète ?

— Je vais te tuer, marmonna discrètement la jeune fille entre ses dents.

Le destinataire de cet agréable message fut forcé de reconnaître qu'il avait forcément sa part de responsabilité s'il y avait eu une erreur de trajectoire. Il s'était occupé de récolter toutes les données pour planifier leur itinéraire et il avait rentré lui-même les coordonnés du trajet dans le tableau de bord. Tout avait été pensé et automatisé par la Professeure Firenze pour faciliter la navigation de l'Aéromachine. De ce fait, les chances pour que l'engin se soit déprogrammé tout seul était relativement minces.

Quoi qu'il en soit, ils avaient visiblement atterri sur Clarencia par inadvertance. Ils se retrouvaient désormais dans une situation assez gênante où ils se sentaient obligés de rester un peu, par politesse.

Les joues de Lady Violet avaient pris une teinte rosée et le garçon pouvait sentir d'ici à quel point son corps s'était tendu. Elle était clairement en train de lutter pour contenir sa déception et l'envie probable de courir rejoindre l'Aéromachine et d'incendier les responsables de ce dysfonctionnement.

— Oui, bien sûr, tout le monde sur Terre connaît Clarencia ! Votre planète est très réputée pour... pour sa qualité de vie. À vrai dire, c'est la première fois que nous quittons notre ville, c'est la raison pour laquelle nous sommes un peu confus avec toutes ces planètes. Nous sommes désolés de vous avoir fait perdre votre temps, tenta de se rattraper Little John avec une moue embarrassée.

À peine avait-il fini sa phrase qu'il se retrouva avec une tasse de thé fumante entre les mains.

— Voyons, comme je vous l'ai dit, vous ne me dérangez ABSOLUMENT PAS. Je n'ai que rarement de la visite ici alors maintenant que vous êtes là, autant en profiter, dit-elle en leur lançant un petit clin d'œil de connivence. Vous devriez enlever ces masques ridicules, ce n'est certainement pas sur ma planète que vous en aurez l'utilité !

La Duchesse de Clarence s'assit ensuite lourdement sur le deuxième fauteuil et s'empressa d'enfiler des chaussons parés de motifs similaires à ceux du paillasson, laissant les deux jeunes gens debout. Ne sachant pas vraiment quelle attitude adopter, ils restèrent ainsi à se balancer d'un pied sur l'autre pendant qu'un silence gênant s'installait.

Seul le bruit de leur petite cuillère, heurtant

régulièrement la paroi de la tasse, résonnait dans le salon. Le blenard les regarda d'un air condescendant et s'enfonça un peu plus dans le fauteuil, comme pour leur signifier un peu plus le confort auquel il avait accès, contrairement à eux.

Ils enlevèrent leur masque le temps de consommer la boisson, mais un instinct protecteur les poussa rapidement à le remettre. Après tout ils ne connaissaient rien de cette étrangère dont le discours n'avait pas de sens.

Et la demi-heure qui s'ensuivit ne les aida pas à y voir plus clair puisqu'il s'agissait plus d'un monologue sur le mérite de sa planète que d'un réel échange. Little John en vint même à se demander si elle ne cherchait pas à recruter de nouveaux habitants pour vaincre sa solitude. Le temps devait être bien long quand on était entouré que d'un petit mammifère mutique.

Lady Violet profita d'un temps où leur hôte reprenait enfin sa respiration pour glisser sa question :

— Duchesse, permettez-moi de vous poser la question mais, depuis quand résidez-vous ici ?

— Depuis quand ? glapit-elle. Voyons ma petite, j'ai toujours été là !

Sa réponse sonnait comme une évidence, qu'elle appuya en se resservant une tasse, toujours aucunement gênée que ces deux invités soient debout devant elle.

— Dans ce cas, est ce que vous vous souvenez d'un évènement inhabituel survenu à Nég... Clarencia il y a quatre ans de cela ?

— Un évènement inhabituel, c'est-à-dire ?

— Une visite extérieure, un accident, un bruit insolite, l'arrivée d'un vaisseau sur votre planète ?

— Voyons, c'est ridicule, aucun évènement de ce genre n'est jamais venu perturber la tranquillité de cet endroit.

— Mais pourtant, nous sommes bien là devant vous aujourd'hui, argua Little John avec un soupçon d'impatience.

— Certes, mais cela faisait bien longtemps que je n'avais pas eu de visite mes enfants.

— Dans ce cas quelle est l'utilité d'avoir installé une telle énigme à la porte, comme pour bloquer tout visiteur ? Est-ce que vous avez peur de quelqu'un ? insista Lady Violet, qui elle aussi commençait à s'impatienter.

La Duchesse sursauta et son blenard grogna dans leur direction.

— C'est grotesque voyons. Tout est si parfait ici que je n'ai aucune raison de craindre quoi que ce soit. Les choses sont telles qu'elles sont et l'ont toujours été à ma connaissance. Bon, je pense avoir fait le tour de ce que je peux vous apporter comme information. Bon courage pour votre sondage !

Tout en prononçant ces mots, elle leur retira vivement les tasses des mains et les poussa sans concession vers la sortie. Ahuris, les deux individus se retrouvèrent en un rien de temps à la porte, écrasant le poney insolent du paillasson.

— Est-ce qu'on vient de se faire mettre à la porte d'un palace, Violet?

— Clairement. Je ne sais pas ce que cette bonne femme cache mais elle est sacrément siphonnée. Je crois que l'air de cette planète, peu importe son nom, lui est monté à la tête, tâcha de relativiser la rousse.

Encore décontenancés par la scène alambiquée à laquelle ils venaient d'assister, ils ne purent toutefois qu'admettre que le soleil descendait dangereusement. Il était temps de revenir à l'Aéromachine pour prendre un peu de recul sur le moment lunaire qu'ils venaient d'expérimenter.

Connexions

— Bon, qu'est-ce qu'on fait de toutes ces informations maintenant ? soupira Little John, après que sa coéquipière ait relaté la journée en détail à Poppy.

Comme pour répondre à son interrogation, l'écran de communication à sa droite s'alluma et indiqua un appel. Les traits tirés de Miranda Firenze apparurent dans un grésillement.

— Les enfants, je n'ai pas beaucoup de temps. Je suis désolée de ne pas pouvoir plus vous seconder en ce moment, mais je dois gérer une urgence familiale. Marius m'a fait part de votre interrogation concernant la tôle retrouvée au fond du lac. Je ne peux pas rentrer dans les détails mais il se trouve que, Violet, j'ai eu l'occasion de m'entretenir avec ta mère.

La concernée manqua de s'étouffer avec son café en entendant l'information, mais la professeure ne prit pas la peine de se justifier. Ses petits coups d'œil réguliers sur le côté et la cacophonie médicale derrière elle ne laissaient que peu de doutes sur le fait qu'elle avait d'autres préoccupations plus urgentes.

— Elle est formelle, la 5ème division n'utilisait plus d'engins orange depuis déjà plusieurs années. À l'arrivée du dernier patron de ton père, une restructuration a engendré plusieurs changements pour renforcer la sécurité. Or cette couleur avait été considérée comme trop repérable en tant que cible potentielle.

— C'est sûr que ça aurait été trop évident et facile pour nous de réussir à dénicher un véhicule orange. Alors qu'une nuance passe-partout, ça pimente tellement plus la recherche. Avec un peu de chance, ils ont même opté pour du bleu, comme ça nous sommes sûrs que ça se fondra dans le décor de quatre-vingts pour cent de cette planète ! ironisa la jeune fille pour elle-même.

Le fait que sa mère se sente soudainement concernée par cette recherche, en donnant des informations à une parfaite inconnue, la mettait particulièrement de mauvaise humeur. Est-ce qu'Iliana venait mystérieusement d'avoir une révélation maintenant que sa fille se risquait à une escapade dans la galaxie ?

D'habitude, ses réponses restaient toujours courtes et évasives et, dès que l'occasion se présentait, la chirurgienne faisait tout pour changer de sujet. Ce n'était pas faute d'avoir essayé de la questionner ces dernières années. Mais quand on se prenait des murs à répétition, on finissait toujours par emprunter un autre chemin. Lady Violet n'avait donc jusqu'ici jamais considéré sa mère comme une personne ressource pour cette expédition. Mais peut-être avait-elle eu tort ?

— Merci pour cette précieuse information Dr Firenze, répondit Little John. Par contre nous avons un questionnement autrement plus important. Nous avons réussi à pénétrer dans le palais et à faire la rencontre d'un bien étrange personnage. Une dame s'est présentée comme étant la Duchesse de cette planète, qui serait Clarencia et non Negata. Est-il possible qu'on ait fait une erreur de calcul ?

La scientifique prit un air perplexe et laissa planer le silence, comme perdue dans ses pensées. Mais au moment où elle ouvrit enfin la bouche pour répondre, l'écran se coupa. Poppy sauta de son siège en grommelant et tapota de sa petite patte velue le moniteur de communication, comme le lui avait appris Marius. Malheureusement, sa tentative fut vaine et l'image resta noire et muette, victime probablement d'une interférence de connexion.

*

Luc se pinça l'arête du nez, le crâne encombré des chiffres qui avaient balayé sa journée. Au moment où il ferma à clef la porte de son bureau, une voix féminine chevrotante le fit sursauter.

— Voyons monsieur, ce n'est pas une heure pour rentrer chez soi. Tout le monde a presque déjà fini de dîner!

Mamie Paulette désigna d'un coup de menton le réfectoire bruyant au bout du couloir. Avec sa chemise de nuit à pois et ses boucles parfaitement entretenues, elle apparaissait souvent dans son sillage pour le réprimander.

— Et vous alors, pourquoi n'êtes-vous pas avec les autres au lieu d'espionner mes heures de sortie? la taquina-t-il.

— Avec ces vieux croûtons?! s'insurgea la nonagénaire, offusquée.

Elle se redressa sur sa canne, ne sachant si elle devait appuyer son mécontentement d'un petit coup bien senti à son interlocuteur. Mais elle ne jugea apparemment pas cela nécessaire car elle reprit sur le ton de la confidence :

— Vous savez, il faut profiter de vos proches. Quand vous serez parqué dans une institution comme moi, ce n'est pas votre travail que vous regretterez.

Luc lui sourit poliment, à la fois touché par ce message mais pourtant parfaitement conscient qu'il dissonait avec sa réalité. Depuis que son fils avait déserté le domicile, il multipliait les heures supplémentaires.

En se noyant dans la productivité, il espérait

ainsi échapper à l'inquiétude parentale qui le rongeait. Même si son Little John était majeur et responsable, c'était la première fois qu'il quittait complètement le nid. Et depuis son départ, Luc avait réalisé qu'il ne connaissait rien de la vie actuelle de son fils. Par quelle activité avait-il remplacé le hockey? Quels amis l'entouraient à Saint-Bertini? Quels lieux fréquentait-il au lycée? Tant de questions sans réponse qui le mettaient clairement en échec dans son rôle de père. Bien que Mamie Paulette l'alertât sur son départ tardif, elle n'était pour autant pas contre un petit brin de causette. Elle n'attendit donc pas sa réponse pour enchaîner sur le déroulé de sa journée, tout en l'accompagnant jusqu'au hall d'entrée.

Perdu dans ses pensées, il ne se reconnecta à ses propos qu'à l'évocation d'un nom.

— Qu'est-ce que vous venez de dire?

— Oh et après c'est nous qu'on accuse d'être sourds comme des pots... Je vous disais que ma petite fille m'a envoyé des nouvelles de son voyage.

— Oui et après?

— Eh bien elle passe du bon temps avec son ami là, petit John. Un chic type si vous voulez mon avis. C'est bien la première fois que je la vois interagir avec autre chose que cet affreux mammifère pelucheux.

Son interlocuteur décida d'éluder la fin de cette phrase improbable et la prit par le bras.

— Little John vous voulez dire? Vous savez

à quoi il ressemble ? Pouvez-vous m'en dire plus sur ce voyage ?

*

Après maintes tentatives infructueuses, la connexion fut rétablie. C'est Marius, cette fois, qui prit le relais, son amie scientifique ayant dû retourner au chevet de sa mère. Son air soucieux laissait transparaître qu'il faisait tout pour les aider à distance, mais la tâche était ardue.

— Écoutez, on a procédé à toutes les vérifications nécessaires et il est strictement impossible qu'on ait pu commettre une erreur de localisation. Et quand bien même on accorderait un pourcentage de doutes, aucune planète au nom de Clarencia n'est référencée.

— Mais nous ignorons encore bien des choses sur la galaxie qui nous entoure. Est-ce vraiment si absurde que ça d'envisager cette option ? interrogea Little John en se triturant machinalement le menton.

— Petit, c'est totalement invraisemblable. Vous naviguez actuellement dans le périmètre le plus à proximité de la Terre. Croyez-moi que si une autre planète était présente, elle aurait fait partie des premières détectées.

— Ça paraît logique effectivement, rétorqua Poppy en se servant un verre d'eau.

À côté de lui, sa maîtresse restait silencieuse, plongée dans ses pensées.

— Miranda a toutefois une théorie. Pouvez-vous m'en dire plus sur l'environnement et la personnalité de cette duchesse ? les questionna le vieil homme.

Les sons fictifs, la nature artificielle, les caméras, l'assurance de cette habitante atypique, la méfiance de Foxy… Little John entreprit de relater avec le plus de détails possibles tout ce qu'ils avaient perçu en quelques heures. Lady Violet écoutait, toujours assommée par toutes ces informations qui n'avaient pas de sens. Elle avait l'impression qu'ils s'étaient rapprochés d'un élément tangible mais elle n'arrivait pas à cerner quoi.

Pour autant, elle était rassurée de n'avoir rien trouvé au fond de ce lac. C'était leur seul indice concret pour entamer les recherches. Si le Capitaine Sky avait borné au-dessus de cette eau mais n'avait pas fini dans ses profondeurs, cela ouvrait le champ des possibles. Les différentes pistes étaient donc à la fois vertigineuses mais empreintes d'espoir.

Marius prit quelques notes et déclara d'un ton sans appel :

— C'est bien ce qu'il nous semblait, tout indique ici une forme de paranoïa et de troubles chez cette personne. Il est fort probable qu'elle ait subi les effets d'une trop longue exposition à l'air de Negata. Aucun palace ni habitant n'ont été identifiés lors des précédentes expéditions, cette histoire de titre de noblesse n'existe que dans sa tête. Et si elle s'est retrouvée isolée dans cette atmosphère aliénante, elle n'a aucun moyen de savoir qu'elle est sur Negata. Elle s'est sans doute façonnée cette vie pour trouver du sens à son existence et survivre.

— Si c'est le cas, c'est vraiment triste, soupira Little John.

Cela n'expliquait toutefois pas comment elle avait pu matérialiser ses désirs de grandeur sous cette forme. Elle avait obligatoirement bénéficié d'une aide extérieure.

Suite à l'appel qui laissa certaines questions en suspens, Lady Violet se tourna vers le reste de son équipage.

— Alors, maintenant qu'est-ce qu'on décide ?

Son homologue masculin fut quelque peu décontenancé qu'elle leur demande leur avis de manière aussi directe. Ce n'était pas vraiment dans ses habitudes. Mais elle paraissait réellement soucieuse d'avoir leur point de vue.

— Honnêtement Violet, je ne vois pas vraiment l'intérêt de perdre plus de temps ici, rétorqua Poppy, penché sur la carte.

Grâce à leurs indications au talkie-walkie et à ses observations à la jumelle, il avait entrepris de faire un schéma de Negata. Au vu de la petite taille de la planète et de la zone ratissée, il ne restait pas grand-chose à explorer. Little John acquiesça :

— La seule présence humaine qui aurait pu nous être utile vit dans un monde imaginaire et n'a aucun souvenir de ce qu'il s'est passé il y a quatre ans. Avec toutes les installations électriques dont est composée Negata, il est fort probable que les ondes aient brouillé les fréquences émises par le vaisseau de ton père. S'ils ont fait escale sans masque, ne serait-ce qu'une journée, il est également possible que l'ensemble de l'équipage ait subi des dommages cérébraux. On peut aisément imaginer qu'il ait repris la route vers un tout autre trajet que celui prévu et qu'il se soit perdu.

Lady Violet tenta d'imaginer son père se prenant pour quelqu'un qu'il n'était pas et débitant des absurdités. Mais c'était difficilement concevable. C'était un homme fort et réfléchi, il n'aurait pas pu tomber dans un piège aussi banal. Se pouvait-il que la 5ème Division n'ait pas été informée des risques existants sur Negata ?

Mise en garde

Par le hublot, Little John contemplait la tache verte qui, d'heure en heure se rapprochait. Il croyait même percevoir ici et là quelques cratères grisâtres.

Pendant ce temps, Lady Violet et Poppy étudiaient le plan de leur nouvel itinéraire posé sur la table. Le koala traçait des croix sur les lieux où il jugeait stratégique de faire une escale. D'après leur analyse astronomique, Timor se trouvait à seulement trois jours de voyage de Negata. Il était donc tout à fait possible que le père de Lady Violet se trouve là-bas.

Ils n'avaient que de maigres éléments sur cette planète, et le peu qu'ils avaient n'était pas fait pour les rassurer. Un certain nombre de scientifiques y avaient mis les pieds, mais seulement une minorité d'entre eux en étaient revenue indemnes. Les autres s'étaient murés dans le silence ou avaient fini dans les ailes bien gardées des hôpitaux psychiatriques.

Professeure Firenze avait néanmoins pu établir un contact avec l'un de ses anciens collègues de formation. Dr Henri Paulin était un éminent chercheur, qui avait consacré une grande partie de sa carrière à étudier la faune bactériologique de Timor.

Agacé de n'avoir en sa possession qu'un nombre restreint d'échantillons et de données concrètes, il avait sauté sur la première possibilité de voyage qui s'était offerte à lui. En effet, après un certain nombre d'échecs cuisants dans les expériences menées, le CNAP (Centre National d'Analyses Planétaires) avait décidé de former un convoi exceptionnel.

Au lieu des traditionnels binômes scientifiques, il avait déployé une équipe d'une quinzaine de personnes pour se rendre sur ce territoire récalcitrant. Elle était constituée d'une dizaine de chercheurs et de quelques militaires. Ainsi un peu plus protégés par le nombre et par la force, ils avaient pu effectuer un camp d'une semaine et récolter plusieurs centaines de données et prélèvements.

Aucune explication rationnelle n'avait pu être trouvée sur les comportements dépressifs et les troubles psychiatriques des victimes précédentes. Curieusement, aucune personne du programme de recherches n'avait été touchée cette fois-ci. Une poignée avait toutefois dénombré une recrudescence de cauchemars pendant toute la durée du séjour, mais ceux-ci avaient disparu dès leur retour sur Terre.

Il s'agissait de l'expérience la plus complète réalisée à ce jour.

— C'est tout de même un peu léger, avait rétorqué Poppy lorsqu'elle leur avait exposé les observations de son homologue.

— On a quand même huit chances sur dix de finir chez les fous si on met les pieds là-bas ! Negata à côté, c'était une balade de santé en fait ? avait surenchéri Little John en se frottant le front nerveusement.

Ce à quoi Lady Violet avait rétorqué sans appel :

— Si vous n'avez pas le courage d'affronter ce qui se trouve sur cette planète, ce n'est pas grave, j'irais seule.

La professeure l'avait vivement mise en garde à cette idée :

— Je te déconseille vraiment d'y aller seule Violet. D'après Henri, pour le moment nous ne devons exclure aucune possibilité, y compris le fait que vous soyez plus protégés en restant groupés.

— De toute façon c'est un peu tard pour reculer maintenant. Soit on y va ensemble, soit on n'y va pas du tout, s'était résigné Little John après qu'ils eurent raccroché.

Dans la tête de Lady Violet, ne pas y aller n'était pas une option. Elle n'avait pas entamé ce voyage simplement pour revenir sur Terre avec le souvenir d'une aristocrate aigrie et d'un palace artificiel.

Par ailleurs, ce trajet était le plus court et le plus logique. Contourner Timor pour rejoindre la planète suivante leur ferait perdre plusieurs jours de voyage, sans compter que la réponse aux questions qui taraudaient la jeune fille se trouvait peut-être là-bas. Aucune piste ne pouvait être exclue.

Ce soir-là, elle se coucha avec une boule d'appréhension dans l'estomac, mais aussi une pointe d'espoir dans le cœur.

— On est comment au niveau des stocks ? demanda Lady Violet à Poppy, tout en enfournant une nouvelle poignée de bananes séchées dans sa bouche.

En réponse, il trottina jusqu'au placard posté au fond du salon de commandes et inspecta minutieusement l'intérieur. Après quelques secondes de calcul, il se tourna vers la jeune fille.

— Si on continue sur ce rythme-là on devrait pouvoir tenir environ un mois.

— Ok, super. Il faut qu'on mette de côté quelques provisions exprès pour descendre sur Timor. On ne sait pas combien de temps prendra cette expédition ni ce qu'on trouvera sur notre chemin donc il faut prévoir large.

— Pas trop non plus, je te rappelle qu'on est à pied et que nous n'avons pas la même capacité de portage de poids, rétorqua l'animal en désignant son petit corps peluchoux.

— Sans blague! Je n'avais pas r...

L'adolescente se fit couper net par une alerte sur l'écran de communication face à eux. Le nom « maman » s'afficha en clignotant. Pendant deux secondes, elle hésita à répondre, mais finalement elle se décida à décrocher.

— Bonjour, ma chérie. Alors, comment se passe ce voyage? Figure-toi que j'ai fait la connaissance de la mère d'une patiente qui te connaît! D'ailleurs je suis un peu passée pour une idiote quand nous nous sommes rendu compte qu'elle avait plus d'informations que moi sur cette expédition. Tu aurais pu m'appeler quand même, je suis ta mère, j'ai assez d'expérience pour te conseiller aussi!

Derrière le visage contrarié de son interlocutrice, Lady Violet pouvait discerner les murs défraîchis des couleurs de l'hôpital. La blouse blanche et le masque encore autour de son cou lui indiquèrent que sa mère l'appelait sur son temps de pause.

Elle s'excusa platement et entreprit le récit de ces derniers jours. Après tout, l'avis d'une neurochirurgienne renommée n'était pas inintéressant pour savoir ce qu'ils devaient faire des informations récoltées sur Negata.

Depuis leur décollage, ils culpabilisaient un peu d'avoir laissé la Duchesse de Clarence derrière eux. Si elle était vraiment atteinte d'un trouble lié à cette planète, ne devaient-ils pas la ramener avec eux?

En retrait dans le fauteuil, Little John écoutait leur conversation d'une oreille. Il se demanda encore une fois comment Iliana avait pu laisser sa fille entreprendre un tel périple. Il eut une pensée pour sa propre famille, qui devait le détester à l'heure actuelle. Ou bien étaient-ils soulagés de cette escapade inattendue ? Le garçon n'aurait su le dire. Les ressentis de son entourage étaient bien trop opaques pour qu'il puisse en saisir le sens.

Il n'avait pas eu de nouvelles depuis son départ et n'avait pas cherché à en avoir non plus. En même temps, il n'avait pas pris la peine de leur communiquer le moyen de les joindre depuis l'Aéromachine. Il ne savait dire si c'était par peur de revenir en arrière sous la pression de l'autorité paternelle ou par manque d'envie de se faire passer un savon devant son équipage. À cette idée, il soupira.

C'était stupide de sa part d'imaginer que son père puisse remuer ciel et terre pour le retrouver. Après toutes les disputes et la lente rancœur qui s'était installée avec Chloé, il devait être soulagé que son fils aîné ne jette plus d'ombre à ce nouveau tableau familial.

Face à cette violente introspection il se ressaisit et tenta de reprendre une contenance, peu enclin à déclencher un nouveau « CODE JAUNE ».

Iliana intervint :

— Honnêtement, le risque de décompensation psychique est trop important. Imaginez qu'on vous apprenne que toute votre existence est basée sur des illusions créées et alimentées par votre esprit. Sa prise en charge sur Terre serait d'une violence inouïe, et tout ça dans quel but? Parfois, nous devons nous recentrer sur le besoin réel du patient et ce qui va dans l'intérêt de son bien-être. Je vais quand même consulter quelques confrères pour confronter les points de vue, mais je doute qu'ils soient en faveur d'une extraction. Nous ne savons même pas quelle est son origine et si des proches l'attendent quelque part. Il y a peu de chances que le corps médical puisse la prendre en charge sans son accord. Le ratio bénéfices risques me paraît trop hasardeux.

— C'est sûr que la Duchesse ne fait de mal à personne avec son tapis poney et ses froufrous aux murs. Notre présence l'a clairement contrariée et bouleversée dans ses habitudes, mais elle n'avait pas l'air en détresse ni malheureuse, reconnut Little John.

Son interlocutrice fronça les sourcils et se tourna vers lui dans l'écran :

— Excusez-moi jeune homme, je ne crois pas que ma fille ait eu la politesse de nous présenter.

Sa progéniture leva les yeux au ciel et désigna tour à tour les deux protagonistes :

— Little John, ma mère. Maman, Little John.

— Ah voilà qui me permet de mettre enfin un visage sur ce charmant prénom! s'enthousiasma la chirurgienne.

Sentant venir la tournure gênante que pourrait prendre ce dialogue maternel, Lady Violet plaqua un sourire forcé sur son visage.

— Bon, merci maman pour cette réponse constructive. Tu as raison, nous n'avons pas à mettre notre nez dans la situation de la Duchesse. Mis à part ce vernis artificiel extrêmement perturbant et malsain, nous n'avons pas relevé de danger notable sur Negata. Et puis, si le corps médical change d'avis, on saura où la trouver ! Et pour revenir à papa, il y a quand même de grandes chances pour qu'il n'ait pas réellement fini sa trajectoire là-bas. Même si l'état mental de la Duchesse est altéré, nous n'avons pas trop de doute qu'elle n'ait pas eu d'autres interactions humaines depuis bien longtemps. Il n'y a pas trente-six capitaines à barbe rousse dans le coin, il aurait assurément été repéré au milieu de toute cette végétation bleue. De toute façon, le lac était notre piste principale et l'exploration ne s'est pas révélée concluante. Negata est si lisse et parfaitement structurée qu'un vaisseau accidenté se serait tout de suite fait remarquer, déblatéra Lady Violet avec conviction.

Il y eut un silence à l'autre bout du fil et Iliana sembla sur le point de dire quelque chose. Mais elle se ravisa et dit d'une voix incertaine :

— Fais attention à toi, Violet. Cette fois-ci, Timor n'a rien d'un terrain de jeu et cette curieuse Duchesse de Clarence n'était sans doute rien à côté de ce qui vous attend.

Sa fille fronça les sourcils face à cette inquiétude inhabituelle. Qu'est-ce que sa mère pouvait bien savoir de leur prochaine destination ? Un son caractéristique résonna et la chirurgienne plissa les yeux en lisant le message texte affiché sur son bipeur.

En quelques secondes elle était sortie de leur champ de vision, à l'affût d'une nouvelle urgence à gérer pour un patient.

*

Alors qu'elle entreprenait une liste de matériel à prendre avec eux pour le surlendemain, Lady Violet repensa à ce que venait de lui dire Iliana. Étrange, elle n'avait jamais quitté la Terre mais elle parlait comme si elle connaissait Timor, songea-t-elle en réponse à la phrase qui flottait dans son esprit. Elle mit cependant très vite fin à ses questionnements en se disant que, de toute façon, sa mère avait la fâcheuse habitude d'avoir un avis sur tout. Le sujet s'évanouit de ses préoccupations pour rejoindre celles, plus concrètes, de leur prochaine expédition.

Partie 3 : Timor

Règle n°4

Le jeudi matin, Little John s'étira dans un long bâillement. Le jour filtrait déjà à travers le rideau dissimulant son hublot. La nuit n'avait pas été des plus reposantes. Il n'avait eu de cesse de ressasser les propos de la Professeure Miranda et de penser à ce qui les attendait dans les prochaines heures.

Pour autant, il ne regrettait toujours pas sa décision d'accompagner Lady Violet dans ce périple. Avec ce quotidien chamboulé et ces exaltantes expéditions, il se sentait plus en vie que jamais, par rapport à ces dernières années. Il eut une pensée pour Marius, qui devait bien se demander où ils en étaient de ce périple qui n'aurait sans doute pas été possible sans lui. Il se promit de rappeler à la cheffe d'équipage de l'appeler dans les prochains jours pour le tenir au courant.

Il enfila des chaussettes et un sweat gris à capuche et rejoignit le Salon des Commandes en se frottant encore les yeux de sommeil. Sa copilote était bien installée sur le fauteuil principal, un café fumant à la main et le regard rivé sur le ciel immense face à elle. Timor se faisait de plus en plus distincte et ce n'était plus qu'une question d'heures avant qu'ils ne posent les pieds dessus. Poppy devait encore être plongé dans les bras de Morphée, car un silence profond régnait dans la pièce.

— Bien dormi ?

La concernée, perdue dans ses pensées depuis plus d'une demi-heure, eut un petit sursaut de surprise en entendant la voix du garçon. Elle porta une gorgée du liquide brunâtre à ses lèvres et répondit :

— Moins bien qu'hier, mais sans doute mieux que demain.

Little John acquiesça en silence et se dirigea vers la partie cuisine. Il revint quelques secondes plus tard avec une tasse à la main et prit place dans le fauteuil voisin.

— C'est quoi la première chose que tu vas faire en le voyant ?

La jeune fille n'eut pas besoin de lui demander de préciser de qui il parlait. Elle réfléchit quelques instants.

— Si tu savais le nombre de fois où j'ai imaginé tous les scénarios possibles dans ma tête, dit-elle avec un petit sourire mélancolique. Je pense que je n'aurais aucun mot pour ce moment, je me contenterais de plonger niaisement dans ses bras. Et j'attendrais un peu avant de l'engueuler de nous avoir laissées si longtemps.

— Tu veux vraiment l'engueuler pour quelque chose dont il n'est pas responsable ?

— On est toujours responsable de nos choix. Peu importe ce qui l'a mené à sa situation actuelle, il a sa part de responsabilité, tout comme j'ai la mienne. C'est d'ailleurs pour ça qu'après le câlin et l'engueulade je m'excuserais aussi.

— Attends, comment ça ta responsabilité ? Je ne comprends pas.

— J'aurais pu partir à sa recherche plus tôt, au lieu d'attendre passivement le miracle de son retour, répondit-elle d'un ton empli de culpabilité.

— Je ne suis pas sûr que la passivité soit ton principal défaut, Violet, rétorqua Little John en essayant de capter son regard fuyant. Tu as certes beaucoup de défauts, mais pas celui-là. Et dans tous les cas tu ne peux pas t'en vouloir, tu n'étais qu'une enfant. Ce n'était pas ton rôle.

— Sauf qu'en attendant, personne n'a pris ce rôle. Tout le monde l'a laissé tomber, même ma mère.

La rouquine fouilla l'horizon du regard, comme si elle espérait y dénicher des réponses. Mais elles étaient enfouies depuis bien trop longtemps et bien trop profondément pour qu'elle y ait accès pour le moment.

Au fond d'elle-même, elle savait qu'elle lui en voulait. Iliana avait laissé tomber depuis bien longtemps déjà et, même si elle l'avait soutenue dans son projet, sa fille savait. Si elle parvenait enfin à ramener son père à la maison, alors leur vie de famille reprendrait son cours, comme avant. Il le fallait. Ce « comme avant » avait toutefois de plus en plus un goût vaporeux. Plus elle essayait de se concentrer sur les souvenirs et plus ceux-ci semblaient s'étioler au fil du temps. Leur vie familiale passée avait la tête d'une photo défraîchie dont on ne discerne plus vraiment les détails.

Le trajet prit un peu plus de temps que prévu et ils atterrirent en milieu d'après-midi. Face à un temps plutôt sombre et orageux, ils décidèrent qu'il était plus prudent de démarrer l'exploration le lendemain. S'ils avaient bien eu une appréhension commune au début du voyage, c'était de se retrouver tous enfermés dans cet engin sans échappatoire.

Entre un caractère volcanique, une peluche cynique et un oisillon prudent, nul doute que leur trio était voué aux étincelles. Mais contre toute attente, un équilibre avait commencé à se former dans l'Aéromachine. Lady Violet finissait même par surprendre Poppy et Little John en train de ricaner ensemble, souvent à ses dépens. Le fait d'être limités dans un espace avait engendré plus de complicité que de tensions, ce qui était très apaisant. Ils auraient besoin de toute leur énergie physique et mentale quand ils en sortiraient.

*

Ce soir-là, ils jouèrent tous les trois aux cartes jusque tard dans la soirée, faisant abstraction de l'orage tonitruant à l'extérieur.

Étouffant une énième respiration embrumée, Lady Violet tentait, depuis ce qui semblait une éternité, de trouver le sommeil. À chercher l'envol vers les constellations, elle se perdait, comme tous les soirs, dans les méandres de ses pensées les plus sombres. Pourquoi ne pouvait-elle pas recouvrir son esprit de la même couverture que celle qui enveloppait son corps ? Dieu que c'était épuisant !

Dieu ? Est ce qu'elle venait vraiment de jurer au nom d'une entité religieuse ? Délicieuse ironie que d'emprunter au Divin, ce que seul le nom était. Cela faisait pourtant bien longtemps qu'elle avait arrêté de se reposer sur ce genre d'absurdités. Enfin, bien longtemps… Voilà qu'elle parlait comme une vieille femme ayant traversé des décennies d'existence.

Ceci dit, y avait-il réellement besoin d'atteindre un âge pour accéder à une certaine vérité ? Cette réflexion n'était que la pâle copie, fade et confuse de ce qu'elle serait au bout du chemin ? Mais quelle tristesse de penser que seul le fruit des années détenait la saveur de la sagesse ultime.

Violet avait l'impression d'avoir déjà vécu les peines de mille vies. Se confronter à l'absence d'un être cher, n'était-ce pas le passeport ultime pour se voir dessiner des dizaines de rides dans la chair ?

Au fur et à mesure que ses pensées formaient un monticule inarrêtable, la jeune fille sentait une douloureuse compression sur sa poitrine. Oh non, pas eux... Elle se fit violence pour ouvrir les yeux et fit soudainement face, comme elle l'appréhendait, à deux yeux jaunes luisants et douloureusement familiers.

Dénués de cils et d'empathie, les pupilles la fixaient avec gourmandise. Comme pris d'un sursaut de délectation, la bête émit un ronronnement et ses pattes se lovèrent encore un peu plus contre son plexus. Violet essaya de la repousser mais, comme à chaque fois, ses membres étaient pris de tétanie.

Dans sa tête, elle lui hurla de s'éloigner, et il sembla que son adversaire pouvait lire dans ses pensées car il esquissa une moue amusée. Des petites canines acérées, d'une blancheur éclatante, lui firent face. De sa seule main encore animée, elle tâtonna le drap à la recherche de la dague qu'elle ne gardait jamais bien loin. Sa respiration se faisant de plus en plus difficile, ce mouvement lui coûtait un effort conséquent. Elle essaya de rassembler ses esprits, mais le manque d'oxygène commençait à les envelopper de brouillard.

Dans un soubresaut désespéré, son coude heurta la tablette en bois fixée au bord du lit. L'incident eut pour effet de faire tomber au sol l'un des nombreux livres de la pile entassée là. Le bruit sourd dut résonner dans l'Aéromachine, car elle surprit du mouvement dans la pièce d'à côté.

La bête se redressa, les oreilles en alerte, achevant de bloquer son souffle de tout son poids. Elle se pourlécha les babines avec un rictus malfaisant, pressée d'en finir. Little John surgit alors dans la pièce, apportant avec lui un vif rayon de lumière.

— Violet, est-ce que ça va ?!

Cette dernière cligna des yeux, aveuglée par cette réalité soudaine. Quand elle les rouvrit, elle découvrit ses draps à terre, sa dague au poing et… aucune trace du maudit animal. Le garçon, en revanche, la fixait avec inquiétude et scepticisme. Elle réalisa la scène qu'elle lui offrait, les cheveux imbibés de sueur, la respiration haletante et les yeux écarquillés en plein milieu de la nuit.

Elle tâcha de se ressaisir, sous peine qu'il regrette déjà d'avoir embarqué dans l'espace avec une adolescente dérangée. Comment pourrait-il croire à autre chose qu'une terreur nocturne alors même qu'ils n'étaient que les deux seuls protagonistes à bord ? Pardon, trois en comptant Poppy. Comment lui expliquer qu'une horde de ces bêtes prenait en réalité plaisir à balayer ses nuits d'un coup de patte ?

Elle se redressa contre ses oreillers.

— Ça va, ça va. Désolée de t'avoir réveillé, c'était… un simple cauchemar.

Little John sourcilla, détaillant l'arme au bout de son bras nu.

— Ok. Et donc tu dors souvent avec des poignards pour dégommer tes mauvais rêves ?

À la vue de son air taquin et encore bouffi de sommeil, Violet lutta pour ne pas se lancer dans un cours explicatif de la différence entre un poignard et une dague. Mais elle n'en n'avait pas vraiment l'énergie. Elle avala une grande inspiration salvatrice et fit claquer sa langue contre son palais, avant de rétorquer d'un air énigmatique :

— Règle n°4 : toujours assurer ses arrières, surtout la nuit !

— Je vois. Et bien je suis assez curieux de découvrir quelles sont les trois précédentes règles dans ce cas.

— Hum… Ton petit cœur d'Oisillon n'est pas encore prêt pour assimiler ces informations.

Comme pour appuyer ses propos, un coup de tonnerre résonna au loin.

Little John et Lady Violet avançaient péniblement à travers une végétation luxuriante et encore imprégnée de pluie. Ils avaient entrepris de débuter l'exploration une heure plus tôt, laissant encore une fois Poppy de surveillance de l'Aéromachine. Et ils avaient bien fait car le petit animal aurait sans doute eu quelques difficultés à les suivre au milieu des herbes hautes. Elles leur arrivaient à la taille et certaines balayaient même leurs visages dans les moments d'inattention.

Heureusement, grâce aux précieux conseils

du Dr Henri, ils avaient pu anticiper cet obstacle naturel. La cheffe d'expédition tenait vigoureusement en main un coupe-coupe dont elle se servait comme rempart. De gauche à droite, puis de droite à gauche, elle tranchait sans concession le corps de ces barrières végétales, bien déterminée à atteindre sa destination. Le seul lieu d'habitation répertorié, sur la dernière carte en date de Timor, était un village abandonné situé aux abords d'un volcan. Ce point était plutôt positif car, au moins, ils n'auraient pas trop de difficultés à se repérer.

— Tu sens ça ? dit la jeune fille, en s'arrêtant et en scrutant l'atmosphère.

— Sentir quoi ?

— Je ne sais pas... Comme une impression de lourdeur dans l'air... Je le ressens dans ma respiration, c'est vraiment bizarre, répondit-elle en posant la main sur sa poitrine, comme pour mesurer l'activité de ses poumons.

Little John regarda autour de lui mais il ne sentait rien de particulier. Il était au contraire assez serein, baigné par les premiers rayons du soleil et la nature revigorante l'entourant. Ils reprirent donc leur marche.

Avant d'arriver au village, ils devaient d'abord traverser une vaste forêt, mais d'après les calculs de Miranda et Henri, s'ils avançaient à bonne allure, ils pourraient l'atteindre en milieu d'après-midi.

Sans comprendre pourquoi, au fur et à mesure de ses pas, Lady Violet sentait une oppression naître au plus profond de sa poitrine. C'était comme si une épaisse fumée envahissait petit à petit son cœur et ses poumons, dégueulant ses volutes dans les moindres recoins.

Des images de plus en plus inquiétantes défilaient dans sa tête. Elle avait un fort pressentiment que son père était en danger mais elle était bien incapable d'en identifier l'origine. Elle s'abstint donc de le partager avec son compagnon de route et géra son angoisse comme elle avait l'habitude de le faire, seule. En calquant sa respiration sur ses pas, elle finit par retrouver un semblant d'apaisement.

Little John, quant à lui, avançait tranquillement, deux pas derrière elle, l'air parfaitement paisible. C'était quand même nettement plus agréable de pouvoir partir à l'aventure sans ce maudit masque à gaz. Il lui adressa un petit sourire d'encouragement en vérifiant qu'elle était toujours dans son sillage. Avec le temps, il commençait à pouvoir identifier les moments où son acolyte luttait silencieusement contre ses démons intérieurs.

Après trois heures de marche, ils décidèrent de faire une pause avant de se lancer dans la portion de forêt. Ils avaient besoin de reprendre des forces et ils profitèrent d'un amoncellement de gros rochers pour s'installer confortablement dessus. Derrière eux s'étendait l'immense plaine de hautes herbes qu'ils venaient de traverser.

Lady Violet extraya de son sac en bandoulière les sandwichs que Poppy leur avait préparés minutieusement le matin même. Sa poitrine se gonfla de gratitude en voyant qu'il les avait faits exactement comme elle les aimait, au détail près. Le petit animal la connaissait par cœur et maîtrisait ses goûts, au millimètre de houmous près. C'était réconfortant de pouvoir compter sur quelqu'un qui savait ce qu'il vous fallait, sans que vous ayez besoin de le communiquer. Elle espérait qu'il n'était pas trop déçu d'avoir dû rester en retrait encore une fois. Mais, d'après le Dr Henri, qui avait déjà expérimenté Timor, ils ne pouvaient pas prendre le risque de laisser l'Aéromachine sans surveillance. Si quelque chose arrivait au véhicule et les maintenait bloqués sur cette planète ce serait la catastrophe assurée. Et vu la teneur de l'expédition, un koala pelucheux n'y aurait pas vraiment eu sa place.

Little John savourait lui aussi cette décision, mais pas pour les mêmes raisons. Même s'ils s'étaient mutuellement apprivoisés, les regards inquisiteurs de cette créature lui étaient parfois pesants. Il ne pouvait pas s'approcher de la jeune fille sans qu'un raclement de gorge ne les interrompe. Il avait fini par s'habituer à fréquenter une peluche douée de parole, mais cet alter ego à quatre pattes prenait vraiment beaucoup de place auprès d'elle. L'adolescent avait un peu de mal à comprendre cette relation particulière, alors même qu'elle revendiquait son autonomie et le fait qu'elle préférait évoluer seule. Là encore, Lady Violet faisait l'objet d'une injonction paradoxale, à la fois fuyant les autres, mais bien incapable d'affronter le monde sans aucune présence à ses côtés.

Little John croqua dans le petit carré de pain et émit un froncement de dégoût. Il n'arrivait vraiment pas à s'habituer au régime végétarien de ses deux acolytes.

— Pssssssst.

— Oui? interrogea-t-il en relevant la tête, prêt à affronter la future remarque de sa coéquipière sur sa sensiblerie gustative.

Mais cette dernière était redressée, tendue, et jetait des coups d'œil inquiets tout autour d'eux.

— Ce n'est pas moi qui ai parlé.

— Hein? Arrête tes blagues, ça ne prend pas avec moi.

— Chuuut, lui fit-elle en entendant un second appel étouffé.

Le son semblait venir en dessous d'eux. Mais c'était impossible, les rochers n'avaient pas de voix. Du moins, pas à sa connaissance. Ceci dit, après les enceintes de Negata, toute éventualité pouvait être envisagée.

Elle sauta sur ses pieds pour se remettre debout et se mit à scruter la paroi rocheuse.

— Ici! dirigea la voix.

Ils tournèrent tous deux leur tête sur la gauche et eurent le même mouvement de recul. Un bout de visage humain venait d'apparaître dans un interstice rocheux. Little John posa ses doigts sur l'épaule de la jeune fille, autant pour lui assurer sa présence que pour se conforter dans la sienne. Mais, loin de ses préoccupations, elle avait déjà la main posée sur le manche du coupe-coupe, prête à bondir.

— Ne craignez rien, je ne vous veux aucun mal. Je m'appelle Zoé et... Vous ne devriez pas rester ici, esquissa l'inconnue, tout en dévoilant un peu plus son faciès à la lumière.

Une tête blonde apparut alors, avec de jolies taches de rousseur et de grands yeux en amande. Ces derniers lançaient des à-coups, de droite à gauche, analysant inlassablement les parages, comme à l'affut de quelque chose.

— Comment ça on ne doit pas rester ici ? demanda l'adolescent, méfiant.

— Votre vie est en danger là, dehors, croyez-moi, s'il vous plaît. Je vis sur Timor depuis ma naissance, je sais ce qu'il s'y cache. Vous ne devriez pas rester ici, répéta-t-elle.

— Pas ici, annonça une voix enfantine près d'elle, suivie dans la foulée de l'apparition d'une autre petite tête blonde à ses côtés.

— Naïm, ne met pas le nez dehors ! Retourne derrière ! souffla l'inconnue, toujours sans quitter la plaine du regard.

Little John et Lady Violet les fixaient, incrédules. Des gens dialoguaient depuis les rochers, comme si la situation était tout à fait rationnelle et normale.

— Excusez-moi, c'est mon frère. On ne peut pas rester ici, on s'expose à trop de dangers. Vous devriez repartir sur la planète d'où vous venez.

Son ton n'avait rien de menaçant mais était au contraire doux et prévenant. Lady Violet, sans relâcher son arme, s'avança d'un pas.

— Écoutez, merci pour cet avertissement mais il est hors de question que je rebrousse chemin maintenant. Mon père est peut-être sur Timor et j'ai bien l'intention de le retrouver.

— Votre père ? articula Zoé, tout en se mordillant nerveusement les lèvres.

— Papa ? interrogea à son tour le petit garçon en fixant la terrienne avec de grands yeux innocents.

Cette dernière acquiesça, déterminée.

— Bon, on n'a pas vraiment le temps de débattre de ça ici, ce serait imprudent. On peut essayer de vous aider, mais pas question de le faire ici. Suivez-nous, on sera à l'abri là-bas, répondit l'adolescente blonde en indiquant le trou noir derrière elle.

Cela n'avait rien de très rassurant, mais ils ne pouvaient pas se permettre de laisser passer l'opportunité d'une aide. Qui plus est, il s'agissait d'habitants de Timor, alors qu'eux ne connaissaient quasiment rien de ce territoire. C'était des enfants, ils ne pouvaient pas être une menace bien dangereuse.

Lady Violet interrogea donc son compagnon de route du regard. Il lui donna son aval en silence et ils s'engouffrèrent dans le passage sombre que venaient de libérer Zoé et Naïm.

Une atmosphère pesante et humide les accueillit aussitôt. Entourés par la paroi rocheuse luisante, il y avait tout juste l'espace pour qu'ils progressent en file indienne. L'inconnue blonde menait la petite troupe à vive allure, suivie à la trace par son double fraternel, d'une tête de moins qu'elle. Little John et Lady Violet n'avaient pu s'empêcher d'échanger un regard étonné en constatant la taille du garçon, qui contrastait avec son comportement très enfantin. Comme pour alimenter leurs questionnements, il ne cessait de se retourner pour leur jeter de grands sourires béats, avant de fixer de nouveau son attention sur sa sœur. Ce manège, presque compulsif, dura pendant tout leur trajet.

Pendant de longues minutes, ils arpentèrent ces longs dédales obscurs, seulement éclairés par la torche de Zoé et les lampes frontales que les deux aventuriers avaient toujours dans leurs sacs. Personne ne parlait, concentrés à ne pas glisser sur le sol recouvert d'une fine pellicule d'eau. Seuls leurs souffles saccadés et le rythme de leurs pas venaient briser le silence de ce lieu isolé. Alors qu'un embranchement apparaissait quelques mètres plus loin, Zoé se retourna.

— C'est bon, on arrive.

Réfugiés

Miranda Firenze traversait le couloir depuis la machine à café quand elle aperçut Iliana sortir de la chambre de sa mère. La chirurgienne croisa son regard et lui adressa un sourire bienveillant.

— Bonjour Professeure. J'ai vu que vous aviez passé toute la nuit dans nos murs, vous tenez le coup ?

— J'ai connu plus agréable comme période mais bon… On n'échappe pas aux coups malicieux de la vie, n'est-ce pas ? répondit-elle en portant le liquide brûlant à ses lèvres.

— Bien sûr.

Iliana dégagea une mèche blonde sur son front et sembla hésiter.

— Est ce que vous avez des nouvelles de ….

— Votre fille ? Non, pas depuis la confirmation de leur atterrissage sur Timor. Mais ne vous en faites pas, c'est tout à fait normal. Cela ne fait que quelques heures qu'ils ont quitté l'Aéromachine et ils n'auront de toute façon aucune manière de communiquer tant qu'ils ne l'auront pas regagnée.

Au détour d'une conversation entre professionnels de santé dans le couloir, quelques jours plus tôt, Miranda avait saisi des bribes de conversation surprenantes. Après quelques recoupements d'informations, elle avait pu reconstituer le puzzle de la filiation entre cette neurochirurgienne et Lady Violet.

Passée la surprise d'Iliana d'apprendre que sa fille avait accepté l'aide d'inconnus, un lien s'était inexorablement tissé entre les deux femmes.

— Oui, vous avez raison. Excusez-moi de vous importuner avec ça alors que vous avez déjà tant à porter sur vos épaules ces jours-ci. J'espère sincèrement que ma fille ne vous cause pas trop de soucis en plus. Je sais comment elle peut être parfois..., s'inquiéta son interlocutrice.

— Iliana, je n'ai pas fait le choix d'être mère, mais je peux tout à fait comprendre votre inquiétude, elle est légitime. Lady Violet est une brave petite, elle est débrouillarde et suffisamment téméraire pour aller au bout de ses projets.

— Justement... C'est bien cela qui m'inquiète, murmura la chirurgienne en triturant nerveusement le stylo qui émergeait de sa poche.

Miranda fronça les sourcils face à cette réponse et s'apprêta à lui demander d'approfondir sa réflexion, mais le biper interrompit brusquement leur conversation.

— Excusez-moi, une urgence au bloc! lui lança Iliana avant de disparaître dans un mouvement de blouse.

La retraitée se mit à touiller pensivement sa boisson. Était-il possible que la mère de Lady Violet en sache plus qu'elle ne voulait l'admettre sur la disparition du Capitaine Sky? C'était un point à éclaircir. Mais pour l'heure, elle devait conserver son énergie pour les priorités, et la maladie de sa propre mère en était une majeure.

Elle retourna donc s'enfoncer dans l'angoissante chambre maternelle.

*

Little John inspira un grand coup, se demandant où ils étaient en train de mettre les pieds. Avaient-ils fait le bon choix en acceptant de suivre ces parfaits inconnus, des enfants qui plus est, dans cet endroit reculé? Il était maintenant un peu trop tard pour se poser la question.

Il avait pris le temps de mémoriser minutieusement le plan de leur trajet, afin qu'ils soient capables de rebrousser chemin si le besoin se faisait sentir. Lady Violet avait certes beaucoup de ressources, mais pas celui de l'orientation.

Après avoir pris le sentier de gauche, un semblant de lumière se fraya un passage jusqu'à leur rétine. Au fur et à mesure qu'ils se rapprochaient du virage suivant, elle se faisait de plus en plus vive. Enfin, un dernier virage vint annoncer le bout de la route, les amenant face à une plate-forme rocheuse. Ce qui les attendait là défiait toute leur imagination.

Un véritable village prenait place en contrebas. Des dizaines et des dizaines de petites habitations avaient été construites au beau milieu de ce dédale souterrain. Une immense grotte avait ainsi été aménagée afin d'accueillir les habitants de Timor.

Le rythme cardiaque de Lady Violet s'accéléra alors même que son sentiment d'oppression s'envolait. Son père se trouvait peut-être sous l'un de ces toits en chaume. Ici, à l'abri du monde, pouvait-il avoir trouvé refuge et s'être retrouvé bloqué sous terre, sans véhicule pour repartir? Zoé leur fit signe de la suivre, en indiquant une immense échelle, dont la structure prenait naissance au bout de la plateforme en roche. Elle descendit ensuite sur une dizaine de mètres, avant d'atterrir à l'entrée du village.

Depuis leur hauteur, ils pouvaient voir une petite centaine de personnes qui s'affairait dans le dédale de ces rues reconstituées. Elles vaquaient à leurs occupations, comme si l'absence de soleil et leur habitat rocheux étaient tout à fait naturels. Et pour cause, c'était leur quotidien, leur réalité, confinés dans les tréfonds de Timor.

En levant la tête, Little John constata que la lumière vive qui les éclairait provenait d'énormes projecteurs installés de part et d'autre du plafond rocheux. Cette installation électrique impressionnante permettait d'illuminer l'ensemble du village.

Zoé les fit ainsi descendre un par un, avant de faire de même, avec Naïm sur son dos. Malgré le poids qu'il devait représenter, ses mouvements étaient plutôt fluides et rapides. La jeune fille devait avoir l'habitude de les effectuer. Elle sauta à terre et reposa son frère à ses côtés.

— Bienvenue chez nous, lança-t-elle en désignant du bras les maisons qui s'étendaient derrière eux.

— Alors vous habitez vraiment ici ? Mais c'est complètement incroyable ! Quand on vous a vus au milieu de ces roches, on n'aurait jamais pu imaginer qu'il y avait une société toute entière en dessous, émit Lady Violet avec un petit rire nerveux.

Elle n'avait qu'une hâte maintenant, interroger la population pour avancer dans ses recherches. Mais Zoé et Naïm reprenaient déjà leur route, les invitant à les suivre jusqu'à leur domicile. Au détour des différentes rues empruntées, ils purent constater que des commerces étaient également installés, permettant une parfaite autonomie à ses habitants.

— École ! cria avec excitation le petit garçon en leur désignant un grand édifice au toit gris quelques mètres plus loin.

— Comment est-ce possible que le Dr Henri et son équipe n'aient absolument pas mentionné l'existence de ce village souterrain ? souffla Little John en se rapprochant de sa compagne de route.

— Je pense qu'ils n'ont tout simplement pas eu l'occasion de le découvrir. Si cette fille ne nous avait pas accostés, nous n'aurions jamais pu deviner l'existence de ce lieu. On aurait continué notre expédition en traversant les mêmes paysages qu'eux sans se douter de quoi que ce soit... lui répondit-elle, en jetant des coups d'œil excités dans tous les sens.

Ils arrivèrent enfin face à une bâtisse modeste, avec une petite cour dans laquelle se dandinaient quelques volatiles dont ils ignoraient la nature. Leur physique ne ressemblait à rien de ce qu'ils connaissaient, bien que leur anatomie ne soit pas sans rappeler celle de leurs traditionnels poules ou canards. Mais leurs becs recourbés, leurs plumages roses et dorés ainsi que leur œil unique n'avaient rien de commun. Toutefois, ils ne pouvaient que constater que les animaux, aussi biscornus soient-ils, avaient aussi apparemment leur place sous le sol de Timor. Zoé surprit leur regard intrigué.

— Je vous présente Éric, Podrig et Gary, nos gallinaros de compagnie.

— Gary ! s'écria Naïm en se jetant sur l'un des volatiles.

Celui-ci n'esquissa pas un mouvement de recul et se laissa même tranquillement caresser en continuant de picorer le sol.

— Attends, ce sont des quoi ? interrogea la terrienne, perplexe.

— Des gallinaros, vous n'avez pas ça chez vous ? Ici tout le monde en a. C'est grâce à leurs œufs qu'on peut s'alimenter et faire un peu de troc. C'est étrange, je pensais que cet animal existait partout, lui répondit l'adolescente avec un air tout aussi surpris.

— Alors on a beaucoup d'animaux de basse-cour mais celui-là, clairement non. Les nôtres ont plutôt deux yeux et des couleurs normales, répliqua Little John avec amusement.

— Normales ? questionna Zoé en le regardant avec intérêt. Ici le rose et le doré sont pourtant la norme.

Le lycéen prit alors conscience que son référentiel du monde n'était absolument pas le même que celui des personnes qui se tenaient face à lui. Cette remise en question de sa perception de la réalité n'eut cependant pas le temps d'être approfondie car ils furent invités à entrer dans la maison de leurs hôtes. Un salon plutôt douillet les attendait et ils prirent place autour d'une table, pendant que Zoé se rendait dans la cuisine. Elle revint avec un verre d'eau pour chacun et s'installa, son devoir d'hôte accompli.

— Bon, maintenant qu'on est en sécurité, racontez-moi ce que vous faites ici.

Une fois son récit achevé, Lady Violet attendit la réaction de ses interlocuteurs face à elle. Naïm la dévisageait avec de grands yeux ronds, un sourire plaqué sur le visage. Elle n'était pas sûre qu'il ait réellement saisi la portée de ses paroles. Sa grande sœur, quant à elle, fixait un point invisible sur la table en bois qui les séparait. Elle semblait perdue dans les pensées qu'avait engendrées l'histoire de son invitée. Bien sûr, cette dernière leur avait épargné certains détails, ne souhaitant pas forcément exposer son intimité à des étrangers. Elle estimait s'être déjà assez mise à nue en leur retraçant l'origine de ce périple et ce qui les avait motivés à se rendre sur Timor. Elle aurait préféré éviter cette étape, pour s'épargner l'éventuel jugement que ses actes pouvaient engendrer, mais malheureusement c'était assez illusoire.

À partir du moment où elle était au contact des autres, son propre reflet y transparaissait et, qu'elle veuille y accorder du crédit ou non, elle ne pouvait y échapper. À vrai dire, c'était en grande partie l'une des raisons qui l'avaient poussée à se mettre en retrait de tout cercle social. Le regard d'autrui sur sa situation familiale lui était insupportable.

Du jour au lendemain, chacun s'était soudainement senti légitime à partager son hypothèse subjective sur la disparition du Capitaine Sky. Les rumeurs allaient ainsi bon train depuis quelques années et alimentaient les besoins cathartiques du voisinage. Heureusement, de nouveaux drames étaient venus poser un voile sur celui-ci et, depuis, les murmures sur le passage d'Iliana et elle se faisaient de plus en plus rares. Ce qui ne s'éteignait pas en revanche, c'était la pitié qu'elles pouvaient toutes deux lire dans le regard de ceux qu'elles croisaient.

Mais cette fois-ci, ce n'était ni cela, ni du jugement qui transparaissait dans les yeux de l'adolescente blonde face à elle. C'était simplement de la peur, à l'état brut. Zoé se mordillait frénétiquement les lèvres, au bord des larmes.

D'une voix blanche, elle lui annonça alors :

— Ce sont forcément les Ombres qui l'ont pris. Elles l'ont emporté, c'est la seule explication possible.

Le sang de Lady Violet se glaça en entendant ces mots dont elle ne saisissait le sens dramatique qu'à travers la réaction instinctive de celle qui les avait émis. Elle sentit la main of Little John qui glissa sur son genou pour tenter d'apaiser le mouvement nerveux qui le rythmait, sans même qu'elle l'ait réalisé. Il prit alors la parole.

— Attends, qu'est-ce que tu veux dire par là ? Comment peux-tu être si sûre de cette hypothèse ? Et qui sont ces Ombres ?

— Ombes ? Amis ! répondit avec enthousiasme Naïm, tout en continuant les balancements répétitifs qu'il effectuait sur sa chaise depuis déjà plusieurs minutes.

Le visage de sa sœur se durcit subitement et elle se tourna vers lui pour bloquer son mouvement et essayer de capter son attention.

— Non, Naïm! Ces Ombres ne sont PAS nos amis. Je te l'ai déjà expliqué mille fois. Tu ne dois en AUCUN CAS aller à leur rencontre. Elles sont DANGEREUSES.

Le petit garçon cligna des yeux, esquissa un nouveau sourire et reprit son geste. Zoé soupira avec lassitude et revint à ses visiteurs.

— Naïm a quelques... difficultés à mesurer le danger. Il y a eu des complications à sa naissance et son cerveau a subi des dommages. Il n'a pas vraiment le quotidien d'un enfant de treize ans. Ces derniers temps, il est arrivé plusieurs fois qu'il échappe à ma vigilance et parte jouer à l'extérieur. Jusqu'ici il a eu énormément de chance car il est ressorti indemne de ces petites virées interdites mais c'est un véritable miracle. C'est comme si... Comme si les Ombres n'avaient guère de considération pour lui. Elles n'ont jamais cherché à lui faire du mal. C'est incompréhensible car normalement personne ne peut les défier ainsi. Mais c'est une simple question de temps avant qu'il ait moins de chance la prochaine fois.

Little John réprima un frisson, tandis que sa voisine tentait tant bien que mal de garder son calme et de maîtriser l'angoisse qui montait en elle.

— Mais qui sont ces Ombres? D'où viennent-elles?

— Elles ont toujours été là, tapies dans les moindres recoins de Timor. Dès notre plus jeune âge, nos parents nous ont prévenus de leur existence et ont ainsi cherché à nous en protéger. Ils étaient bien au fait du danger, puisque nos grands-parents paternels font partie des fondateurs de ce lieu, expliqua-t-elle en désignant l'extérieur de la maison à travers la fenêtre. Ils sont arrivés sur cette planète il y a une soixantaine d'années, dans le cadre d'une grande expédition à visée scientifique. Malheureusement, leur véhicule spatial a été détruit par un feu accidentel et ils n'ont jamais pu repartir d'ici. Quand ils ont pris conscience de l'existence de ces Ombres, qui commençaient à les traquer et à engendrer des morts, eux et le reste de l'équipage ont décidé de se réfugier dans le seul lieu qu'elles ne semblaient pas pouvoir atteindre : sous terre. Il m'est difficile de vous expliquer réellement qui elles sont, car tous ceux qui ont essayé de les approcher d'assez près ne sont jamais revenus pour témoigner. Des gens ont bien essayé d'alerter les explorateurs suivants, mais nous nous sommes faits une raison, nous ne gagnons jamais contre elles.

— Mais, vous n'avez jamais été tentés de partir d'ici ? Tous ces gens qui ont débarqué pour étudier Timor, ils auraient pu vous venir en aide, interrogea Lady Violet, comme si cela tombait sous le sens.

Son interlocutrice secoua la tête.

— Aujourd'hui nous sommes quatre-vingt-dix-sept personnes à vivre là et nous avons trouvé un équilibre sociétal entre ces roches. Essayer de quitter Timor serait utopique et causerait probablement plus de dégâts psychologiques et de pertes humaines qu'en restant ici. Ce village, c'est tout ce que nous connaissons, nous avons trouvé un équilibre ici.

Elle marqua un silence, comme pour mesurer la gravité de ce qu'elle leur apprenait.

— Ce que je peux vous dire, en revanche, c'est qu'elles se déplacent à plusieurs, de jour comme de nuit. Et une fois qu'elles ont repéré leur cible, il est quasiment impossible de leur échapper.

— Mais... Qu'est-ce qu'elles font exactement à leurs victimes ? questionna Lady Violet, sans être réellement certaine de vouloir connaître la réponse.

— Elles les font disparaître, comme si elles les engloutissaient. Toutefois... Il semblerait qu'elles n'aient pas toute la même manière de procéder. Leur mode opératoire diffère parfois, mais j'ignore pourquoi. Disons que certaines sont plus... vicieuses. Elles pénètrent dans la chair et vous font disparaître de manière plus lente, plus insidieuse. Comme si elles vous grignotaient tranquillement de l'intérieur...

Animée par ses explications, leur hôte n'avait pas remarqué le teint de son interlocutrice devenir brusquement livide, malgré la contenance qu'elle tentait de garder. Elle ne pouvait pas concevoir que son père ait disparu d'une façon aussi triviale et stupide. Enfin, il n'y avait pas d'échelle dans la nature de la mort, mais là c'était trop violent, trop insurmontable. Elle préféra donc se jeter sur une autre option.

— Du coup, si je comprends bien, tous les êtres humains, actuellement en vie sur Timor, sont réfugiés ici ?

— Oui, c'est ça.

— Donc j'en conclus que tu connais tout le monde ?

— Disons que quand on est enfermés au quotidien dans une grotte de quelques centaines de mètres carrés, oui, on finit par croiser toujours les mêmes têtes, répondit Zoé avec un petit rire.

— Est ce qu'un homme a intégré votre communauté dans les quatre dernières années ? La cinquantaine, plutôt grand et massif. Il a une longue barbe rousse, Lady Violet marqua une pause. Du moins... Il en avait une. J'ignore ce qu'il lui est arrivé donc il a peut-être été contraint de changer d'apparence et d'identité.

La blonde secoua la tête.

— Écoute, je sais que ce n'est pas la réponse que tu attends, mais personne de nouveau n'a mis les pieds ici depuis maintenant cinq ans. Si des visiteurs se sont aventurés sur Timor depuis, ils n'ont pas eu le temps d'arriver jusqu'à nous. Les Ombres ont été plus rapides. Je suis désolée.

Un long silence pesant s'ensuivit. Little John se mordit la lèvre, ne sachant comment réagir face à cette information lourde de conséquences.

Son acolyte prit le parti de l'espoir, la fixant droit dans les yeux d'un air déterminé.

— Mais la plupart des gens ne connaissent même pas votre existence, vous n'êtes recensés sur aucune étude et carte. Regarde-nous. Si tu ne t'étais pas trouvée au bon moment à l'endroit où nous nous sommes arrêtés, nous n'aurions eu aucun moyen de savoir que des habitants vivaient sous nos pieds. À partir de là, tous les scénarios sont possibles ! Il y a peut-être d'autres refuges établis sur Timor.

L'adolescente la détailla longuement puis se releva.

— Suivez-moi.

Ils lui emboîtèrent le pas mais la fatigue du voyage commençait à se faire sentir. Little John ressentit le poids de ces énigmes qui ne cessaient de s'accumuler face à eux. À chaque nouvelle information, il avait l'impression qu'ils reculaient de deux pas. Il appréhendait également ce qu'ils allaient finir par trouver et qui pourrait possiblement détruire Lady Violet.

Cette dernière se raccrochait inlassablement à cette lueur d'espérance qu'elle ne cessait d'alimenter depuis toutes ces années. Mais que se passerait-il s'il s'avérait que le Capitaine Sky avait véritablement été emporté par ces mystérieuses Ombres ? Timor avait soudainement le pouvoir de fragmenter la seule étoile d'espoir qui maintenait Lady Violet sur pieds.

Tour de Contrôle

Poppy s'étira et contempla pensivement l'étendue par le hublot. L'écran à sa gauche émit un bruit familier et s'alluma soudainement, faisant apparaître le visage de leur fidèle acolyte sur Terre.

— C'est bon, ils sont partis ? questionna Marius avec empressement.

— Oui, ils ont quitté l'Aéromachine dans la matinée, répondit le koala.

— Très bien. J'ai réfléchi à ce dont nous avons parlé et je travaille dessus. Mais nous avons pris du retard. La mère de Miranda est malheureusement décédée il y a quelques heures. Nous y étions préparés mais ça entrave quelque peu l'organisation.

— Je comprends et je suis désolé pour elle. Mais on ne doit pas négliger la notion d'urgence. Je ne me serais pas permis de vous contacter dans le dos de Violet si ce n'était pas important, prévint Poppy.

— Je sais bien et on mesure toute la portée. Fais-nous confiance, on fait notre maximum.

*

Pendant que ce dialogue mystérieux animait l'Aéromachine, le petit groupe sous terre arpentait la seconde partie du village à une allure régulière. Au fur et à mesure de leurs pas, ils distinguèrent une tour un peu plus élevée que les autres habitations. Ils n'y avaient pas réellement prêté attention auparavant, car elle avait été construite à l'exact opposé de l'entrée. Tel un phare s'élevant au milieu de la tempête, elle dominait toutes les maisons.

Un escalier en colimaçon permettait d'accéder à une porte, située à environ deux étages du sol. En son mont, on pouvait apercevoir un balcon, qui habillait élégamment tout le tour de ce bâtiment singulier. Positionnées dans différentes directions, des jumelles statiques permettaient d'avoir une vue imprenable sur l'ensemble des bâtisses, et même au-delà.

Sans fournir plus d'explications, Zoé les invita à emprunter les marches derrière elle. Avant de franchir la porte principale, elle se tourna vers son petit frère et le prévint.

— Naïm, tu ne touches à rien, d'accord?

Ce dernier acquiesça, déjà trop accaparé par la peinture blanche qui s'écaillait le long de la rambarde. Ils pénétrèrent dans une grande salle circulaire. Postés sur toute la surface des cloisons, de multiples écrans leur faisaient face, accompagnés de tableaux de commandes assez complexes. Deux hommes et une femme, tous trois vêtus de combinaisons grises, semblaient régir cet impressionnant dispositif technologique depuis leurs fauteuils à roulettes. Après les avoir salués, Little John et Lady Violet s'approchèrent de plus près. Ils distinguèrent alors, sur les pixels, différents lieux qu'ils avaient arpentés avant d'atteindre les rochers. Sur l'un d'eux, on pouvait même apercevoir l'Aéromachine, qui les attendait patiemment. Mais de nombreux autres écrans leur dévoilaient aussi des endroits totalement inconnus aux paysages divers.

Zoé les rejoignit et posa sa main sur l'épaule de la jeune fille.

— Maintenant vous savez. Si quelqu'un de non recensé vivait sur ce territoire, nous serions déjà au courant, pas plus que notre rencontre n'est le fruit du hasard. En tant que descendante des fondateurs, j'ai certaines responsabilités, dont celles de réceptionner les alertes de présences inconnues détectées sur Timor. C'est d'ailleurs grâce à ce système que, Dieu merci, nous avons pu à chaque fois retrouver Naïm avant qu'il ne soit trop tard.

Lady Violet prit la mesure de ses paroles et tapa un poing rageur sur le poste de contrôle face à elle.

— Ce n'est pas possible ! Vous avez forcément une trace de quelque chose. Un indice de son passage !

Little John, quant à lui, inspectait de près le rendu de chaque caméra. Et après quelques minutes, ses sourcils s'animèrent dans un mouvement d'incompréhension. Il tâtonna son sac à dos, pour en sortir la carte géographique transmise par la Professeure Firenze.

— Vi, viens voir ! Le village où nous devions aller n'apparaît nulle part !

La jeune fille se rapprocha et étudia à son tour les différents éléments en leur possession. Puis, elle fit volte-face et dévisagea avec suspicion les autres personnes présentes dans la pièce.

— Vos caméras ne couvrent pas l'ensemble du territoire. Notre plan indique la présence d'un village situé à quelques kilomètres après la forêt.

L'adolescente blonde posa les poings sur ses hanches, l'air contrarié, et répondit de manière implacable :

— Il n'y a rien d'intéressant après la forêt. L'essentiel de ce que vous avez besoin de savoir se trouve actuellement sous vos yeux.

Lady Violet la toisa et une flamme s'alluma en simultané dans son regard. Son ami ne connaissait que trop bien cette lueur, qui ne présageait jamais rien de bon, sinon une tornade rousse qui ravageait tout sur son passage. Il fit donc un pas vers elle pour désamorcer l'inévitable, mais elle s'était déjà précipitée à deux centimètres du visage de leur hôte.

— Je crois que tu n'as pas bien saisi l'enjeu de notre visite. Il est hors de question que je me laisse bercer par des approximations. C'est la vie de mon père qui est en jeu et je ne laisserai rien ni personne se mettre en travers de mon chemin jusqu'à lui.

Zoé déglutit. Elle avait perdu le peu d'assurance que lui procurait cette Tour de Contrôle. Elle recula d'un pas et répondit avec le plus de douceur possible :

— Si je t'ai dit ça, ce n'est pas pour te mettre des bâtons dans les roues. Je veux juste que tu prennes conscience de la réalité qu'il y a à l'extérieur. Je suis désolée que tu aies à vivre ça, mais si ton père a posé les pieds sur Timor, il n'y a pas pu avoir d'issue favorable, sinon il serait parmi nous, crois-moi.

Au fil de ses mots, les poings de Lady Violet s'étaient serrés, jusqu'à bloquer totalement le sang qui était censé y circuler. Son coéquipier tenta encore une fois d'apaiser la situation.

— Zoé, qu'est-ce qu'il y a réellement après cette forêt ? Dis-nous la vérité. C'est important.

Elle sembla hésiter, mais la furie face à elle avait décidé de ne pas lui laisser le choix.

— Écoute, tu as deux options. C'est soit tu parles de ton propre gré, soit…

— Ok, ok, inutile de me menacer ! Nous n'avons pas installé de caméras plus loin, pour la simple et bonne raison qu'il n'y a plus rien de vivant dans cette zone. Les seuls êtres qui emplissent les murs de ce village abandonné sont dépourvus de toute humanité. Tout ce qu'il reste des victimes des Ombres est emporté là-bas. C'est bien trop dangereux, nous ne pouvons pas y mettre les pieds.

— Donc tu es en train de me dire qu'il reste toute cette partie de ta planète qui reste inexplorée et hors de votre surveillance?! dit la Terrienne en pointant du doigt le village qui s'étendait sur plusieurs centimètres de la carte.

— Oui, mais je vous déconseille complètement de continuer dans ce sens, répliqua vivement l'adolescente. Se rendre après ces arbres, c'est signer purement et simplement votre arrêt de mort! C'est beaucoup trop...

— On y va, la coupa la rouquine en empoignant le bras de Little John vers la sortie.

— Euh... Je crois que tu oublies un petit détail, répondit-il en lui désignant l'obscurité tombante à travers l'écran.

— Bon, libres à vous de braver nos consignes. Au moins vous ne pourrez pas dire qu'on ne vous a pas prévenus. Mais inutile de tenter le diable encore plus en y allant de nuit. De toute façon il y a encore plusieurs heures de marche pour atteindre cette zone. Vous pouvez dormir ici, Layla va vous préparer une chambre, répliqua plus sèchement Zoé en adressant un signe de tête à l'une des femmes en combinaison.

Elle semblait à la fois énervée et peinée de ne pas être prise au sérieux dans son rôle de protectrice et connaisseuse des lieux. Mais Lady Violet n'avait que faire des états d'âme de leur hôte. Tout le monde ici semblait pétri par la peur de l'extérieur et, vu son jeune âge, qu'est-ce que Zoé connaissait réellement des dangers de ce monde ?

Little John se chargea de porter la responsabilité de sociabilisation en les remerciant de leur accueil. À vrai dire, il était soulagé de cette offre, désireux de pouvoir dormir un peu. Comme un argument supplémentaire, un nouvel orage éclata derrière les parois rocheuses.

— Les éclairs sont courants toutes les nuits sur Timor, les renseigna Layla en les menant vers une hutte non loin de là.

L'endroit était modeste et dénué de décoration. Lady Violet ouvrit la bouche pour contester l'unicité de la chambre, mais son partenaire la découragea du regard d'émettre une quelconque objection. Après leur petit esclandre dans la Tour de Contrôle, il ne tenait pas à offrir une raison de plus à Zoé pour les mettre à la porte de leur village, soumis à la pluie et à la pénombre.

Ils s'installèrent et Layla les accueillit un peu plus tard chez elle pour dîner avec sa famille. L'ambiance était très silencieuse et on ne répondait à leurs questions que de manière laconique. Les deux enfants présents avaient visiblement peur d'eux, ce qui n'avait rien d'alarmant vu que le village n'avait pas accueilli d'étrangers depuis cinq ans. Cette atmosphère circonspecte était pesante et ils s'empressèrent de rejoindre leur domicile pour la nuit.

La jeune fille s'avachit sur le lit et grimaça en sentant son armure lui scier un peu plus la peau. Elle poussa un soupir et fixa le sillon humide qui creusait la roche au plafond.

— Quel drôle d'endroit pour vivre.

— Tu sais, on s'habitue à tout. C'est leur normalité. Ils nous regarderaient sans doute tout aussi bizarrement si on les accueillait dans nos belles maisons cimentées à l'extérieur, rétorqua sagement son coéquipier en retirant ses chaussures.

Il vint ensuite s'asseoir sur le rebord du lit.

— Je peux savoir ce que tu fais ? demanda-t-elle avec suspicion.

— Comme toi, je vais dormir paisiblement et ne forer personne avec ma dague, répliqua-t-il dans un bâillement.

L'adolescente s'étrangla et se redressa contre l'oreiller. Au regard outré qu'elle lui jeta, il prit soudainement conscience de la connotation extrêmement tendancieuse de ses propos. Il retint un rire et leva les mains, se justifiant :

— Je faisais simplement référence à cette arme dangereuse que tu te plais à pointer vers n'importe qui à la première occasion. Je te signale que c'est moi qui prends le plus de risques en partageant ta couche.

Elle porta machinalement la main à la lame à sa ceinture, comme pour se convaincre de ces propos. Elle décida de garder son armure pour la nuit, c'était plus prudent. Non pas qu'elle croie Little John capable d'une quelconque trahison. Mais après tout, ils dormaient au milieu de quatre-vingt-dix-sept inconnus qui vivaient à huis clos depuis soixante ans. Cela n'avait rien de rassurant.

Pourtant, après quelques minutes à parler de tout et de rien dans l'obscurité, elle sentit sa respiration ralentir. Au creux des roches, elle sombra, pour la première fois depuis des mois, dans un sommeil sans cauchemars et sans bestioles oppressantes.

Fontaine & Tchaïkovski

Au fil de leur avancée, les deux Terriens prenaient la mesure de l'endroit où ils se rendaient. La nature elle-même semblait avoir perdu ses droits au milieu de ces ruines désertiques et ternes. Ils mirent ainsi un certain temps à comprendre que ce silence si pesant provenait des animaux eux-mêmes. Ici, à l'autre bout de Timor, les pépiements se faisaient néant et seul le bruissement des feuilles mortes se muait en murmures.

Le moindre mouvement emplissait un peu plus Lady Violet d'un souffle glacé qui venait paralyser ses veines. Quelque chose dans cette atmosphère l'empêchait de maintenir l'allure qu'elle aurait souhaité avoir, mais elle était bien incapable d'identifier quoi. Elle s'efforçait donc d'avancer d'un pas prudent, en essayant de canaliser au mieux ces sensations physiques dérangeantes.

Derrière elle, Little John n'était pas vraiment en meilleure posture mais il parvenait mieux à les gérer. Attentif aux chemins qu'ils empruntaient et aux menaces qui pouvaient surgir à tout instant, il restait vigilant pour deux.

Zoé et Layla les avaient regardés partir avec le regard qu'on pose sur un condamné. Elles leur avaient rappelé de ne jamais relâcher leur vigilance, d'écouter leur instinct et surtout de rester ensemble. Après un dernier « bon courage » délivré sans entrain, ils avaient pris congé de leurs hôtes.

Sous leurs chaussures, le sol semblait principalement constitué de cendres et le moindre souffle du vent venait les soulever, engendrant une chorégraphie tourbillonnante autour de leurs corps.

Pour le moment, aucune présence ne s'était manifestée, mais ils restaient sur leur garde. Le plus délicat était toutefois d'exploiter au mieux cette expédition afin d'aller au plus rapide et quitter dès que possible cette planète inquiétante. Mais en l'état de leurs informations, il leur était compliqué de progresser à la vitesse désirée. Ils savaient qu'ils cherchaient une preuve du passage ou de la présence du Capitaine Sky, sans en connaître véritablement la forme. Mais Lady Violet était persuadée qu'elle saurait quand ce serait le cas. L'instinct de la filiation avait ce pouvoir de percer l'inconnu jusque dans ses plus profonds secrets.

L'adolescent eut alors une pensée pour son propre père. Comment pouvait-il consacrer autant de temps à chercher celui d'une autre alors même qu'il avait tant à réparer auprès du sien ? Il ne put s'empêcher de penser que, si Luc le voyait dans cette fâcheuse posture, il serait empli de déception envers sa progéniture. Il avait lâchement fui et, maintenant, il n'y avait plus de retour en arrière possible sur la peine qu'il venait d'infliger à sa propre famille.

Cela faisait près d'une demi-heure qu'ils arpentaient les différents décombres de ce village fantomatique, après avoir traversé la forêt sans encombre. Malgré une certaine sécurité, liée au calme du lieu apparent, chaque mètre parcouru continuait de plonger un peu plus Lady Violet dans un état de tension. Chacun de ses membres était crispé et son pouls ne cessait d'escalader en une ascension vertigineuse. Elle maintenait une énergie déployée à ne rien laisser paraître, déterminée à rester concentrée sur sa recherche.

C'était assez impressionnant de se retrouver au milieu de ce lieu désaffecté et chargé d'histoires. Elle se demanda qui étaient les habitants qui avaient jadis animé ce village.

Au détour d'une énième rue, ils aperçurent une fontaine, qui paraissait les interpeller au milieu de ce décor trivial. Sa colonne en granit s'élevait à hauteur d'homme et sa tête se déployait en trois jets parfaitement égaux. Des gravures décoratives venaient agrémenter la paroi vieillie par les années.

Little John, de son côté, avait focalisé son attention sur les fragments d'une bâtisse située à une cinquantaine de mètres de là. De l'habitation, il ne restait que l'habit, sa façade élimée ne contenant aucune chair qui, jadis, aurait pu en être propriétaire. Pourtant, son aura exerçait une certaine fascination sur le garçon, qui ne put s'empêcher de s'en rapprocher. Il était curieux de voir ce qu'il restait de l'intérieur et quelles forces pouvaient aujourd'hui l'habiter.

Fort des paroles de Zoé, il décida d'écouter son instinct, considérant que son cerveau reptilien était justement là pour le guider. Il ne se serait pas mis en danger de sa propre initiative, surtout qu'il était loin d'être le plus téméraire des deux.

Se rapprochant de l'édifice, il décida d'écouter sa curiosité, quitte à s'émanciper un peu des autres directives et à s'éloigner de sa coéquipière. Après le discours alarmiste et fataliste de leur hôte, cela était très suspect qu'ils puissent passer autant de temps dans cette zone sans qu'aucun danger n'apparaisse. Zoé avait-elle cherché à les dissuader de venir ici ? Qu'avait-elle à cacher derrière toutes ces mises en garde visiblement fictives ?

Autour d'eux, tout était désert. Les ruines dégageaient suffisamment l'espace pour avoir une vue d'ensemble sur toute intrusion susceptible de surgir. Rassuré, il indiqua à la jeune fille la direction qu'il empruntait.

Cette dernière fronça brièvement les sourcils, lui fit signe qu'il pouvait y aller mais que, pour sa part, elle continuait de son côté. Aucun d'eux n'avait émis le moindre mot pendant ce dialogue, désireux de respecter le silence qui régnait là mais aussi peu enclins à se faire repérer.

Little John s'assura quand même que le poignard était toujours coincé dans sa ceinture avant de poursuivre son avancée. Malgré son aversion pour les armes, il s'était laissé convaincre par Lady Violet de piocher dans sa collection. Cela ne l'enchantait guère d'avoir entre ses mains un outil de violence qu'il ne maîtrisait pas. Mais il fallait bien admettre que, se balader dans la galaxie en atterrissant sur des planètes inconnues, sans aucun moyen de défense, aurait été de la pure inconscience.

L'adolescente avait bien essayé de l'initier à l'arbalète, mais il ne maîtrisait pas suffisamment la technique pour que celle-ci puisse le protéger, de quelque manière que ce soit. Faute de l'armer correctement, ces entraînements avaient au moins eu le mérite de les faire rire et d'attiser les moqueries de Poppy.

Little John trébucha sur un rondin de bois dont la cendre avait recouvert l'écorce, l'empêchant de distinguer l'obstacle au milieu de la route. Il épousseta le bas de son pantalon et reprit son chemin. Mais un son lointain le figea, à peine quelques mètres plus loin.

Il se retourna pour voir si sa compagne de route l'avait également perçu, mais il n'en n'était rien. Lady Violet marchait toujours dans une autre direction, le visage concentré sur la fontaine. Ils étaient trop éloignés pour qu'il prenne le risque de l'interpeller et ainsi attirer potentiellement ces Ombres, même si elles étaient jusque-là inexistantes. Il secoua la tête, essayant de déterminer si cette émanation sonore résultait du fruit de son imagination et regarda au loin. Après tout, la journée apparaissait déjà longue et riche en tensions. Cela était donc fort probable que son cerveau essaie de lui jouer des tours.

Brusquement, le bruit reprit, sans qu'il n'arrive à en distinguer la nature ni l'origine. Intrigué, il décida de continuer son exploration, puisque le trouble sonore semblait s'évader de la bâtisse vers laquelle il se dirigeait. L'appelait-il ?

En se rapprochant à pas feutrés, il prit peu à peu conscience que, ce qui lui parvenait aux oreilles, était en réalité une mélodie. Les notes étaient brouillonnes et étouffées mais pourtant bien réelles. Qui s'amusait à jouer de la musique dans un endroit pareil ? La théorie de Lady Violet sur d'autres présences humaines prenait peu à peu corps face à ce signe notable.

Malgré l'étrangeté de la situation, il n'y avait rien de glauque dans cette sonorité mélodieuse. Au contraire, elle apparaissait presque comme un élan d'apaisement, une vague de répit artistique dans cette zone désaffectée. Little John ressentit une profonde bouffée de nostalgie qui le submergea tout entier. Ces notes de piano ressemblaient à s'y méprendre aux mélodies que sa mère aimait lui jouer le soir, lors du coucher. Fervente amatrice de Tchaïkovski, elle se plaisait à lui conter Casse-Noisette de ses longs doigts de fée. Il n'y avait pas de plus grand apaisement pour le petit garçon, que de s'endormir dans les bras de ce ballet maternel.

Pourtant, après sa mort, il avait cultivé une attention toute particulière à maintenir le compositeur russe bien éloigné dans un placard. Le jour où son père avait décidé de dépoussiérer Piotr pour faire du tri dans la maison, avait d'ailleurs fait l'objet d'une violente dispute avec son fils. La musique a ce pouvoir, au-delà de réveiller la sensorialité, d'alimenter des émotions profondément enfouies. Le deuil n'y avait pas échappé.

Mais, loin de ressentir la colère qu'il avait éprouvée à cette époque, le lycéen appréciait cette fois d'entendre la lente litanie du piano. Il se rapprocha jusqu'à atteindre l'entrée, ou du moins ce qu'il en restait. Il n'y avait plus de porte depuis longtemps, à en juger par les gonds recouverts d'une épaisse couche de poussière. La faible lumière du jour transperçait, sans concession, les carreaux fondus, s'étirant ici et là en de longs filaments blanchâtres. Ceux-ci n'avaient toutefois rien de bien palpitant à dévoiler, à part des débris de meubles d'un salon dépassé par les années.

Little John réalisa que la musique émanait plus en profondeur, probablement d'une pièce annexe.

Le plancher grinça sous ses pieds et il parcourut la courte distance qui l'éloignait de l'une des deux portes apparentes. Celle de gauche était entrouverte et elle lui semblait contenir ces doux sons, qui le pénétraient jusqu'à l'âme.

Il découvrit un lit large et accueillant, trônant au milieu de ce qui semblait avoir été une chambre, relativement épargnée par rapport au reste de la maison. Il comprit alors, en observant la pièce, que la sonorité venait en réalité d'une petite mezzanine aménagée sous les combles. Il n'y avait pas prêté attention à l'extérieur de la bâtisse, mais elle était suffisamment haute pour y accueillir un demi-étage supplémentaire.

Une échelle en hêtre indiquait la direction à prendre, pour rejoindre ce petit nid perché. À ce moment-là le garçon ne pensait guère au danger ni aux mises en garde délivrées par Zoé. Son cerveau était comme anesthésié, baigné dans une brume nostalgique et inarrêtable. Atteindre cette mélodie maternelle était la seule chose qui comptait en cet instant précis.

Il emprunta donc les barreaux grignotés par le temps et se hissa jusqu'à la plateforme d'où le mystère provenait.

Ses doigts manquèrent un battement quand ils heurtèrent une surface en cuir ronde et épaisse. Ces yeux atteignirent la hauteur désirée et lui offrirent une vision qui le paralysa sur place. C'était une chaussure qu'il tenait sous sa main.

Est-ce qu'il venait de découvrir une présence humaine résidant ailleurs que sous le sol de Timor ? En même temps, seuls des doigts de musicien aguerri pouvaient être à l'origine de cette musique enivrante.

Alors que la soudaine pulsation de son rythme cardiaque semblait le sortir de la douce léthargie dans laquelle il se trouvait jusqu'alors, Little John réalisa qu'il n'y avait personne relié à ces bottines. Il s'agissait en réalité d'un vestige de plus abandonné par le passé. Le soulier déchu trônait là, non conscient qu'il venait de lui causer une belle frayeur.

Il épongea son front, trempé de sueur, et acheva de se hisser jusqu'en haut, prenant conscience du risque qu'il avait pris en venant seul ici. Il n'osait penser à ce qui lui serait arrivé si ces chaussures avaient appartenu à quelqu'un.

Il prit le temps de reprendre son souffle et inspecta le lieu où l'avait mené la mélodie. Il s'agissait apparemment d'un coin dédié à une bibliothèque. Les multiples livres, noircis et partiellement détruits par la lave, offraient une vision d'horreur pour tout amoureux de la littérature. Une lampe dorée dressée en arc de cercle venait épouser l'espace au-dessus d'un fauteuil, dont le tissu carmin avait fondu et s'était recroquevillé en de petits amonts épars.

Dans l'angle opposé, le dos d'un large piano à queue se dressait là, relativement protégé par les dégâts qui avaient ravagé le reste de la pièce. Little John se rapprocha pour le contourner et se figea. Les touches de l'instrument se mouvaient en parfaite autonomie, esquissant les premières notes de la scène finale du *Lac des Cygnes*. Une douce lueur de tragédie se diffusa alors jusque dans ses os.

*

Pendant ce temps, Lady Violet était, elle, plongée dans une toute autre réalité. Elle contemplait le petit édifice qui se dressait face à elle et ne pouvait s'empêcher d'imaginer à quoi devait jadis ressembler la vie au sein de ce village.

À en juger par les aménagements soignés et l'architecture homogène, il avait accueilli une population civilisée et sensible à l'esthétique. Elle se demandait ce qu'il en restait désormais, au-delà de ces innombrables débris mornes. De ces vies humaines, il ne subsistait que le matériel qui avait constitué leurs quotidiens et leurs toits. Cette destruction était-elle, elle aussi, le fruit des Ombres ? Ou était-ce simplement le jeu d'une nature trop imprévisible qui avait eu raison de ce village au pied du volcan ? La jeune fille doutait de pouvoir trouver un jour une réponse à ses questions. Mais il n'était pas utile d'en rajouter, alors même que les siennes n'avaient toujours pas trouvé d'échos. Elle ressentit une profonde lassitude en contemplant le bassin vide, jonché de feuilles mortes.

Évoluer au milieu des ruines d'une autre planète allait-il réellement lui rendre ce qu'elle cherchait ? Elle se mit à douter. L'incertitude assaillait ses pensées, pendant qu'elle laissait ses doigts courir le long de la pierre. Son ongle accrocha soudain un interstice et elle laissa son regard se promener sur la zébrure qui filait jusqu'en haut de la fontaine. C'est à ce moment-là qu'elle porta plus d'attention aux différentes gravures qui l'ornaient.

Elle réalisa alors que, parmi les végétaux ornementaux, s'esquissaient des noms et des dates. Il lui fallait plisser les yeux pour réussir à en distinguer les lettres et chiffres.

« Rossie Dieudi : 1952-2004 ; Lyves Siesou : 1978-2007 ; Eliana Meydropat : 1992-2011 »

Lady Violet parcourait ces noms inconnus et un sentiment indicible l'enlaçait au fur et à mesure de sa lecture. Elle avait un mauvais pressentiment, dont l'angoissante nature ne cessait d'accroître de seconde en seconde.

Après une dizaine d'inscriptions déchiffrées et face au sentiment d'oppression qui montait dans sa poitrine, elle se retourna pour se rassurer par la présence de Little John. Mais ce dernier avait disparu à l'intérieur de la bâtisse, quelques dizaines de mètres plus loin. Elle se fit violence pour ne pas aller le chercher, face à la découverte potentielle qui s'annonçait. Le besoin de se sentir soutenue, se mêlait au désir d'être seule pour affronter les informations qui pouvaient l'attendre.

Au prix d'une bataille acharnée entre sa conscience et son inconscient, c'est la première qui finalement l'emporta. Elle reprit le fil de sa lecture, le dos arc bouté vers la colonne de pierre. Elle ne vit ainsi pas le mouvement sombre qui venait de s'esquisser dans un coin de la rue, juste derrière elle.

*

Alors que les yeux de Little John ne cessaient de suivre les touches du gracieux instrument, celles-ci se mirent à escalader la cadence. La mélodie s'emballa, emplissant tout l'espace de la pièce d'une frénésie à peine contenue. Son cœur ne put s'empêcher de se synchroniser sur ce rythme soutenu.

Au gré des notes, c'est la partition de sa vie qui prit place au plus profond de son cerveau. Sa boîte à souvenirs venait de se rouvrir sur le devant de la scène et l'estrade elle-même peinait à contenir ce qui se déroulait face à cet unique spectateur.

Les images de sa mère défilaient ainsi à une vitesse déconcertante, lui délivrant çà et là des portions de son enfance qu'il avait soigneusement mises de côté. La belle femme esquissait quelques pas de danse, les pieds dans l'écume des vagues, ses longs cheveux bruns s'emmêlant dans les volutes du vent marin. Il se vit ensuite sur ses genoux, à l'écoute d'une histoire qu'elle lui contait souvent, quand la nuit tombait sur ses paupières. Ses deux parents, cette fois, entonnaient une chanson en chœur dans la voiture. C'était leurs dernières vacances ensemble, tous les trois. La scène suivante lui serra l'estomac, la jolie trentenaire de la plage faisait désormais pale figure, allongée péniblement sur le canapé du salon. Zoom sur les larges cernes qui dévoraient désormais une partie de son visage métis, dont même la couleur avait perdu son éclat. Le soleil qui, jadis, illuminait ses fossettes taquines et ses lèvres pleines, n'était déjà plus qu'un lointain souvenir.

*

« Kaul Phulet : 1965-2014 »

Les inscriptions apparaissent par ordre chronologique et, au regard de leur usure plus ou moins apparente, on pouvait penser qu'elles avaient été gravées au fil des dates.

Les yeux de Lady Violet tressautèrent sur le nom suivant et sa respiration se coupa nette.

« Capitaine Sky : 1970-2017 ».

Sa vue se flouta, pendant qu'elle cherchait à reprendre son souffle. Non, c'était impossible, ce devait être une erreur, une prodigieuse erreur ou un hasard morbide. La date correspondait pourtant, exactement à l'année où on avait perdu toute trace de son père.

La jeune fille s'agrippa au bord du bassin à s'en faire mal aux mains, sentant que ses jambes se faisaient coton. Son corps semblait s'être vidé de toute substance et la seule sensation qui l'animait était ce battement qui s'emballait au plus profond de sa poitrine. Sa gorge se serra à tel point qu'elle ressentit une douloureuse contraction qui bloqua encore un peu plus le passage de l'air, qu'elle cherchait péniblement à récupérer.

Elle vivait depuis quatre ans avec l'espoir de son retour, il ne pouvait pas être mort depuis tout ce temps. Elle l'aurait su, quelqu'un l'aurait su, c'était certain. Au plus profond d'elle-même, sa raison essayait de se frayer un passage au beau milieu de ce tourbillon émotionnel. En réalité, les explications étaient largement rationnelles et plausibles. Qui serait venu fouiller sur Timor jusqu'à atteindre cette seule preuve qu'un être avait perdu la vie en ces lieux ? Seul un enfant pétri de désespoir et d'amour aurait pu entreprendre une telle recherche.

Au fur et à mesure que l'angoisse prenait possession d'elle, son cerveau s'emplissait d'un brouillard opaque et elle se sentit flancher. Pour la première fois depuis des années, elle ne put retenir les larmes qui se laissaient glisser en torrents inflexibles le long de ses joues. Tout ce qu'elle avait refoulé jusque-là se déversait maintenant, sans aucune retenue. L'énorme masse qui avait pris possession de sa gorge renforçait la panique qu'elle ressentait face à cette perte de contrôle de son enveloppe corporelle. Son psychisme était aux commandes et elle ne pouvait absolument pas lutter contre. Aucun poignard, aucune arbalète, ne pouvait intervenir, pour la protéger face aux attaques de sa prise de conscience.

Alors que sa respiration se faisait de plus en plus rapide et saccadée, elle se sentit contrainte de se recroqueviller sur elle-même. Cette position était la seule qui pouvait la réconforter un tant soit peu face aux émotions terribles qui l'assaillaient. Ainsi, à terre, repliée sur elle-même, elle aurait souhaité disparaître au milieu de ce monde trop violent pour elle. C'est à ce moment précis, au point culminant de sa vulnérabilité, que l'Ombre se jeta sur Lady Violet.

*

Little John sentit l'émotion l'envahir, sans qu'il puisse, cette fois, y mettre un terme. Il était comme prisonnier de ses propres pensées, menotté aux démons qui lui avaient volé ses espoirs d'enfant. Immobile, les poings serrés, il essayait de mener cette bataille à laquelle il avait dû déjà régulièrement faire face ces sept dernières années.

Une forme sombre et longiligne se détacha de la bibliothèque à deux mètres de lui, et s'approcha en glissant silencieusement sur le parquet flottant. Un frisson glacé le parcourut alors que l'œuvre morbide de Sergueï Rachmaninov remplaçait Tchaïkovski dans les tréfonds du piano. L'image qui prit ensuite place dans ses yeux, le fit vaciller. Maryama peinait à soutenir son regard, luttant contre la léthargie qui l'embarquait au fond de ce lit d'hôpital. Elle tenta de lui adresser un sourire rassurant, mais ses muscles affaiblis ne lui permirent qu'un rictus grossier. Un éclair. Cette fois, aucune échappatoire possible, geôlier de ses propres pensées, il fit face au corps maternel qui se mit à convulser sous ses yeux. Alors que ses doigts juvéniles tentaient d'accrocher ceux de sa mère, il s'entendit hurler avec le plus profond des désespoirs.

— Ami !

La petite voix le sortit de sa torpeur morbide. Le visage de Naïm apparut dans son champ de vision. Le garçon désignait la masse noire qui s'était subitement figée dans le dos de Little John.

Ce dernier se retourna brusquement, encore engourdi par toutes ses émotions. Mais il n'y avait rien. Il prit alors conscience que le piano s'était lui aussi arrêté. L'enfant, quant à lui, ne comprenait pas pourquoi cet étranger l'interrogeait du regard. Il adressa un grand sourire à l'Ombre, qui grommela et esquissa un mouvement de recul, contrariée. Il s'avança encore un peu plus, tendant le bras pour essayer de la toucher. Elle réalisa un bond à l'autre bout de la pièce, provoquant l'hilarité chez le jeune garçon.

Little John contemplait la scène, médusé. Il ne comprenait pas le sens des gesticulations de Naïm, qui semblait s'amuser avec un ami imaginaire. Comme pour répondre à la perplexité de l'adulte, il s'adressa à nouveau à lui en pointant du doigt la bibliothèque :

— Ombe ! Ombe !

— Naïm, mais qu'est-ce que tu fais là ? Est-ce que ta sœur sait que tu es ici ?

— Zoé ? interrogea-t-il en reportant son attention sur le lycéen.

— Oui, Zoé. Elle est avec toi ?

— Zoé pas aime ombes. Moi, ami, répondit-il avec un regard soudainement voilé de tristesse.

Little John se mit à sa hauteur et voulut poser sa main sur son épaule, mais Naïm effectua aussitôt un mouvement de recul, comme tétanisé par ce contact physique. Passé la première seconde de surprise face à cette réaction enfantine plutôt inhabituelle, le terrien recula légèrement et planta ses yeux dans les siens.

— Si je comprends bien, tu es ami avec ces ombres, c'est ça ?

— Oui !

— Elles sont gentilles avec toi ?

— Oui, amis !

— Alors pourquoi ta sœur a peur de tes amis ? l'interrogea-t-il en essayant de formuler ses questions simplement.

Mais il n'y eut pas de mot posé sur la réponse attendue. Naïm se contenta de le dévisager avec une moue interrogative. Il bascula sur un pied et reprit les légers balancements qu'il avait déjà eus lors de leur conversation à table, fixant un point sur le mur. Malheureusement pour lui, il était le seul à avoir un accès visuel à ces menaces fantomatiques. Du haut de ses onze ans et de sa différence, il ne comprenait pas pourquoi le reste du monde ne voyait pas la même chose que lui.

Alors que le pouls de Little John reprenait peu à peu une constante normale face à l'innocence de cet enfant, ce dernier fut saisi d'un spasme et cria :

— ombe câlin Violet.

Les Ombres

À la seconde même où l'Ombre l'enveloppa, Lady Violet sentit son armure se fendre d'un coup sec et son psychisme basculer. Si elle avait été suffisamment consciente à ce moment-là, elle aurait compris qu'elle devenait complètement prisonnière de son enveloppe corporelle.

La masse sombre s'était déployée de manière à recouvrir, de son manteau d'obscurité, chaque parcelle de sa peau. La jeune fille ressentit une sensation de chaleur. Ses joues et sa poitrine semblaient comme englouties par les flammes. Pourtant, des frissons glacés parcouraient également son épiderme, faisant se dresser chaque poil s'érigeant sur leur chemin.

L'Ombre resserra un peu plus son emprise. Au milieu de ce tourbillon émotionnel, sa victime vit apparaître son père, qui prit place sous ses paupières mi-closes. Il se tenait, déterminé, au milieu d'un sentier. Elle n'eut aucune difficulté à le reconnaitre, malgré la barbe qui avait considérablement poussé et l'amaigrissement qui transperçait ses pommettes. Son regard paraissait, lui aussi, plus sombre. Ses bottes de rangers écrasaient tout sur son passage. Elle pouvait reconnaître sans peine la lueur de détermination qui animait ses prunelles émeraude, elle avait la même. Il avait l'air de savoir où il allait, une épée solidement fixée au niveau de ses hanches et une besace pendant le long de son épaule massive.

Spectatrice impuissante, elle le vit émettre un grognement et se figer à l'entente d'un craquement derrière lui. La demi-seconde dont il eut besoin pour se retourner vers le bruit suspect fut celle de trop. Une Ombre, similaire à celle qui accueillait actuellement Lady Violet dans ses bras, se jeta sans une once d'hésitation sur le Capitaine Sky. L'homme se débattit sous les yeux effarés de sa fille.

Bien que, au fond d'elle-même, elle en connaisse l'issue, elle ne pouvait s'empêcher d'espérer que son paternel prenne le dessus dans ce combat mortel. Mais rapidement, la forme longue et vaporeuse qui lui servait de bras s'abattit et trancha d'un coup net la gorge de l'un des êtres qui lui étaient le plus cher au monde. Elle hurla de toute son âme, tandis que la lourde silhouette s'affaissait dans un bruit insupportable. Pendant ce temps, son agresseur à elle, resserrait considérablement son étreinte.

Quand le hurlement parvint aux tympans de Little John, ses veines se glacèrent. Il n'avait pas besoin de voir l'auteur pour savoir à qui appartenait cette voix engloutie par le désespoir.

— Naïm, reste là, je reviens ! indiqua-t-il au petit garçon en se précipitant vers l'échelle.

Mais celui-ci ne l'entendait pas de cette oreille, il secoua la tête et emprunta le même chemin.

— Violet, danger. Ombe pas ami.

L'adolescent ne chercha pas à savoir comment Naïm avait pu reconnaître lui aussi la voix d'une personne qu'il ne connaissait que depuis quelques heures seulement. Il espérait juste que son allusion à une nouvelle Ombre n'était pas la réelle raison de la détresse de sa coéquipière. Après tout, il en avait parlé dans la bibliothèque, sans qu'il ne distingue quoi que ce soit de cet ordre.

Une fois en bas de l'échelle, il réceptionna l'enfant de Timor. Il voulut lui prendre la main mais, une fois encore, ce dernier esquissa un mouvement de recul et prit les devants pour sortir seul de la maison. Le rythme cardiaque de Little John subissait décidément beaucoup plus d'assauts qu'un être humain normalement constitué était censé encaisser en une seule journée. Son taux croissant d'adrénaline allait mettre un certain temps à évacuer totalement de son corps. Mais à ce moment-là, il ne pensait qu'à une seule chose : Lady Violet.

Ils surgirent tous les deux à l'extérieur et durent cligner des yeux à de multiples reprises pour affronter la lumière vive du dehors. Une ambiance pesante électrisait l'air malgré le silence qui planait autour d'eux.

L'adolescent prit le temps d'analyser la scène qui les entourait. Il repéra rapidement la forme recroquevillée au pied de la fontaine. Il se lança dans le sprint le plus rapide de sa vie. Au gré de sa foulée, il pouvait distinguer les cheveux flamboyants qui contrastaient avec la pierre vieillie. Ils tombaient en cascade, cachant le visage de la jeune fille.

Entrecoupé par sa respiration saccadée, il perçut bientôt le bruit étouffé des sanglots qui la secouaient. Il acheva de parcourir les quelques dizaines de mètres qui les séparaient et tomba à ses pieds. Naïm trottinait péniblement pour les rejoindre lui aussi, suivi de loin par l'Ombre de la maison, qui s'était discrètement glissée dans leur sillage.

— Violet, que se passe-t-il ? questionna son ami en essayant de reprendre son souffle.

Il posa ses mains sur ses épaules et fut parcouru d'un frisson désagréable. La jeune fille ne semblait pas avoir réellement conscience de sa présence. Elle se balançait lentement avec une respiration anormalement forte et hachée pour quelqu'un d'immobile. Ses yeux écarquillés fixaient un point invisible à ses pieds. Elle resserra inconsciemment ses propres bras qui maintenaient ses genoux pliés contre son torse. Une cascade de perles salées dévalait ses joues constellées de taches de rousseur.

— Ombe joue moi, pas eille ! cria le petit garçon en arrivant à leur niveau.

Little John le regarda, sans comprendre de quelle Ombre il parlait car la rouquine était seule face à lui. Naïm continuait toutefois de faire signe à quelque chose au-dessus d'elle. La forme obscure remua un peu sous l'assaut revendicateur de l'enfant mais elle ne souhaitait visiblement pas bouger pour autant. Elle était très satisfaite de cette nouvelle victime, qui s'était finalement avérée moins résistante qu'elle n'y paraissait. Cela avait presque été trop facile. Elle reconnaissait toutefois que l'attaque avait été plus complexe à mettre en place que pour la majeure partie de ses proies précédentes. Cette rouquine semblait avoir un peu plus de ressources que le suggérait son jeune âge.

L'adolescent, toujours pétri d'incompréhensions, essayait en vain de capter un tant soit peu l'attention de son amie. Il resserra ses doigts, pour tenter de freiner son balancement et se mit à lui parler d'une voix douce :

— Vi, parle-moi, s'il te plaît. Qu'est-ce que tu as vu ? Peu importe ce que c'est, tu n'as plus rien à craindre, nous sommes seuls. Je suis là.

Lady Violet esquissa un frisson et parvint à se connecter brièvement à la réalité, sans toutefois pouvoir le regarder. Puisant dans ses dernières ressources et repoussant la boule au fond de sa gorge, elle parvint à murmurer faiblement :

— La fontaine...mon père...

Ces quelques mots franchirent ses lèvres mais elle était dans l'incapacité absolue de développer ses propos. Énoncer l'indicible, mettre des paroles sur ce qu'elle avait vu l'aurait rendu trop réel, c'était au-dessus de ses forces.

Elle replongea donc dans un état de semi-conscience, préférant se réfugier dans l'opacité qui l'appelait. Sa tête commençait à virevolter, au fur et à mesure que ses poumons saturaient du trop-plein d'oxygène qu'elle leur fournissait.

Little John comprit qu'il devait rapidement trouver par lui-même le lien de corrélation entre ces deux informations. Il chercha une explication parmi les jets d'eau qui giclaient derrière elle. Tout en gardant une main apaisante sur son épaule, il se releva pour mieux distinguer les détails de la fontaine.

Après quelques instants de recherche, il tomba enfin sur les inscriptions qu'avait découvertes Lady Violet, quelques minutes plus tôt. Son partenaire parcourut les mêmes noms qu'elle, jusqu'à ce que son front se crispe en deux ridules perplexes. Le nom de son père, Luc, s'affichait parmi les lettres gravées, suivi des chiffres de sa naissance et de l'année en cours. Son cœur manqua instinctivement un battement mais, heureusement, son cerveau s'efforça de garder le contrôle. Il réalisa alors qu'il n'y avait pas de mention du Capitaine Sky. Ses pensées défilaient à toute vitesse, se focalisant sur des explications rationnelles. Il fit signe à Naïm d'approcher.

— Dis-moi, qu'est-ce que tu vois ici ?

Il l'interrogeait, sans toutefois savoir si l'enfant était en capacité de lire.

— Voir ? demanda ce dernier en affichant un air perplexe.

Little John réalisa que, depuis sa petite taille, il ne devait pas apercevoir grand-chose de ce pilier de granit. Il détacha sa main de Lady Violet pour porter le petit à sa hauteur. Ce dernier ne sembla pas vraiment apprécier ce contact physique mais il percevait une certaine gravité dans la situation en cours. Il s'abstint donc de gigoter pour l'occasion et fixa le point que l'étranger lui indiquait.

— Fantaine ?

— Oui, sur cette fontaine, que vois-tu ?

Le garçon se concentra puis secoua la tête.

— Rien, rien fantaine.

— Naïm, c'est très important, je dois être sûr. Tu ne vois rien sur la pierre ? Pas de lettres ? Pas de chiffres ?

— Nan. Fantaine, seule. répondit l'enfant sans une once d'hésitation.

Satisfait de cette réponse, Little John le reposa à terre. Il inspira profondément, essayant de rassembler ses pensées afin de garder son sang-froid. S'il perdait lui aussi le contrôle, alors ils n'avaient plus aucune chance de repartir indemnes de Timor.

De son côté, Lady Violet s'épuisait de plus en plus sous la pression exercée par l'Ombre sur sa poitrine. Elle éprouvait des difficultés à respirer et, au fur et à mesure qu'elle perdait sa force physique, son mental semblait aller de pair. Elle ne pouvait détacher son attention de la vision inanimée du corps de son père, à terre. Bloquée dans cette scène, elle ne pouvait que la parcourir des yeux sans pouvoir intervenir de quelque manière que ce soit. Oui, sa force l'abandonnait et sa combativité sombrait avec elle.

Elle laissa peu à peu son dos s'enfoncer un peu plus profondément dans l'étreinte de l'Ombre. Elle ressentait presque un certain réconfort à se laisser aller ainsi contre elle. Céder le contrôle à cette chimère ennemie, c'était avoir l'assurance que son calvaire prendrait bientôt fin. Ce qui l'engloutissait avait, en cet instant, le pouvoir de mettre un terme à la peine intense qu'elle ressentait et à cette angoisse qui lui tenaillait les poumons. Et puis, à quoi bon s'échapper si la réalité qui l'attendait était tout aussi noire que les bras qui l'aspiraient?

Une secousse contraignit toutefois la jeune fille à émerger brièvement de cette morbide réflexion.

— Vi, écoute-moi! Rien de ce que tu crois avoir vu n'est vrai. Je ne sais pas comment c'est possible mais quelque chose ici contrôle l'apparition de cette fontaine. Je viens d'y lire le nom de mon père alors qu'il est bien en vie, on le sait tous les deux. Il n'a aucune raison d'être mort ici, sur Timor. C'est comme si...

Little John marqua une pause et déglutit, soucieux de l'absurdité que revêtaient ses explications.

— C'est comme si ces inscriptions s'adaptaient à celui qui les regarde. Elles prennent peut-être la forme de ce qui nous angoisse le plus au monde, ou bien du nom de la personne que tu as le plus peur de perdre, je ne sais pas... Ça semble absolument irrationnel ce que je te dis là, mais ce que je peux te jurer Violet, c'est que le nom du Capitaine Sky ne fait pas partie de ceux que Naïm et moi pouvons lire. C'est probablement une illusion pour se jouer de notre esprit.

Au milieu de la brume que constituait son cerveau, son amie entendait ses propos, sans toutefois parvenir à y mettre un sens. Ces phrases s'agglutinaient en pièces de puzzle éparses dans sa tête.

Little John constata l'armure brisée au sol et prit encore plus conscience de la gravité de la situation. Il n'avait jamais vu la jeune fille sans cette précieuse protection métallique, elle était donc totalement à nue, à la merci des Ombres.

Il décida de la réancrer un peu plus dans la réalité en glissant sa main pour relever son menton. Il cherchait désespérément à atteindre son regard voilé d'obscurité. Plus il renforçait son contact avec elle et plus l'Ombre était contrainte de se recroqueviller. L'énergie déployée pour aspirer tout l'optimisme d'une personne était telle qu'elle ne pouvait s'élargir à plusieurs victimes en même temps. Le contact de Little John parvenait à l'attaquer, alors même qu'il n'avait pas conscience de sa présence physique.

Naïm, quant à lui, commençait à perdre patience et se mit à tirer sur le bras de cet ami qui refusait de jouer avec lui. Il ne comprenait pas pourquoi ces formes sombres s'obstinaient à accaparer des gens qui ne voulaient pas d'elles. Il était visiblement le seul à les accepter telles qu'elles étaient et à ne pas les craindre.

La peur n'était pour lui qu'un concept verbal émis par les adultes, une notion parmi tant d'autres qui lui était totalement étrangère. Malgré son manque d'empathie dans sa compréhension des autres, il sentait que la situation dégénérait et qu'un drame planait sur eux. Or, il savait de source sûre que, quand un événement tragique arrivait, plus personne ne se préoccupait de jouer avec lui.

Il en avait fait la douloureuse expérience lorsque ses deux parents avaient péri dans un tragique accident. L'éboulement de terre avait bouleversé leur vie de famille et Zoé n'avait plus jamais été comme avant. Celle qui, jadis, était sa partenaire quotidienne de bêtises, s'était transformée du jour au lendemain en ces grandes personnes barbantes dont ils se moquaient ensemble. Aussi, il décida cette fois de prendre les choses en main et se fit plus virulent dans ses gestes.

Ses petits poings se mirent à frapper dans la fumée noire pour la contraindre à bouger. Il s'efforça de joindre la parole aux gestes et s'emporta également dans ses mots :

— Naïm pas content! Violet pas amie ombe! Mauvais!

Cette dernière tanguait sous l'assaut vigoureux de cette boule de nerfs enfantine. Elle n'avait aucun pouvoir sur lui et donc aucun moyen de riposter. Là était sa faiblesse.

Little John prêta une attention distraite au blondinet qui gesticulait dans le vide à ses côtés mais, sentant un léger changement dans l'attitude de Lady Violet, il revint à elle.

En effet, à mesure que l'Ombre bougeait pour esquiver les attaques physiques du petit, la jeune fille pouvait reprendre succinctement possession de son propre corps. Son esprit également gagnait lentement en lucidité et les mots que ne cessait de lui répéter son coéquipier se frayaient peu à peu un passage jusqu'à sa conscience.

Il enveloppa ses doigts diaphanes dans sa paume d'ébène et lui demanda de calquer sa respiration sur la sienne. Elle ferma les yeux et essaya de rythmer son souffle sur le sien, malgré la détresse qu'elle ressentait. L'oxygène reprenant une quantité raisonnable, le flou qui embrumait son esprit se dissipa lentement.

Naïm, de son côté, était littéralement en train

d'exploser de colère. La seconde Ombre, celle de la bâtisse au piano, avait essayé à son tour de sauter sur les deux terriens. Heureusement, il l'avait vue juste à temps et l'avait attrapée par la volute qui lui faisait office de pied. Vulnérable face à son absence de ressentis du danger, elle se faisait maintenant piétiner sous ses baskets rouges pétries de contrariété.

— Mécantes Ombes ! lançait-il, les joues rougies par l'effort que ce déchaînement physique lui demandait.

Sa voix, doublée de celle, plus douce, de Little John, acheva de réancrer Lady Violet dans la réalité. Son regard parvint enfin à atteindre le sien. Elle y lut alors toute l'inquiétude qu'elle y avait installée sans en avoir conscience. Elle cilla, encore étourdie, et s'efforça de connecter toutes les informations entre elles.

Loin de la rassurer, les explications de son compagnon de route engendraient tout un lot de questions supplémentaires. Elle n'était absolument pas certaine de la véracité de ses propos mais elle décida quand même de lui accorder sa confiance. De toute façon, maintenant que sa lucidité reprenait le dessus, elle réalisait les risques qu'elle lui avait fait prendre.

Capitaine Sky ou non, ils devaient absolument quitter cet endroit maléfique où elle avait failli perdre la raison. Elle ne pouvait pas se permettre de se retrouver de nouveau dans un tel état, car elle n'était pas certaine de réussir à en ressortir la prochaine fois.

Au même moment, un éclair blond surgit sous leurs yeux et empoigna le petit garçon. Les prunelles de Zoé les foudroyèrent et elle leur hurla :

— Fuyez ! Ne vous retournez surtout pas, les Ombres attaquent votre âme par le regard ! Allez-vous mettre à l'abri et ne remettez plus jamais les pieds ici !

Son ton était sans équivoque et Little John empoigna le bras de sa coéquipière pour la contraindre à se relever. Ils se fixèrent un instant et prirent la direction du bois en courant, espérant disparaître. Ces arbres leur apparaissaient presque accueillants en comparaison de ce village maudit.

Cascade

Après plusieurs centaines de mètres d'un sprint infernal où ils eurent l'impression de jouer leurs vies, Lady Violet et Little John trouvèrent refuge près d'une cascade enfoncée dans la forêt.

Sous les gerbes d'eau, un petit passage glissant et étroit leur permit d'accéder à une zone de repli. Ils s'écroulèrent sur la roche humide, en nage et à bout de force. Malgré le froid qui faisait émerger des volutes de fumée de leurs gorges, ils avaient l'impression d'avoir les poumons en feu. Leurs joues étaient en fusion et leurs cœurs peinaient à retrouver une cadence raisonnable. Ils se regardèrent et leurs yeux s'emplirent automatiquement de larmes, conscients de ce à quoi ils venaient d'échapper. Ils avaient eu la peur de leur vie et, entre les griffes de ces monstres, ils avaient failli se perdre.

Après quelques minutes d'émotion, Lady Violet souffla un bon coup et se redressa un peu, prenant enfin le temps d'inspecter les différentes blessures sur son corps. Son pantalon de cuir noir était lacéré à de multiples endroits, des traces de sang jonchaient son haut et ses cheveux s'étaient emmêlés dans un mélange de pluie, de terre et de ronces.

— Tu es vraiment dans un sale état, lui lança le garçon face à elle en la détaillant aussi.

— Ça se voit que tu ne t'es pas regardé! riposta-t-elle sur le même ton, en fronçant exagérément les sourcils.

Et pour cause, son acolyte n'était clairement pas en reste en termes d'allure post-combat. Ils éclatèrent de rire en chœur. Au fond de cette petite grotte recluse, ils pouvaient profiter d'un bref moment d'accalmie et le soulagement résonnait au plus profond d'eux.

La jeune fille finit par arrêter de rire et essuya le reste de ses larmes en reprenant un air sérieux. Little John avait cette étonnante capacité à déclencher une éruption volcanique dans son cœur. Si ce n'était pas lui qui était intervenu au pied de la fontaine, elle doute que la respiration d'un inconnu l'aurait sauvée.

Elle était pourtant habituée aux déferlantes de lave dans ses veines quand la colère l'envahissait. Mais ce n'était rien en comparaison de la sensation de chaleur qui gorgeait son corps en sa présence. À ses côtés, elle avait l'impression d'avoir peu à peu réappris à respirer. Il lui permettait de réapprovisionner son stock d'oxygène et de relancer lentement les nombreux mécanismes rouillés avec lesquels elle avait appris à vivre. C'était vivifiant, agréable, réconfortant, mais aussi terriblement angoissant.

À vrai dire, elle était même fortement vexée qu'une autre personne, masculine qui plus est, soit en capacité d'influer autant sur elle. C'était donc une lutte de chaque instant pour ne pas s'abandonner complètement à cette fragilité nouvelle. Elle ne s'était pas battue pendant des années, et elle n'avait pas passé autant de temps à confectionner son armure, pour qu'un petit Oisillon de rien du tout vienne la mettre à mal, sans aucun coup. Mais là, ce soir, après la scène angoissante qu'ils venaient d'affronter, elle n'avait plus la force de combattre.

Elle se releva et vint s'accroupir face à lui. Il la fixait avec intensité, se demandant ce qu'elle allait encore lui inventer. Mais il n'eut pas vraiment le temps d'approfondir sa réflexion, car, sans crier gare, deux lèvres rosées vinrent se poser sur les siennes. Son cœur explosa en un million d'étoiles et il ne chercha même pas à lutter contre.

*

— Et si jamais la nuit revient nous envelopper ? Et si, un matin, je me réveille, et que tout mon corps est fané ? La neige pourrait très bien revenir et nous faire prisonniers du froid à tout jamais, pour l'éternité.

— Chuuuut... Ne laisse surtout pas les Ombres goûter encore une seule fois à ton âme, Violet. Avec moi, tu ne crains rien. Je tiendrai la moindre tentative d'éclipse à bout de bras, et je la repousserai de toutes mes forces !

Un son de clochette retentit du fond de la gorge de la jeune fille couchée sur lui, le regardant avec les yeux écarquillés.

— Mais Little John, tu as une force de bébé chat... Avec tes petites pattes de velours tu serais incapable de faire le moindre mal à un moucheron !

— Hum... Détrompe-toi. Ça se voit que tu ne me connais pas vraiment, répliqua-t-il froidement.

Redressant dignement les épaules, il ajouta : « D'autres s'y sont trompés avant toi ! ».

Lady Violet laissa échapper un soupir exagéré et se laissa tomber sur le dos, ce qui eut pour effet direct de plaquer une moue renfrognée sur le visage du garçon.

— Oh ça va, ne te vexe pas ! Je te crois et je retiens la leçon, je n'essaierai pas de me battre contre toi..., esquissa-t-elle dans un sourire.

— Je ne suis pas vexé.

— Tu es dans l'incapacité de mentir. Ton petit nez froncé parle pour toi.

Malgré la qualité de ce moment d'évasion, au bout d'un moment, il fallut bien se décider à repartir pour rejoindre l'Aéromachine. Poppy devait se faire un sang d'encre depuis quelques heures.

Ils s'étaient donnés le coucher de soleil comme heure de rendez-vous, mais celui-ci s'était effacé depuis déjà bien longtemps. Ils avaient ainsi attendu l'aube pour reprendre la route, trop terrifiés à l'idée d'affronter la nuit.

Pour être honnêtes, derrière cette cascade, ils avaient trouvé une paix qu'ils n'avaient pas le moins du monde envie de quitter. Ils traversèrent le reste du chemin en sens inverse dans une vigilance absolue. Le moindre craquement les faisait sursauter mais ils restaient surtout en alerte sur leur sens. Faire face à une menace invisible n'avait rien d'habituel et Lady Violet réalisait que tous ses entraînements physiques s'envolaient en poussière face aux attaques contre son psychisme.

L'infini désespoir éprouvé face à la vision de son père inerte s'était transformé en regain de détermination. Bien qu'elle soit incapable de l'admettre devant quiconque, la nuit passée dans les bras de Little John avait largement contribué à son apaisement. Mais elle ne pouvait se résoudre à ce que la présence d'un autre être humain soit plus réconfortante que de planter une flèche au cœur de sa cible. Il était hors de question que sa résilience repose sur quelqu'un. Et ce moment d'évasion nocturne n'apparaissait que comme un bref moment d'accalmie dans le véritable combat qu'elle menait actuellement.

Cette excursion sur Timor lui avait fait prendre conscience qu'elle ne s'était pas réellement préparée à toutes les issues possibles de cette quête. Bien sûr, elle avait envisagé que le Capitaine Sky ait perdu la vie au cours de l'une de ses missions. C'était même fortement probable et cohérent face à cette disparition totale de leur vie. Imaginer cette possibilité était une chose, mais en affronter la réalité en était une autre, et elle n'en avait pris conscience qu'ici.

De son côté, Little John était lui aussi perdu dans ses pensées. Le corps encore brûlant de cette parenthèse sous la cascade, il essayait de se frayer un chemin dans son cerveau embrumé.

Il avait encore tant d'interrogations sur ce qu'il s'était véritablement passé dans ce village abandonné. Comment les Ombres avaient-elles su quelle musique jouer pour l'attirer dans cette maison ? Comment même avaient-elles pu identifier que le piano le ramènerait inexorablement auprès de sa mère ? Était-ce le pur fruit du hasard ? Il en doutait fortement. Au vu de ce qu'avait traversé Lady Violet, il ne pouvait qu'avoir la certitude que rien n'était une approximation.

Ces êtres chimériques avaient le pouvoir de pénétrer au plus profond de votre âme. Défiant toutes les barrières du subconscient, ils s'emparaient de la substantifique moelle de vos peurs les plus profondes. Et quoi de plus désarmant, quelle vulnérabilité plus grande, que celle d'être mise à nu de la sorte ? Il ne pouvait que trop bien comprendre ce qu'avait ressenti sa coéquipière au pied de cette fontaine.

9 757 pulsations à la minute. Une déchirure intérieure, profonde, comme si soudainement le ciel éclatait en des dizaines de coups de tonnerre. Le même genre d'Ombre avait pris possession de son corps et de son esprit quand sa mère s'était envolée.

Perdu dans ses pensées, il trébucha sur une branche, s'attirant immédiatement le regard en alerte de sa compagne de route. Il lui adressa une mimique rassurante et ils reprirent sur le même rythme, avant d'arriver enfin au bout du chemin de terre. Une fois rendus à cette étape, ils mirent toutefois quelques instants avant d'oser s'extraire de la forêt. La végétation touffue des arbres leur offrait une cachette plutôt rassurante, mais qu'ils se devaient de quitter rapidement s'ils voulaient rejoindre l'Aéromachine. Alors que les cimes s'amenuisaient dans leur dos, Lady Violet se demanda comment ils allaient pouvoir résumer leur expédition sur Timor à Marius, à la Professeure Miranda et à Poppy. Elle espérait qu'ils n'allaient pas la prendre pour une faible de s'être laissée mettre à terre par un ennemi invisible.

Le fait que ce soit un enfant de onze ans qui leur ait permis de s'échapper allait également questionner sérieusement sa crédibilité. Elle aurait sans doute le droit à de multiples quolibets de la part de son compagnon pelucheux, et ce pendant de longues années.

Little John contempla le soleil qui glissait imperceptiblement vers son point culminant et il ne put qu'apprécier le calme qui régnait autour d'eux. Une atmosphère de scène post-apocalyptique n'aurait pas été plus apaisante que ce que l'environnement dégageait actuellement. Au loin, ils crurent même percevoir le pépiement d'un oiseau, le premier depuis leur lever. Ils se demandaient ce qu'étaient devenus Zoé et son frère.

Ils repartaient les mains vides de leur quête du Capitaine Sky, mais le cœur vaillant d'avoir vaincu les Ombres. Après tous ces challenges émotionnels, l'adolescent se demandait bien ce qui les attendrait sur les planètes suivantes. Pas sûr qu'ils tiennent la route sur la durée si des menaces d'une envergure similaire continuaient de la jalonner.

Au bout de quelques heures de marche supplémentaires, il entendit la rouquine lâcher un soupir de soulagement. Le véhicule ailé les attendait tranquillement, comme s'ils n'étaient partis que depuis quelques minutes. Le sas d'ouverture et l'échelle avaient même été déployés, leur indiquant que leur troisième membre d'équipage les avait guettés de loin. Lady Violet réajusta sa sangle de sac à dos et grimpa à l'intérieur de l'Aéromachine avec empressement. Elle n'avait qu'une hâte : retrouver la sécurité apaisante de sa cabine et quitter Timor au plus vite.

— Poppy, tu ne pourras jamais deviner tout ce qu'il nous est arrivé en seulement quarante-huit heures! s'exclama-t-elle en posant un pied à l'intérieur.

Elle épousseta son pantalon et emprunta le couloir, se dirigeant vers le Salon de Commandement. Dans son sillage, Little John entreprit de fermer tout de suite le sas derrière eux et d'en verrouiller le passage. Nul besoin de prendre des risques supplémentaires.

— Alors, je te préviens, il est interdit de te moquer car, crois-moi que face à ces Ombres tu n'aurais pas fait le malin non plus! continua la jeune fille sur sa lancée.

Ses paroles furent suivies d'un froissement de vêtement et sa veste en cuir noir vola sur la banquette la plus proche. S'ensuivit un silence, qui dura suffisamment longtemps pour que son coéquipier se fige à son tour.

— Poppy? finit par reprendre la voix féminine, dont la tonalité aiguë trahissait une certaine inquiétude face à cette absence de réponse.

— Hey, ce n'est pas drôle. Crois-moi, je ne suis pas d'humeur à jouer à se faire peur aujourd'hui. De ce côté-là, on a déjà eu notre quota pour le mois entier...

Little John reconnut là son habituelle tentative d'apporter un peu de légèreté pour dédramatiser une situation. Ou peut-être cela était-il tout simplement de l'auto-persuasion?

Il se rapprocha pour la rejoindre, tout en jetant simultanément des coups d'œil inquiets dans les différentes pièces qui les séparaient. Mais force était de constater qu'il n'y avait aucune trace du marsupial pelucheux. Était-il sorti pour partir à leur recherche malgré les indications contraires de leur plan initial ? Les Ombres avaient-elles réussi à pénétrer dans l'Aéromachine pour l'emporter avec elles ? Ou bien son enlèvement faisait partie d'un énième plan machiavélique de leur part pour réveiller les angoisses de Lady Violet ?

— Poppy....

La lettre finale mourut dans la gorge de sa maîtresse alors qu'elle retournait le siège principal jouxtant le tableau de bord. Le petit koala se tenait là, recroquevillé et inerte.

Little John fixa la scène d'un air hébété. Son cerveau essayait en vain de relier les connexions qui lui permettraient de saisir toute la portée de cet évènement. Quelqu'un ou quelque chose avait réussi à pénétrer l'Aéromachine pendant leur absence ? En soi, cela n'avait rien de techniquement extraordinaire car Marius n'avait paré l'appareil que d'un simple système de verrouillage intérieur et extérieur.

Il prit la mesure de ce que cela impliquait et fit signe à la jeune fille de ne pas prononcer un mot. Elle leva les yeux vers lui sans comprendre, mais il ne prit pas la peine d'épiloguer. Il se précipita tour à tour dans chacune des pièces, à l'affût de la moindre présence. Il entreprit d'inspecter chaque recoin, traquant la moindre anomalie, qu'elle soit matérielle ou corporelle.

Alors qu'il repassait une seconde fois dans le débarras, Lady Violet se glissa dans l'entrebâillement de la porte. D'une voix éteinte elle murmura :

— Arrête, ça ne sert à rien...

— Je ne veux prendre aucun risque Vi. Celui qui s'en est pris à Poppy pourrait très bien être encore ici ! On ne peut pas prendre le risque de décoller sans avoir sécurisé tout le véhicule. Ensuite on appellera ta mère. Elle a peut-être des conseils médicaux, il y a forcément quelque chose à faire !

Elle se rapprocha et posa sa main sur son épaule pour le contraindre à stopper ses gestes frénétiques.

— L'Oisillon, personne ne s'en est pris à Poppy... Cela devait juste arriver.

— Je ne comprends pas.

Malgré la tristesse qui envahissait ses traits, son interlocutrice paraissait étrangement calme. À vrai dire, à ce moment-là, elle n'avait même pas besoin de lutter contre ses émotions tant la vacuité prenait toute la place. Elle attira son coéquipier pour retourner au Salon de Commandement.

Après lui avoir désigné un siège, elle s'assit à son tour et prit délicatement dans ses bras le petit corps peluchoux. Little John prit conscience de la subtile différence visuelle qui lui avait échappée un peu plus tôt.

Le pelage de Poppy apparaissait plus terne et rêche que d'accoutumée. Sa tête ronde se tenait bien droite malgré son inertie apparente. Plus perturbant encore, il semblait avoir perdu quelques centimètres ainsi que son traditionnel embonpoint. Sa maîtresse inspira longuement pour trouver la force de soulever ses paupières. À la place des yeux sombres et fougueux de l'énigmatique koala se tenaient deux billes noires parfaitement circulaires.

Son compagnon de voyage fixa ses disparités et articula avec prudence :

— Ce n'est pas possible, on dirait…

— Une peluche ? termina la rouquine avec un demi-sourire vérolé de peine.

Little John déglutit péniblement et l'interrogea du regard.

— Poppy a toujours été transparent sur le fait qu'il ne pourrait pas m'accompagner dans cet état toute ma vie. Évidemment c'est ce que j'ai cru pendant longtemps mais j'ai grandi et il a commencé à m'y préparer. Il y a quelques années il m'a révélé que son humanité s'envolerait le jour où je n'aurais plus besoin de me raccrocher à lui. Je savais donc que cette échéance arriverait tôt ou tard mais… Pas maintenant et pas comme ça. C'est trop brutal de ne même pas pouvoir sceller ce départ par des au revoir…

Little John fut rassuré de voir qu'elle était plus résignée que dévastée. Et bien qu'il ne porte pas spécialement Poppy dans son cœur, il devait bien admettre qu'une petite pointe de tristesse l'envahissait. Sa disparition rajoutait de la lourdeur à un quotidien qui était déjà bien assombri par les pertes et l'absence.

À ce moment-là, il aurait donné n'importe quoi pour que ce maudit marsupial moqueur s'anime et explose d'un rire cynique face à la bonne blague qu'il était en train de leur faire. Mais ce désir était aussi illusoire que le mouvement qu'effectuait l'adolescente en le berçant lentement.

— S'il te plaît, va dans ma cabine, dans le tiroir sous le lit, il y a une autre armure. Ramène-là moi.

— Mais tu n'en n'as pas besoin Violet, maintenant que tu as affronté les Ombres, tu as bien vu que ta force est à l'intérieur de toi, avança prudemment son coéquipier.

— S'il te plaît, va me la chercher. J'ai atteint mes limites d'émotions au cours de ces dernières vingt-quatre heures, rétorqua-t-elle d'un ton sans appel.

Little John soupira, conscient que leur brève escapade sous la cascade n'avait été qu'un aparté salvateur dans son invulnérabilité.

Lady Violet manœuvrait machinalement les commandes de l'Aéromachine, tout en essayant de se frayer un passage dans son cerveau encore embrumé par le sommeil. Le film des souvenirs avec Poppy défilait avec une rapidité déconcertante. Elle pouvait visualiser chaque détail de cette soirée où il s'était animé.

Après quelques années à rester immobile dans un coin de sa chambre, cette petite peluche, présentée comme un souvenir de voyage, avait pris vie. Même si l'adolescente savait qu'il existait un nombre incalculable d'éléments fantastiques dans ce vaste monde, elle ne s'attendait pas à en accueillir un au creux de sa couette. Ses paupières avaient cillé, comme sortant d'un sommeil profond et il lui avait demandé, fidèle à lui-même, si elle voulait sa photo. À l'entente de cette voix caverneuse et ironique, elle avait d'abord cru avoir perdu complètement l'esprit suite à sa perte parentale.

Après des mois à sombrer, son quotidien avait soudainement vu rejaillir un peu de lumière à travers l'opacité de sa peine. À grands coups de conseils avisés et de remarques piquantes, Poppy avait su la guider là où sa propre famille avait échoué.

Il avait su combler partiellement le vide béant creusé par l'absence paternelle. Faute d'un père, Lady Violet avait investi un fidèle allié aux poils synthétiques. C'est vrai qu'à y regarder de plus près, cette situation était plutôt loufoque. Mais tout valait mieux que l'absence.

Little John prit place à ses côtés et contempla l'horizon en silence. Il avait fini par intégrer que quand elle affichait cet air pensif, il valait mieux se tenir à distance et ne pas interrompre son introspection. Laisser de l'espace à quelqu'un était parfois la meilleure façon de le soutenir.

Le bouton bleu indiquant la direction se mit à clignoter, et l'écran à côté indiqua « COLLATIO : destination à 100 000 km ». Une voix quasi mécanique sortit alors de sa copilote :

— C'est drôle, j'ai toujours cru que je le sentirais arriver… Que je le saurais quand j'allais être prête…

Son compagnon de route l'interrogea du regard, cherchant vainement un sens dans cette énigmatique prise de parole.

— C'est juste que, on est censés le savoir et le ressentir quand on n'a plus besoin de quelqu'un, non ?

Sa voix vacilla avec incertitude sur le dernier mot.

— Tu sais, parfois on est prêt… Mais juste pas à l'entendre et à l'accepter. Quand j'ai perdu ma mère, j'ai mis un temps considérable à accepter que je pouvais vivre avec ça. Parfois, le plus dur n'est pas de digérer un évènement, mais de s'avouer qu'on a réussi à le faire.

Il glissa sa main sur la sienne et Lady Violet se mordit la joue de honte. Elle était là, à se morfondre sur la perte de son animal de compagnie, alors que, face à elle, un être avait affronté la plus grande peine de tout enfant. Et il s'en était relevé.

— Comment tu as fait, pour l'accepter ?

— Disons que… J'ai tourné les pages à mon rythme… Et juste, un jour tu réalises que les pages pèsent quelques tonnes de moins, qu'elles s'enchaînent avec un peu plus de facilité. Pendant des mois tu te réveilles avec une épée plantée dans le cœur. Et un matin, sans vraiment que tu puisses élaborer sur le pourquoi, l'arme est devenue un poignard. Chaque nuit, la lame se réduit un tout petit peu plus dans ta poitrine. Jusqu'à ce qu'un soir, tu finisses par t'endormir sans encombre et à plonger dans ton premier sommeil sans cauchemar. Tu te retrouves alors avec un maudit trou dans le cœur, avec une cicatrice à durée éternelle, mais l'épée, elle, est partie en fumée et te permet de te relever.

Partie 4 : Collatio

Pietra

— Bon, que nous réserve cette nouvelle destination ? maugréa la jeune fille, le corps empli de lassitude.

Avachie dans le fauteuil jouxtant le tableau de bord, elle contemplait d'un œil distrait la face peu à peu visible de Collatio.

La perte de Poppy avait été la goutte de trop sur ses déceptions précédentes et elle sentait poindre le découragement. Peut-être avait-elle misé trop d'espoir sur ce voyage ? Le yoyo émotionnel qui découlait de leurs dernières aventures ne pourrait pas durer éternellement s'ils voulaient tous deux rester sains d'esprit. Mais que se passerait-il si rien de bon n'en ressortait ? À quel moment serait-elle capable d'admettre que c'était le moment de stopper les recherches ?

À vrai dire, cette option n'était même pas apparue dans la multitude de plans qu'elle avait élaborés ces dernières années. Dans ses projections, l'histoire se terminait toujours par une réponse, il ne pouvait en être autrement pour en écrire le point final.

Un nouvel obstacle entravait cette nouvelle destination puisqu'ils avaient perdu un membre d'équipage précieux. Or, ils ne pouvaient pas prendre le risque de laisser l'Aéromachine sans surveillance et de rester bloqués sur la mauvaise planète. Little John dut donc se faire à l'idée de rester en coulisses. Après la petite cérémonie pour rendre hommage à Poppy et la vision de son corps relâché dans l'espace, au milieu des étoiles, ils avaient bien besoin de souffler chacun de leur côté.

Lady Violet entreprit sa descente vers le sol. D'une teinte bordeaux et jonchée d'épais cratères, cette nouvelle planète n'avait rien d'accueillant. Mais malgré ses paysages délétères, elle avait au moins l'avantage de ne pas contenir de gaz toxiques ni d'Ombres malveillantes. Pour être honnête, Marius lui avait déconseillé d'inclure Collatio dans son itinéraire. Non pas pour un quelconque motif de dangerosité, mais simplement parce qu'elle était réputée pour son caractère désertique.

Maintes expéditions avaient été entreprises en ses terres, mais la plupart s'étaient achevées rapidement, faute d'analyses à réaliser. Au-delà du soufre qui régnait en maître, aucune trace de vie n'avait été relevée jusqu'ici. Mais l'adolescente ne voulait négliger aucune piste. Leurs récentes expériences avaient prouvé que bon nombre de données sur ces planètes voisines n'étaient pas consignées dans la littérature scientifique.

De toute façon, Collatio était sur leur route puisque la prochaine étape serait Placatis, à seulement quatre-vingt-cinq mille kilomètres de là. Comme l'avait souligné Little John, ils n'étaient plus à une journée près.

Au bout de seulement quelques minutes de marche, la jeune fille sentit son souffle se raréfier. Pourtant habituée, depuis quelques semaines, au poids de sa combinaison et de son armure, l'air de Collatio peinait à l'emplir pleinement. Cette sensation opaque et brumeuse dans la trachée l'invita à s'arrêter un instant. Elle ne put s'empêcher de faire le parallèle avec la sensation d'étouffement ressentie dans le village. Il était hors de question qu'elle reperde le contrôle de la sorte.

Contemplant l'immensité rougeâtre autour d'elle, elle se sentit soudainement toute petite. En décochant un coup d'œil en arrière, l'Aéromachine ne lui apparut que comme un vague point sombre à l'horizon. Elle avait pourtant l'impression que son périple venait de commencer.

Connectée à tous ses sens et à l'enveloppant silence autour d'elle, Lady Violet songea aux récits de ses auteurs favoris. Certains avaient trouvé la paix et la beauté du monde en se coupant de la civilisation. Était-ce donc cela le secret ?

Depuis qu'elle avait quitté l'effervescence terrienne de sa vie quotidienne, le voyage avait fait de la place. Entre les quatre murs de sa cabine, il était nettement plus ardu d'échapper à l'introspection. L'expérience n'était toutefois pas aboutie, rongée par la présence des autres êtres doués de pensées qui l'entouraient. Pourtant, c'était bien seule face à elle-même qu'elle s'était retrouvée confrontée aux Ombres. Au pied de cette fontaine, elle avait plongé dans les tréfonds de son âme. Et ce qu'elle y avait perçu l'avait terrifiée.

Réprimant un frisson, elle reprit sa route pendant un bon moment, sans trop savoir vers où se diriger. Perdue dans ses pensées et focalisée sur sa respiration, elle ne sentit pas le sol craqueler sous ses pas.

Un épais tentacule végétal sortit du sol et lui empoigna la cheville. Lady Violet lâcha un cri et se rattrapa de justesse sur les poignets. Malheureusement, une seconde prise lui enserra aussitôt les membres supérieurs. Une pellicule visqueuse et brûlante recouvrait ces appendices sortant tout droit du cratère où elle avait atterri.

Vexée d'être battue ainsi, à la déloyale, elle se débattit vivement en hurlant de rage. Animée par une énergie folle, ses coups de pieds et poings effectuaient une chorégraphie effrénée mais malheureusement inefficace.

Dans un énième soubresaut, son corps bondit suffisamment pour qu'elle parvienne à toucher la dague à sa taille. D'un mouvement assuré, elle la dégaina et visa le plus fin tentacule emprisonnant sa cheville gauche. Dans la panique du mouvement, la seule partie qu'elle attint fut son tibia. Elle sentit le tissu de son vêtement se déchirer et une vive douleur la saisit.

Anesthésiée par les endorphines, elle ne prit pas le temps d'accueillir cette nouvelle sensation. Elle inspira un grand coup et d'un geste plus précis réitéra la manœuvre. Cette fois-ci, la lame eut raison du perfide végétal, qui fut sectionné sans état d'âme. Libérée d'un membre, la prisonnière entreprit d'administrer de violents coups de pied à son homologue.

Malgré sa position désespérée, elle prit le temps de copieusement insulter Little John pour son inutilité dans cette situation fâcheuse. Le talkie-walkie était tombé en même temps qu'elle et il était désormais hors de portée.

Alors qu'elle tentait un nouvel assaut armé, un sifflement strident fendit le ciel. Si Lady Violet n'avait pas eu les deux mains liées, elle aurait assurément couvert ses tympans tant le son était perçant.

Instantanément, elle sentit tous les tentacules se rétracter. En l'espace de cinq secondes, elles avaient déjà replongé sous terre. Leur victime se retrouva au sol, ahurie. Que venait-il de se passer ? Est-ce qu'un quatuor tentaculaire venait réellement de l'agresser ?

Elle se massa les zones concernées, prenant peu à peu conscience des marques de brûlures sur sa peau malmenée. Le sang qui perlait le long de sa jambe entreprit de la convaincre qu'elle n'avait pas rêvé. Elle se releva brusquement, sur le qui-vive en cas d'une nouvelle attaque. D'où avait bien pu émerger ce son providentiel qui avait fait fuir ses assaillants ? Elle scruta les alentours, même si sa provenance lui était apparue lointaine. Perplexe et le cœur encore battant, elle ramassa le talkie-walkie à terre :

— L'Oisillon, tu me reçois ?

— Vi ? Bon sang qu'est-ce que tu faisais ? Tu vas bien ? Je m'apprêtais à partir à ta recherche…

Lady Violet haussa les sourcils, surprise par son ton empressé.

— Je ne comprends pas, on s'était dit qu'on faisait le point toutes les demi-heures. A priori pas besoin de paniquer pour quelques malheureuses minutes de retard, rétorqua-t-elle, sarcastique.

— Quelques minutes ? s'étrangla son compagnon de route. Vi, ça fait deux heures que tu es partie ! Je sais qu'on s'était dit qu'on se laissait une marge avant de s'inquiéter, mais crois-moi que j'étais à deux doigts d'abandonner l'Aéromachine pour te rejoindre !

— Quoi ??

Son interlocutrice se figea. D'abord tentée de se moquer de son talent de dramaturge, elle prit quand même la peine de vérifier sa montre : 14 h 30. Little John avait raison.

— Il se passe des choses extrêmement perturbantes ici… Décidément aucun danger ne se ressemble… Tu peux contacter Marius pour voir si les précédentes recherches ont relevé des incohérences temporelles sur Collatio ? J'ose espérer qu'il nous en aurait parlé mais bon, j'aimerais m'assurer que je ne suis pas folle. Autre chose, elle marqua un temps d'arrêt. Il se pourrait qu'il y ait une présence malfaisante sous terre. Je viens d'en faire la douloureuse expérience…

Après un interrogatoire pesant et plusieurs refus pour qu'il vienne en renfort, Lady Violet mit fin à leur échange. Elle avait conscience d'être intransigeante envers son coéquipier, mais c'était pour son bien. La menace était trop importante pour qu'elle prenne le risque de l'y confronter. Et puis l'épisode de la cascade l'avait suffisamment perturbée. Il était hors de question que des préoccupations frivoles viennent compromettre son enquête.

Résolue dans sa démarche, elle reprit son chemin vers l'Est. Elle avait tout de même pris la peine de désinfecter sa plaie. Malgré sa longueur impressionnante, elle avait eu la chance que la dague ne l'écorche que superficiellement.

Il fallait désormais qu'elle se dépêche si elle voulait finir l'exploration de cette partie de la planète avant la tombée de la nuit, surtout si sa notion du temps était biaisée.

Après trois kilomètres à esquiver les cratères, la jeune fille aperçut enfin un dôme de pierre noir et massif à l'horizon. Il ne semblait pas beaucoup plus haut qu'un humain, mais sa présence dans le paysage monotone n'en n'était pas moins intrigante.

Lady Violet accéléra le pas. Mais un grondement eut vite fait de la stopper net. Beaucoup plus ample et profond que le précédent, il fissura petit à petit le sol devant elle.

— Bon, on s'est bien amusés tout à l'heure, mais la blague est quelque peu répétitive là, maugréa-t-elle en empoignant de nouveau son arme.

Sautillant sur place, prête à esquiver les appendices de Collatio, elle guetta leur apparition. À sa grande surprise, ce fut une horde de ronces qui jaillit du sol, grimpant prétentieusement vers le ciel. Elles se multiplièrent en une fraction de secondes et eurent tôt fait de s'enchevêtrer grossièrement.

L'adolescente recula de quelques pas pour se frayer un chemin en les contournant. Mais l'immense barrière végétale n'avait que faire de ses ambitions et s'étendait désormais à perte de vue. Le sang bouillonnant de colère, Lady Violet extirpa de son sac le seul moyen de communication à sa disposition.

— Je ne sais pas ce qu'il se trame ici, mais visiblement quelqu'un ou quelque chose ne veut vraiment pas que j'y mette le nez…

— Qu'est-ce que tu comptes faire ? s'enquit Little John à l'autre bout, résigné à n'être d'aucune assistance sur le terrain.

Un mince sourire de défi se dessina sur le

visage de sa coéquipière.

— Ce ne sont pas quelques vulgaires épines qui vont m'arrêter.

— Ok mais fais attention à …

Ses paroles furent absorbées par le bruit de la lame cisaillant les ronces. Les bras arc-boutés pour protéger son visage, la jeune fille avança péniblement.

La pénombre avait eut tôt fait de l'engloutir après quelques pas dans la masse végétale. Chaque coup administré faisait naître en elle une énergie féroce. Laissant toutes les émotions de ces dernières semaines sortir, elle finit par se galvaniser de cette activité cathartique. Elle s'attendait à ce que les végétaux se rebellent et renaissent à la manière d'une hydre, mais ils n'en firent rien.

*

Pendant ce temps, son acolyte masculin tentait vainement de joindre Marius. Cela faisait plusieurs jours qu'ils ne s'étaient pas appelés. Leur équipe sur Terre n'avait donc aucune idée de ce qu'il s'était passé sur Timor ni de la perte de Poppy. L'adolescent sentit poindre l'inquiétude car ce n'était pas dans ses habitudes. En plus, on était samedi. Il savait donc de source sûre qu'il n'était pas au travail puisque le lycée était fermé. Il savait que Miranda Firenze traversait une épreuve douloureuse, son ami devait donc sans doute être à ses côtés pour l'épauler. Cela pouvait aussi expliquer pourquoi Iliana restait elle aussi injoignable.

Pendant qu'ils traversaient maintes péripéties interplanétaires, le reste de la Terre ne s'était pas arrêté de tourner. Parfois aveuglés par les affres de son existence, on était tenté d'oublier que chacun avait aussi son lot. Il se prit alors à regretter de ne pas avoir appelé son père plus tôt.

Après avoir vu son nom sur la fontaine, certains conflits lui paraissaient nettement plus dérisoires et obsolètes. Après tout, il ne lui restait que lui. On n'avait qu'un seul père et la vie était trop courte pour laisser l'égo et la colère briser les relations. Il se décida donc à composer le numéro de Luc. Mais, contre toute attente, c'est l'image de son vieux comparse, Marius, qui coupa sa démarche et apparut avec une très mauvaise qualité. Le fond lisse et métallique derrière lui contrastait avec le bazar habituel de son atelier.

— Little John, tu me reçois ? ânonna-t-il entre deux grésillements.

— Marius, bon sang, où est-ce que vous étiez passé ?

Sous tension, le garçon ne prit pas la peine d'émettre la moindre formule de politesse, trop soulagé de se sentir moins seul au sein de l'Aéromachine.

— Écoute mon petit, je n'ai pas une très bonne réception ici. Il faut que je t'avoue quelque chose…

Son interlocuteur fronça les sourcils, attentif,

mais l'écran devint brusquement noir.

*

Cela faisait bien une heure que Little Violet se frayait péniblement un chemin dans ce méandre d'épines. La combinaison lacérée, le souffle court, elle continuait pourtant coûte que coûte, éprouvant son corps dans l'espoir de dégorger son esprit. À travers cet enfer végétal, elle s'attaquait à tout : le manque de son père, la froideur bureaucratique de ses supérieurs, la désinvolture de sa mère, le deuil vécu par Little John, la mort de Poppy…

Dans les tréfonds de ces ronces, il n'y avait pas de place pour la lumière. Le front ruisselant de sueur et les joues lustrées de larmes de nerfs, elle chancela. Un éclair de feu venait de pénétrer sa rétine et soudain elle fut dehors. Elle glissa un regard victorieux vers le barrage dans son dos et comprit qu'elle avait réussi. Face à elle s'élevait maintenant le monticule rocheux auquel elle aspirait. Posant sa main sur sa paroi rugueuse, elle souffla :

— Bon, maintenant dis-moi que je n'ai pas affronté tout ça juste pour un tas de pierres.

Malgré le désespoir du moment, seul le silence lui fit écho. Elle chercha un interstice ou un levier, se disant que, comme sur Timor, une galerie d'humains fourmillait peut-être sous ses pieds.

Écrasant un poing rageur sur la pierre, elle pesta et entreprit de la contourner. C'est alors que le paysage bascula.

Soufflée par l'aspiration autour d'elle, Lady Violet atterrit sur le sol sans aucune grâce. Cette scène avait un petit goût désagréable de déjà vu, tentacules exclus. Avant qu'elle n'ait le temps de prendre connaissance du nouvel environnement qui l'entourait, une voix froide et grave la saisit.

— Petite, n'entends-tu donc jamais le non ?

Face à face

Elle sonda ses arrières, cherchant à qui cette phrase s'adressait. Elle était pourtant seule au milieu de cette immense salle en grès. Des modestes vitraux surplombaient les murs, laissant à peine entrer la lumière. Il faisait sombre et glacial dans cette pièce. Mais la jeune fille n'étant certaine de rien concernant le danger potentiel de ce nouveau lieu, elle reporta rapidement son attention vers l'émetteur de ce message mystérieux.

Celui-ci se tenait à l'extrémité du long tapis noir où elle avait atterri par le biais du Saint-Esprit, ou du moins d'une force s'en approchant. Paré d'une longue tunique en velours vert sapin, d'épaisses bottes noires et d'un généreux embonpoint, elle se demanda si elle venait de croiser la route d'un père Noël ou d'un souverain déchu.

Il se réajusta dans son fauteuil, la tête tournée dans la contemplation d'une chandelle flambant dans une cavité du mur.

— Eh bien, as-tu perdu la parole ?

Lady Violet fronça les sourcils, cette fois-ci convaincue que ces mots lui étaient directement adressés. Elle se leva, encore un peu étourdie, et prise d'un doute, se rapprocha de ce grossier personnage.

À la lueur d'un rayon bleuté qui glissa sur son visage, elle décela pour la première fois son regard. Un nuancier de vert d'eau, des cils rares et fins, puis, en remontant jusqu'au sommet, une épaisse mèche rousse. Son cœur et son souffle s'arrêtèrent net et elle sentit le sang affluer dans ses tempes.

Elle rêvait depuis des années de ce moment, et voilà que son père se trouvait enfin sous ses yeux, bien en vie. Elle avait imaginé mille fois ce moment dans sa tête, mais voilà que l'instant se présentait et elle était tout bonnement pétrifiée. Elle ne put s'empêcher de revenir au pied de la fontaine. Est-ce que les Ombres l'avaient suivie jusqu'ici pour provoquer un nouveau mirage ? Elle s'attendait à tout moment à ce qu'un puissant sentiment de tristesse la mette à terre dans la seconde. Elle attendit un peu mais rien ne vint.

— Papa ? interrogea-t-elle d'un ton incertain, freinée par la réaction peu avenante de son interlocuteur.

Il la jaugea du regard et elle réalisa que sa longue barbe réconfortante n'était plus qu'un lointain souvenir. Il arborait désormais une fine moustache stricte, parsemée de poils blancs.

Il soupira.

— Écoute Violet, je t'ai pourtant découragée de venir ici. Pourquoi diable es-tu aussi têtue ?

Elle vit alors un épais sifflet pendre à son cou et les connexions ne tardèrent pas à se faire dans sa tête.

— Je ne comprends pas… Les tentacules, les ronces, c'était toi ?

— Bien sûr que c'était moi ! Et encore, estime-toi heureuse que j'aie dosé mes interventions ! Un peu plus et Pietra t'aurait écartelée vivante, lâcha-t-il avec un rictus détaché.

Est-ce que ces maudits tentacules avaient vraiment un nom d'animal de compagnie ? Rien n'avait de sens et le détachement froid de l'inconnu en face d'elle commençait sérieusement à l'agacer.

— Mais qu'est-ce que tu racontes ? J'aurais pu me faire tuer ! Papa, c'est moi, ta fille Violet… Je ne sais pas ce qu'il t'est arrivé mais ça fait quatre ans que j'attends de te retrouver. On s'est tellement inquiétés…

Sa voix se brisa et elle s'avança encore vers lui, espérant qu'il lui ouvre les bras. Mais l'homme ne fit pas un geste pour se lever et rejeta son étreinte.

— Assez d'enfantillages et de sentimentalisme ! Allons, Violet, tu es adulte maintenant, tu dois bien comprendre.

Le rejet de son propre père fut d'une telle violence que sa gorge se noua d'un coup. Elle le regarda, hagarde.

— Comprendre quoi ? Rien n'a de sens dans tout ce que tu me dis. Qu'est-ce que tu fais ici sur Collatio ? Est-ce que quelqu'un te retient prisonnier ou t'a fait quelque chose ? Pourquoi tu n'as pas essayé de nous contacter pendant toutes ces années ?

La jeune fille perdait tous ses moyens et se débattait sous un amas de questions déferlant à toute vitesse de ses lèvres ourlées.

— Prisonnier ? Il éclata de rire. Mon dieu Violet, si tu savais... Au contraire je ne me suis jamais senti aussi libre qu'ici !

Son interlocutrice se massa les tempes, sentant poindre les larmes. Son père devait avoir eu un grave accident pour sombrer à ce point dans la folie. Depuis combien de temps était-il assis seul dans cette vaste salle froide et aseptisée ? Mis à part quelques détails génétiques indiscutables, elle ne reconnaissait en rien l'être humain face à elle. L'absurdité de la scène l'empêchait de l'investir pleinement, appréhendant une nouvelle facétie orchestrée par cet environnement étranger.

— Si c'est de l'argent que tu es venue me demander, je comprends et je vais m'arranger pour régler ce dont tu as besoin. Indique-moi juste le montant et je te le ferai parvenir dès que possible, dit-il sans une once d'hésitation, en effectuant un mouvement du bras vers elle.

Sa fille recula d'un pas en l'entendant. Chacune de ses phrases, dénuée d'un quelconque affect, venait lui torpiller le cœur. Une crevasse brûlante était en train de se former petit à petit entre ses artères, à lui en couper le souffle.

Si c'était un mirage, il était sacrément bien fait et elle priait pour qu'il prenne fin rapidement. Cette vision de rejet s'avérait pire que celle de son assassinat sur Timor.

— Mais... Je n'en ai rien à faire de tes sous ! Tu ne comprends donc rien ? C'est de mon père dont j'ai besoin, pas d'un vulgaire billet insipide !

Lady Violet faisait son possible pour ne pas laisser les sanglots envahir sa voix. Au-delà de la douleur, cette situation la laissait terriblement mal à l'aise, car il n'était pas dans la nature d'un enfant d'élever la voix contre son parent. N'ayant pas eu à affronter ce retournement lors de la période adolescente, ce soudain basculement de positionnement lui était totalement inconfortable. Pour autant, elle ne pouvait réfréner l'avalanche d'émotions qui s'étaient agglutinées en elle depuis tout ce temps.

Enfonçant ses ongles dans ses paumes, elle luttait intérieurement pour ne pas s'effondrer face à la désillusion qui se tenait devant elle. Le Capitaine haussa un sourcil avec un air qui paraissait sincèrement confus.

— Enfin Violet, ne fais pas l'enfant, tu n'en es plus une et il y a encore beaucoup de choses que tu apprendras en mûrissant. Aujourd'hui tu es devenue une belle jeune fille brillante et je ne peux que constater que tu t'en sors très bien sans ma présence. Ta mère doit être morte d'inquiétude d'ailleurs de te savoir ici. Depuis combien de temps es-tu partie ?

Malgré son mètre soixante-dix, depuis qu'elle avait franchi la porte de ce manoir, la jeune fille avait l'impression d'avoir de nouveau dix ans. Intérieurement, elle était toujours cette gamine en jupe plissée, qui attendait chaque soir avec impatience le retour de son père de ses expéditions.

Mais qui était cet homme face à elle ? Soudainement, rien n'avait de sens, elle avait l'impression que toute son enfance n'avait été qu'un mythe idéalisé et utopique. Face à une telle réponse de celui qui était à l'origine de sa mise au monde, elle resta sans voix. Son état de sidération était tel qu'elle ne remarqua même pas la toison bleue qui se glissa contre sa cheville. Ce n'est qu'en entendant un martèlement de talons dans son dos qu'elle réussit à émerger de sa torpeur.

— Eh bien, quelle surprise ! Je ne pensais pas qu'on se recroiserait de sitôt !

Le timbre haut perché et teinté d'une fausse joie ne lui laissa que peu de doutes sur la personne qui venait de faire irruption dans la pièce. Ses paupières se fermèrent lourdement, comme pour essayer de la chasser de ce maudit cauchemar. Mais quand elle les rouvrit quelques secondes plus tard, le teint de son père était devenu blafard et il lui adressa un demi-sourire gêné.

— Duchesse, quelle surprise de vous compter parmi nous ! Si je comprends bien vous avez déjà eu le plaisir de rencontrer ma … fille ?!

Son ton hésitant sonnait tellement faux que Lady Violet leva les yeux au ciel et ne prit même pas la peine de se retourner vers l'invitée. Cette dernière n'attendit toutefois pas son autorisation pour pénétrer malgré tout dans son champ de vision. Parée, une fois encore, d'un tailleur jaune poussin, à faire pâlir le soleil, elle se déplaça d'un pas vif vers son hôte.

— Allons Capitaine, pas de ça entre nous ! Cette fille est assez grande pour comprendre, tout de même. Je n'ai pas voulu la bouleverser, la pauvre enfant, lors de notre rencontre sur Negata. Mais maintenant que nous sommes enfin tous réunis...

L'odieuse bonne femme acheva sa tirade par un petit glapissement de satisfaction. C'est à son mouvement plus animal qu'humain que Lady Violet prêta enfin attention à Foxy, qui se tenait dans le sillage de sa maîtresse. Et c'est sans surprise qu'elle le vit retrousser ses babines et émettre un grognement en sa direction. Or, s'il y avait bien quelque chose que Poppy lui avait appris, c'est que les animaux ne pouvaient feindre le mensonge. Elle considérait donc, que son comportement hostile à son égard n'était que le reflet de celui, maquillé mais tout de même perceptible, de la Duchesse de Clarence. Elle ne pouvait également pas oublier que cette même personne l'avait mise un peu trop brusquement à la porte lors de sa visite. Et le sourire mielleux et hypocrite qu'elle lui lança ne fit que renforcer sa conviction.

À cet instant précis, elle ressentit une profonde lassitude qui l'envahit toute entière. Elle avait envie d'être près des siens. Les personnes qui se tenaient face à elle lui étaient totalement étrangères et ne lui apportaient aucun réconfort.

Elle repensa à la nuit sous la cascade, à la sensation de Little John sur sa peau. Tandis que les gouttes d'eau de la grotte perlaient sur leurs épidermes, elle s'était sentie aimée et complète. Du moins, elle le comprenait maintenant.

Alors qu'elle sombrait, empêtrée dans sa rage et ses plans stagnants, il était arrivé, inattendu tel l'arc-en-ciel qui se dessine après un après-midi d'orage. Discret et subtil comme les perles de rosée du matin, il s'était frayé un sentier dans son quotidien. Il avait hissé un filet de sécurité au milieu d'un hameau d'absurdité. Il était l'éclat du jour qui réveille la pénombre, la douceur de l'ouate sur le creux de la paume…

Oui, à cet instant précis elle aurait donné cher pour qu'il soit à ses côtés et lui apporte la force nécessaire pour affronter la situation. Toutes ces années d'attente, d'espoir et d'illusions, se teintaient désormais d'une saveur amère.

Comme au ralenti, Lady Violet vit la main parfaitement manucurée de la Duchesse se poser délicatement sur l'avant-bras de son père. Et au long regard affectueux et spontané qu'il lui rendit, elle comprit. Elle ne faisait plus partie de sa vie. Il avait tout balayé, d'un revers de main, pour reconstruire son destin ailleurs.

À ce moment-là, ce n'était pas tant la démarche qui la blessait, mais la manière dont il en gérait les conséquences. Pendant qu'elle et sa mère se faisaient un sang d'encre et avaient dû réapprendre à faire famille à deux, lui n'avait visiblement pas eu les mêmes difficultés à gérer leur séparation. Pendant qu'elle culpabilisait de ne pas pouvoir faire assez pour le retrouver, lui s'endormait paisiblement sans le moindre remord.

Un hurlement de rage et de profond sentiment d'injustice acheva de l'envahir intégralement. Son monde intérieur explosa.

(L)arme

— Jeune fille, est-ce une manière de s'adresser à son père ? Quel attitude indigne ! Je me demande quelle éducation vous avez bien pu recevoir pour vous comporter de la sorte. Cette... Isabella ne vous a-t-elle rien appris ?

La manière dont elle écorcha le prénom de sa mère ne fit que renforcer le bouillonnement de lave qui grondait dans les veines de l'adolescente. Cela faisait maintenant plusieurs minutes qu'ils s'affrontaient tous dans un dialogue de sourds. Plus elle posait des questions et plus les langues de bois se faisaient lourdes dans leurs bouches.

— Comment osez-vous parler de ma mère ?!

— Oh mais j'ai tous les droits petite sotte, vous êtes ici sous notre toit. En tout cas, je comprends mieux les propos du Capitaine quand je vous vois ainsi. Les chiens ne font pas des chats et vous en êtes un bel exemple ! cracha la Duchesse en la toisant.

Pendant qu'elle prononçait ses mots, ses ongles pointus et vernis ne cessaient de grattouiller la tête de son blenard de compagnie. Ce dernier semblait se délecter de la situation.

C'était évidemment à ce moment de la conversation que son père avait choisi de s'éclipser pour aller se servir un verre d'eau à l'autre bout de la pièce. Malgré son mépris envers cette femme, Lady Violet ne put intercepter la nouvelle flèche qui perça son cœur à l'entente de ces mots. Quel portrait avait-il dressé de sa famille ? Quelles justifications avait-il pu apporter à son départ et sous quels motifs ?

Les questions se bousculaient dans sa tête et elle se sentait de plus en plus oppressée dans la pièce. Le feu de cheminée envahissait l'espace de son crépitement et la chaleur ne cessait d'augmenter. À ce moment-là, elle aurait donné cher pour ne jamais être venue ici et revenir à la cabane avec Poppy et Little John, quelques mois plus tôt.

Le Capitaine Sky revint dans la pièce, l'air toujours aussi peu concerné par la situation. La scène était tellement grotesque que sa fille se demanda si la Duchesse ne lui administrait pas une substance inhibante contre sa volonté.

— Écoute Violet, tu as eu ce que tu voulais. Je suis bien là en chair et en os donc désolé si tu t'es inquiétée pour rien. Je ne pensais pas que cela t'impacterait comme ça mais crois-moi, c'est mieux ainsi.

Bon, cette première maigre excuse était toujours mieux que rien et était peut-être le début d'une prise de conscience ? Elle avait toutefois la sensation qu'aucune discussion constructive ne ressortirait en la présence de cette marâtre imbuvable.

— S'il te plaît, papa, est ce qu'on peut aller parler seul à seul, en dehors de cet endroit ? Je crois que j'ai besoin de prendre l'air.

Malgré son voile de colère, elle ne pouvait décemment pas rejeter son propre père et l'énorme conflit de loyauté qui prenait place dans son esprit ne l'aidait pas à y voir plus clair. La paume de la Duchesse stoppa net dans son mouvement de caresse, laissant un Foxy frustré et dans l'attente. L'homme à ses côtés lui décocha un regard embarrassé, conscient de la tension dans la pièce.

— Tu sais, je crois que ce serait mieux si tu retournais à la maison. Il n'y a rien de plus à dire donc inutile de se faire des nœuds au cerveau, éluda-t-il.

Sa fille le contempla, toujours plus abasourdie par les réponses qu'on lui apportait. Elle se mit à rire nerveusement en visualisant tous les nœuds qui étaient effectivement empêtrés au fin fond de sa tête actuellement. Elle attendait toujours que quelqu'un surgisse dans la pièce en criant « SURPRISE », avec des dizaines de caméras et un réalisateur machiavélique sur les talons.

— Bon, c'en est assez. D'abord vous venez m'importuner sous un prétexte mensonger sur Negata, et voilà que vous débarquez encore ici avec des requêtes inutiles et incongrues. Il s'agirait de grandir et de laisser les adultes faire leur vie jeune demoiselle !

Au fur et à mesure que le venin de la Duchesse de Clarence dégoulinait de ses lèvres, un grondement sourd semblait monter des murs. D'abord, ce ne fût qu'une légère perturbation sonore en arrière-plan. Mais l'amplitude se rapprochait sensiblement de seconde en seconde. Bien que Lady Violet soit focalisée pleinement sur l'odieuse bonne femme face à elle, elle ne put s'empêcher de prêter attention à ce bruit inhabituel.

Machinalement, elle resserra l'emprise de sa paume sur la dague qu'elle maintenait contre sa poche. Son cerveau reptilien était en train d'activer toutes ses zones d'alerte. Elle ne pouvait en identifier l'origine mais un danger se rapprochait.

Elle jeta un coup d'œil à son père, comme s'il pouvait lui fournir une meilleure lecture de la situation. Ce dernier se balançait nerveusement sur ses pieds en jetant des regards inquiets au fond de la pièce. Pourtant, quand elle se retourna, elle ne vit rien. Son attitude laissait penser qu'il savait qu'il se tramait quelque chose d'anormal.

La Duchesse claqua l'un de ses doigts boudinés, en achevant sa tirade, et Foxy se dressa immédiatement sur ses pattes arrière. Ses babines étaient retroussées en un rictus menaçant, dévoilant quatre rangées de canines parfaitement aiguisées.

En voyant cette mâchoire, plus proche d'une arme de guerre que d'un attribut animalier, la jeune fille inspira un grand coup. Elle s'était préparée à un large panel de scénarios invraisemblables avant son voyage. Pourtant, même son imagination n'avait pas anticipé la scène qui se déroulait actuellement sur Collatio.

Un grondement plus menaçant que les précédents transperça la pierre et soudainement des volutes de fumée rouge sortirent des murs. Des nuages épais s'élevèrent jusqu'au plafond et une odeur âcre de soufre s'en échappa. Sentant l'air se raréfier autour d'elle, elle porta automatiquement la main à sa gorge.

— Mais qu'est-ce que vous faites ? Vous voulez tous nous tuer ou quoi ? Vous êtes complètement folle !

Attaquer verbalement la Duchesse n'était peut-être pas la meilleure stratégie dans sa position, mais c'était les seuls mots qu'elle avait été en capacité de sortir.

— Nous tuer ? Bien sûr que non voyons, je ne suis pas stupide enfin ! Seule vous êtes concernée... répondit son affreuse interlocutrice d'une voix doucereuse.

Accompagnant ses gestes à la parole, elle extirpa trois masques d'un coffre qui attendait depuis le début sous son fauteuil. Pourvus d'un pince-nez et d'une protection buccale, ces accessoires semblaient tout droit sortis d'un film de science-fiction. Elle en tendit un au Capitaine Sky avec un regard mielleux.

Celui-ci, hagard, fixa tour à tour la femme à ses côtés, puis sa fille. Cette dernière fronça les sourcils, lui lançant un regard interloqué face à cette hésitation significative. Bien que sa respiration s'altérait et que sa vue commençait à se brouiller, elle pouvait très nettement percevoir l'incertitude de son père.

Être témoin de son choix final était clairement la seule raison qui la retenait de piquer un sprint pour tenter de s'échapper de cette pièce. Lady Violet se raccrochait à l'espoir qu'il allait intervenir pour mettre un terme à cette situation grotesque.

Pourtant, il ne fit que lui chuchoter vainement un « désolé » avec un air contrit, au moment où il empoigna finalement le masque tendu. La jeune fille hoqueta de stupeur pendant une demi-seconde et son cœur sembla alors éclater pour de bon dans sa poitrine face à sa lâcheté.

Heureusement, son instinct de survie prit le dessus et elle se retourna brusquement en direction de l'entrée. Même si elle avait atterri là via un portail et qu'elle n'avait aucune idée de ce qui l'attendait à l'extérieur, tout valait mieux que ce mouroir.

Se guidant grâce aux tapis noirs qui menaient vers le rayon de lumière, elle se mit à courir, tout en protégeant autant que possible ses voies respiratoires. Animée par un puissant mouvement instinctif, elle repoussait de toutes ses forces ses émotions pour ne laisser que l'action animer son corps.

Sa nouvelle armure pouvait affronter un grand nombre de poignards et d'épées, mais elle n'avait malheureusement pas d'option capnofuge. Alors que cette idée ironique traversait son esprit et que la porte commençait à se dessiner plus nettement sous ses yeux, ses jambes devinrent cotonneuses. Au prix d'un gros effort, elle continua malgré tout l'impulsion de sa course. Elle pensa à Little John, qui l'attendait dans l'Aéromachine et ne se doutait de rien.

Un grondement, plus impressionnant que les autres, fendit l'air, et les volutes redoublèrent d'intensité. Puis, la nuit engloba ses paupières et elle s'effondra.

*

Le corps comme dans une enveloppe ouatée et le cerveau embrumé, Lady Violet essaya de bouger ses membres, sans trop de conviction. Elle pouvait sentir sa bouche pâteuse et ses cils encore trop lourds pour accepter de s'ouvrir.

Elle roula sur le côté, mais ce simple effort lui demanda ensuite quelques secondes de répit. Une odeur familière lui chatouilla les narines, s'insinuant petit à petit jusqu'à sa conscience. La jeune fille se gratta machinalement le front et, dans un grognement ensommeillé, réussit à ouvrir une paupière. La couette parme qu'elle vit du coin de l'œil et la lampe de chevet ovale à sa gauche achevèrent de conforter son sentiment de sécurité. Cet effluve olfactif chaleureux qui planait annonçait sans nul doute un brunch dominical dont sa mère avait le secret.

Lady Violet afficha un petit sourire de satisfaction et s'enfonça encore un peu plus dans l'oreiller. Après tout, quelques minutes de plus ne feraient de mal à personne, n'est-ce pas ? Et puis, après tout ce qu'elle avait vécu ces dernières semaines, elle avait bien mérité un petit moment d'accalmie, pas vrai ?

Au moment où ces phrases d'auto-persuasion se dessinaient dans sa tête, l'adolescente crut déceler une pointe d'incohérence qui la rendit mal à l'aise. Elle eut quelques secondes de réflexion, puis son cœur fit un salto dans sa poitrine. « Couette... Lampe... Brunch... Maman ? ». Aucun de ces mots clés ne s'imbriquait logiquement avec son dernier souvenir de fumées rouges et de sa tête heurtant le tapis.

Une décharge d'adrénaline acheva d'éveiller Lady Violet et elle s'assit précipitamment dans son lit. Ses yeux parcoururent la pièce à cent quatre-vingt degrés et un sentiment partagé de réconfort et de confusion l'envahit. Comment avait-elle pu passer de Collatio à sa chambre ? Est-ce que Little John l'avait retrouvée à temps et l'avait ramenée chez elle ? Mais dans ce cas, combien de temps s'était-il écoulé depuis son affrontement avec la Duchesse ? Lady Violet se massa les tempes, la tête remplie d'incompréhensions.

Elle remua les orteils et se rendit compte que tous ses membres étaient engourdis. Des douleurs sourdes verrouillaient ses articulations et elle eut l'impression que tout son corps venait de faire un séjour prolongé dans la machine à laver. La jeune fille essayait tant bien que mal de réorganiser les idées dans sa tête. Mais rien à faire, c'est comme si Morphée était venu donner un grand coup de pied dans toutes les pièces du puzzle.

— Violet ? Violet ! Ressaisis-toi enfin !

Une voix grave et familière émergea de sous le lit et coupa court aux pensées de la concernée. Elle cligna deux fois des yeux en la reconnaissant, cette fois-ci persuadée qu'elle était devenue folle.

— Poppy ? répondit-elle d'un ton rauque et peu assuré, encore aux prises avec les effets du cortisol qui affluait. Les oreilles peluche uses s'extrayèrent de leur cachette et le marsupial sauta d'un bond sur la couette. Il s'épousseta et rétorqua ironiquement :

— Bah oui, tu veux que ce soit qui ? Le Prince Charles ?

— OH... MON... DIEU !

Lady Violet ne lui laissa pas le temps de finir sa phrase qu'elle se jeta sur lui pour le serrer contre elle. Mais cette démonstration affective inhabituelle n'était pas vraiment du goût de Poppy, qui se débattit expressément, prêt à sortir des griffes dont il était pourtant dépourvu.

— Mais oh, qu'est-ce qu'il te prend ? Tu n'as jamais entendu parler de consentement ? Et puis depuis quand tu fais des câlins ?!

Ignorant sa contrariété, elle le serra quelques secondes de plus avec émotion. La gorge nouée, elle finit par se détacher un peu et planta son regard dans le sien :

— Comment ça qu'est-ce qu'il me prend ? J'ai cru que tu étais parti pour de bon et tu crois que te retrouver ne va rien me faire ? Quand on t'a rejoint dans l'Aéromachine, tu étais redevenu une vulgaire peluche ! Je te croyais éteint à jamais...

— Ok, alors je vais volontairement ignorer cette dernière insulte et me concentrer sur une seule chose : est-ce que tu es tombée sur la tête ? Quelqu'un t'a droguée, c'est ça ? Si c'est ce sale petit morpion à qui tu faisais les yeux doux dans la cabane l'autre jour...

Poppy débitait ces mots tout en contractant ses minuscules pattes velues et en fronçant ses sourcils ébouriffés. Sa maîtresse en arqua un à son tour.

— L'autre jour ? Attends mais tu parles de Little John ? Mais, ça fait une éternité ça, j'ai l'impression que c'était il y a mille ans. Je te rappelle qu'on a quand même eu le temps de traverser quelques planètes depuis cette tempête. Et puis ce morpion comme tu dis, tu devrais admettre que tu as fini par t'y attacher aussi. Tu étais bien content qu'il te prépare de bons petits plats pendant la traversée, répondit-elle avec un petit rire.

Toutefois, ce dernier mourut dans sa gorge quand elle réalisa que son interlocuteur continuait de la regarder comme si elle était bonne pour l'asile. Il se radoucit et emprunta alors un ton plus adapté à la situation.

— Violet, est ce que tu te souviens de ce qui s'est passé juste avant que tu n'atterrisses dans ce lit?

— Bien sûr. J'étais avec mon père et cette horrible Duchesse qui a déclenché une attaque dans son château. J'ai voulu m'enfuir mais... la fumée m'a rattrapée...

L'adolescente pouvait encore sentir le goût âcre et la sensation de sécheresse qui avaient envahi sa bouche en quelques secondes seulement. Elle secoua la tête, comme pour chasser ce souvenir traumatisant.

— Ok, alors Violet, inspire un grand coup. Parce que je ne sais pas ce que ton inconscient dérangé a essayé de te faire passer comme message cette nuit, mais visiblement tu as fait un rêve très... divertissant. Il est maintenant temps d'émerger et de te reconnecter à la réalité car là tu me fais un peu flipper. Je comprends que l'absence de ton père devient lourde. Mais là tu as eu une bonne poussée de fièvre. Hier soir, tu es rentrée du lycée avec ta tête des mauvais jours. Tu t'es plainte de migraines et tu es partie directement te coucher sans manger. Quand ta mère est rentrée du travail, tu dormais déjà.

Le teint de son interlocutrice devint livide. Elle s'extirpa en vitesse du lit et dévala les escaliers quatre à quatre. Iliana l'accueillit en bas, une poêle nappée de pâte à la main. Une assiette débordant de pancakes n'attendait qu'elle sur le comptoir.

Lady Violet secoua la tête, se demandant depuis quand sa mère ne lui avait pas cuisiné de petit déjeuner. Normalement c'était elle qui se tenait à sa place.

— Maman, j'ai besoin que tu me dises la vérité! Ma question va te paraître peut-être bizarre mais est-ce que c'est Little John qui m'a ramenée de Collatio avec l'Aéromachine?

Iliana cligna des yeux, hébétée. Elle la fixa d'un air vide et ânonna d'un timbre sans émotion :

— Sers-toi de ta colère Violet, c'est la plus puissante des armes, mais seulement si tu apprends à la maîtriser pour t'élever et pas pour détruire.

Chaos

Un sifflement perça soudainement ses tympans et une bourrasque souleva sa tignasse emmêlée. Elle sentit des mains l'empoigner avec urgence.

— Violet, ce n'est pas le moment de jouer à La Belle au Bois Dormant! Par pitié reprends tes esprits ou on va finir en tas de cendres sur cette planète maudite!

Elle voulait tellement rester auprès de Poppy et de l'odeur réconfortante de la cuisine maternelle. Pourtant, avec difficulté, elle ouvrit les yeux et se força à se reconnecter à son environnement. Le visage de son acolyte, penché au-dessus d'elle, lui généra plus d'inquiétude que de soulagement.

— Little John, qu'est-ce que tu fais ici? Je t'avais dit de ne quitter l'Aéromachine sous aucun prétexte!

— Oui, bien sûr, et de rester à gober des popcorns tout en entendant les déflagrations émanant de ce château? Ça faisait plus de deux jours que je n'avais plus de nouvelles, DEUX JOURS! rétorqua-t-il les yeux écarquillés.

À ces mots, elle prit pleinement conscience de la montée en puissance du vacarme et des tremblements autour d'elle. Était-ce elle ou lui qui avait réussi à l'extraire de ce long couloir ? Ou était-ce le Capitaine Sky ? S'était-il vraiment écoulé quarante-huit heures depuis leur dernier échange ?

Elle repensa à l'avancée affolante de sa montre à son arrivée sur Collatio, puis à son basculement par le portail. Il lui était clairement impossible d'établir un quelconque repère spatio-temporel fiable.

Face à elle se tenait un extérieur qu'elle découvrait. Loin de la façade lisse et argentée du palace de Negata, ce château-là était terne et abîmé par les années. Des troncs épais et nus l'entouraient, tendant leurs sommets vers le ciel, tels des poings sombres et revendicateurs. À leurs pieds, le même sol friable et bordeaux lui confirma néanmoins qu'elle n'avait pas atterri malencontreusement sur une autre planète.

Mais le temps n'était pas aux observations, Little John lui empoigna le bras et la força à se mettre sur pieds. Lady Violet peina à rester debout. Elle se rendit compte que son armure avait encaissé suffisamment de chocs pour être parsemée de cratères fumants tout le long de son torse. Malgré la solidité de la protection, elle commençait à douter qu'elle survive à une attaque de plus. Elle souffla avec rage, prenant conscience qu'elle aurait dû anticiper ce problème et prévoir tout un stock de cette protection indispensable.

À sa droite, son coéquipier n'était guère en meilleure posture. Son épaule sanguinolente et sa démarche hésitante ne laissaient que peu de doute sur les blessures qu'il avait subies. Qu'avait-il affronté pendant qu'elle revenait sur Terre dans son sommeil ? Il lui jeta un bref coup d'œil avec un demi-sourire rassurant. En réalité, cette tentative maladroite ne fit que renforcer la boule compacte au fond de sa gorge. Mais ils n'avaient pas le temps de réfléchir, il fallait à tout prix trouver un moyen de se sortir de ce guet-apens au plus vite. Qu'elle puisse perdre la vie aujourd'hui était un fait, mais il était hors de question qu'elle entraîne l'Oisillon dans sa chute.

Elle jeta un regard désespéré à la ronde, mais son paternel s'était bel et bien volatilisé dans les méandres de sa lâcheté. Foutu sentiment de répétition. La seule chose qui la faisait tenir debout au milieu de ce champ de bataille, c'était seulement le désir d'épargner la vie de Little John. Trop de mal avait déjà été commis, il ne serait pas un dégât de plus.

— Vi, attention !

Perdue dans ses pensées, la jeune fille n'eut pas le temps d'assimiler l'information du projectile qui fonçait droit dans sa direction. La roquette passa à une dizaine de centimètres de son épaule et vint percer sans ménagement le rosier à sa droite. La puissance de l'engin suffit à la projeter quelques mètres en arrière. Elle se sentit soulevée dans les airs et s'effondra dans les graviers, sa tête heurtant le sol dans un bruit sec. La violence de sa chute ne suffit toutefois pas à couvrir le cri de Little John qui fut percuté de la même façon une fraction de seconde plus tard.

Sentant une nouvelle fois toutes les forces de son corps l'abandonner, elle s'accorda un bref instant de répit en fermant les paupières. Cette accalmie réparatrice fut cependant de courte durée, car un vrombissement sourd et régulier vint interrompre sa quiétude. En parallèle, la phrase délivrée par sa mère juste avant son réveil martelait son crâne.

À travers sa vision floue et enivrée par la ouate, Lady Violet crut percevoir un engin rouge entrer dans son champ de vision. Elle tenta alors un mouvement pour se remettre en position assise, mais la douleur lui fit automatiquement porter la main à son front. Elle devait admettre que la notion de trente-six chandelles faisait désormais un peu plus sens avec cette expérience. Des petites vagues blanches effectuaient littéralement une chorégraphie à l'intérieur de son crâne.

— Little John, est ce que tu es toujours en vie ?!

Cette pointe d'humour sonnait nettement moins juste, agrémentée de sa voix éraillée et faible, surtout quand seul le silence vint y faire écho. Elle tressaillit et tenta tant bien que mal de raviver ses autres sens. Au fur et à mesure que le vrombissement mécanique se rapprochait, elle commençait à distinguer plus nettement la machine qui transperçait les nuages dans sa direction. Mais comment était-ce possible ? Cet engin inconnu ressemblait un peu trop à leur Aéromachine pour que ce ne soit une simple coïncidence. Est-ce que son cerveau était en train de lui jouer des tours, occultant la réalité pour la parsemer d'un nouveau mirage dénué de sens ?

Bien qu'il parût intéressant de s'attarder un tant soit peu sur cette question, Lady Violet n'eut pas le loisir d'achever sa réflexion car une voix robotisée vint l'interrompre.

— Veuillez reculer ! Vous êtes sur un territoire privé ! Merci de ne pas pénétrer dans les limites territoriales définies par la Convention de Collatio. Je répète, veuillez reculer…

Bien que modifiée par un haut-parleur, il ne faisait nul doute que cette voix hostile et contrariée provenait de la Duchesse elle-même. À l'abri entre ses murs, son sentiment de toute puissance devait quelque peu s'effriter face à cette invasion ennemie. Et puis, quelle était cette histoire de Convention ? Diable, qui aurait été assez inconscient et idiot pour ratifier la moindre condition législative avec cette horrible bonne femme ? Bien que ne sachant pas dans quel camp se trouvait cet intrus, Lady Violet ne put s'empêcher de sourire à l'idée que quelqu'un d'autre vienne contrarier cette Duchesse de pacotille.

Dans un grognement, elle posa un coude à terre et entreprit de se relever doucement. La déchirure qui la brûla à l'intérieur de la cage thoracique ne lui laissa guère de doute sur le fait qu'elle devait avoir une ou deux côtes cassées. Mais l'heure n'était pas à la plainte, elle devait absolument retrouver Little John pour s'assurer de son état et trouver le moyen de quitter cette maudite planète le plus vite possible.

Alors que le vrombissement étranger se rapprochait, une météorite de la taille d'un demi-humain vint s'écraser au pied de la jeune fille. Si elle ne s'était pas écartée deux secondes avant, elle aurait assurément fini le crâne fracassé au sol.

Elle leva la tête et aperçut la Duchesse de Clarence perchée dans sa tour. À ses côtés, son blenard recalibrait tant bien que mal une catapulte qui semblait dater d'un autre temps. Campé sur ses deux pattes arrière, il agissait d'une manière étrangement humaine. Il avait été entraîné pour cette tâche, c'était certain. Malgré la lourdeur de l'engin, il ajusta le canon en direction de sa victime sans aucune hésitation. Cette fois-ci, elle eut juste le temps de saisir le rictus mauvais de la maîtresse des lieux, avant de plonger s'abriter derrière un muret. Assise sur les gravillons jonchés de débris, elle prit le temps d'une longue inspiration pour évaluer sa situation.

Un craquement sourd retentit à sa gauche. Sur le qui-vive, elle se retourna brusquement, les bras arqués en position défensive. Deux yeux d'ébène familiers la prirent alors de court. Mais, le visage familier qui les accompagnait acheva de l'apaiser. Little John était on ne peut plus vivant, malgré les égratignures ensanglantées qui jonchaient sa peau. Son bras droit formait un angle bizarre, mais il n'avait pas l'air de s'en formaliser outre-mesure. Elle poussa un soupir de soulagement et se rendit compte qu'elle avait bloqué sa respiration jusqu'alors.

Plantant son regard dans le sien, elle put lire sur ses lèvres qu'il lui demandait si elle allait bien. Elle hocha la tête et lui indiqua discrètement du doigt l'origine des tirs. Bien que leur prudence et mutisme paraissent exagérés, au vu de la distance à laquelle se trouvait leurs oppresseurs, ils n'étaient pas à l'abri qu'un de leurs sbires soit à portée d'oreilles. Par ailleurs, dix mètres d'allée les séparaient, mais il était hors de question qu'ils prennent le risque de traverser cette partie à découvert. Nul doute que la Duchesse les ferait abattre avec la furie d'un chasseur avide de son repas du soir. Pourquoi tenait-elle tant à les éliminer ? Quel secret cherchait-elle à protéger avec autant de hargne ?

En jetant furtivement un coup d'œil vers la tour, Lady Violet crut déceler un reflet orangé. Elle cligna des yeux, persuadée d'avoir eu une illusion d'optique perpétrée par son pauvre cerveau ébranlé par l'adrénaline. Mais au deuxième essai, sa perception ne fit plus aucun doute. Le Capitaine Sky faisait lui aussi partie de leur équipage d'assaillants !

Une fois encore, sa fille eut l'impression qu'une dague venait percer encore un peu plus sa poitrine. Qu'il refuse de revenir avec elle sur Terre était une chose. Mais qu'il prenne part à son meurtre en était une autre. À quoi bon venir la torturer en prenant part à cette macabre scène alors qu'il aurait pu s'enfuir ou tout simplement s'enfermer dans la tour ?

Little John comprit immédiatement la situation en voyant son regard s'assombrir. Il essaya de la ramener à l'instant présent en lui faisant signe. Il lui indiqua un petit bâtiment en pierres situé à l'entrée du domaine, de son côté. Cette construction était affublée d'un toit en chaume et les fenêtres ouvertes laissaient entrevoir une réserve de rondins de bois. Avec des gestes précis, dignes d'une hôtesse de l'air, son coéquipier lui fit comprendre qu'elle pouvait le rejoindre. En empruntant chacun deux chemins parallèles, ils pourraient parcourir sans trop de risques la centaine de mètres qui les séparait, grâce à l'épaisse haie de troncs bordant l'allée.

Lady Violet acquiesça sans hésitation, agréablement surprise de la pugnacité de son partenaire. Le petit oisillon longeant les murs du lycée n'était plus qu'un lointain souvenir après cette tumultueuse expédition.

Pendant ce temps, l'étrange véhicule rouge continuait de percer le ciel dans leur direction, rendant folle de rage la propriétaire des lieux à travers son mégaphone. Cette diversion leur permit un moment d'accalmie sans être la cible de ses tirs. Ils parvinrent ainsi à se rejoindre derrière la réserve.

— Vi, je ne comprends pas, qu'est-ce qu'il s'est passé pour qu'elle bascule à ce point dans la folie ? Où est passée la Duchesse accueillante et mielleuse de Negata ? Et surtout qu'est-ce qu'elle fait ici ?

— C'est la question que je me pose depuis que j'ai mis les pieds dans ce fichu château. Je ne sais pas ce que je lui ai fait, mais visiblement elle n'aime pas ce que je représente aux yeux de mon père… Elle le maintient entre ses griffes avec une ténacité à toute épreuve. Je commence à me demander si cette planète ne retourne pas, elle aussi, le cerveau des gens…

Alors qu'elle déballait ses pensées, le vrombissement de cette seconde Aéromachine se fit soudain très proche. Ils glissèrent un regard prudent hors de la paroi de pierres et virent l'engin se poser maladroitement à gauche du château. Le mystérieux pilote avait pris soin de choisir un angle hors de portée de l'arme.

Lady Violet plissa les yeux et eut un hoquet de surprise. Le logo de l'organisation gouvernementale de son père ornait distinctement la carrosserie. Sans qu'ils n'aient le temps d'intégrer l'information, le sas d'ouverture dévoila une échelle qui glissa jusqu'au sol. Un homme d'une carrure imposante en sortit avec détermination, suivi de trois autres personnes tout aussi résolues.

Le souffle de Little John se bloqua et il sentit sa bouche se dessécher. La jeune fille le regarda à la dérobée et comprit tout de suite que ce devait être son père, accompagné d'Iliana, de la Professeure Firenze et de Marius. Ce tableau de personnages n'avait strictement aucun sens car leurs parents respectifs ne s'étaient jamais rencontrés.

Elle repensa toutefois à Mamie Paulette. Se pouvait-il que sa grand-mère paternelle ait fait le lien entre le comptable et sa belle-fille ? Mais comment avaient-ils su qu'ils étaient en danger ? Leur dernière prise de contact avec Marius était à l'arrivée sur Timor. Bien qu'ils aient défini ensemble l'itinéraire précis de leurs différentes destinations, il était surprenant qu'ils débarquent précisément au bon moment sur Collatio.

Elle n'eut pas le temps d'approfondir ses questionnements car des silhouettes longilignes se mirent soudainement à sauter des deux tours principales pour descendre en rappel le long des parois. D'un noir de suie et aussi épais que des bonhommes bâtons, les sbires de la Duchesse de Clarence étaient gorgés de magma. Ils se balançaient avec une agilité féline, comme si leur squelette était dépourvu d'os. Luc apprit à ses dépens leur température volcanique en voulant en empoigner un à main nue. Il hurla en sentant sa peau brûler à son contact.

Ne laissant que son cœur parler, Little John sauta instinctivement hors de sa cachette et courut le rejoindre, sans même concerter son acolyte féminine. Cette dernière se retrouva prise entre deux feux, à la fois émue de voir sa mère accourir à son secours, mais toujours accaparée par le comportement inexplicable de son paternel. Elle ne pouvait pas repartir d'ici sur leur dernier échange infructueux, c'était impensable. Elle n'avait pas fait tout cela pour que ça se termine sur l'obstacle d'une mégère frustrée et tyrannique.

Elle jeta un coup d'œil à l'équipage nouvellement arrivé et constata qu'il s'en sortait suffisamment bien pour qu'elle se permette de faire bande à part. Marius et Miranda avaient assez d'expérience pour s'être équipés avec précision, malgré leur âge avancé. Leurs combinaisons les protégeaient visiblement du feu et ils s'étaient empressés de distribuer à tout le monde des protections supplémentaires.

Trop occupés à combattre leurs ennemis, ils ne la virent pas se faufiler jusqu'à l'entrée principale et emprunter les couloirs menant à la tour.

L'Inévitable

Après avoir arpenté un escalier interminable, elle apparut dans l'ombre de la porte extérieure. D'ici, elle avait une vue imprenable. Elle constata que, bien qu'en retrait du bord, son père était bien présent et spectateur de la scène belliqueuse qui se déroulait au pied du château.

— Darling, pensez-vous qu'il y ait un angle d'attaque possible depuis notre position? Ces misérables terriens semblent plus coriaces que je ne l'aurais cru, questionna la propriétaire, le ton contrarié.

Ses poings épais serrés ne semblaient être qu'un concentré de haine pure. Qu'est-ce que le Capitaine pouvait bien lui trouver? Décidément, rien n'était cohérent.

Ce dernier ne semblait pas en accord avec cette pensée car il prit un petit temps de réflexion avant de répondre d'une voix égale.

— Hum… Je crains que la catapulte n'atteigne pas cette zone. En revanche, nous avons encore un stock assez significatif de grenades, ça pourrait faire l'affaire. En tout cas, on ne pourra pas me reprocher de ne pas avoir essayé de la prévenir.

Lady Violet faillit s'étrangler face à sa désinvolture. Elle prit conscience que son père n'avait dégagé strictement aucune émotion depuis leurs retrouvailles. Son enveloppe corporelle répondait à ce qu'elle se rappelait de lui. Mais son comportement véhiculait une forme de déshumanisation qui lui sautait violemment aux yeux.

Animée par l'énergie du désespoir et par la peur que ce conflit se termine en bain de sang, elle sortit de sa cachette et l'interpella avec fébrilité.

— Papa, s'il te plaît, ne fais pas ça. Rappelle-toi qui tu es! Tu es le Capitaine Sky, tu diriges le commandement de la 5ème Division. Tu as une femme, Iliana, qui est chirurgienne à l'hôpital de Saint-Bertini. Ta mère, Paulette, est à la résidence des Églantiers, elle attend chaque jour ton retour. ON attend chaque jour ton retour depuis ta disparition…

Elle chercha son regard, mais le géant moustachu ne prit même pas la peine de tourner la tête vers elle. Il était concentré sur l'ajustement du stock de grenades, qu'il manœuvrait de manière quasi-robotique.

Foxy était visiblement chargé du transport, ravitaillant progressivement l'ensemble des soldats postés au sommet du château. De nouveau, elle interpella son père, mais une violente bourrasque emporta sa voix.

Un grondement familier résonna le long des parois et elle comprit que la créature tentaculaire n'attendait qu'un feu vert pour surgir des entrailles de Collatio. C'est comme si tous les éléments avaient décidé de se révolter pour prendre part à cette guerre absurde. Au loin, elle entendit un cri étouffé et elle crut reconnaître la voix de Marius.

Lady Violet sauta alors sur son père, espérant empoigner le sifflet à son cou. Mais celui-ci, visiblement hermétique aux mots mais pas aux gestes, réussit à parer son attaque. Il se releva d'un mouvement et la domina de toute sa taille. Malgré son armure en titane, elle se sentit minuscule et bien insignifiante devant son regard vide de toute expression. Il soupira et l'écarta de son chemin.

Lisant dans ses pensées, un immense bras végétal surgit au bord de la tour et se déroula jusqu'à lui. Le Capitaine Sky se retourna une dernière fois pour la dévisager en silence et lâcha :

— Rentre à la maison Violet.

Le temps qu'elle assimile ses paroles, il avait disparu, emporté par l'appendice de Pietra. Une fois encore, rien n'avait de sens. Prise d'une pulsion volcanique, elle se tourna vers le ricanement désagréable dans son dos.

Tremblante de fureur, elle pointa la Duchesse du doigt :

— Vous… Qu'avez-vous fait à mon père ?

— Voyons petite sotte, de quoi vous plaignez-vous ? L'état de votre père ne résulte que de votre propre responsabilité ! répondit-elle avec un petit rictus réprobateur.

Elle poussa la provocation, secouant la tête avec mépris.

— Alors chère Lady Quelque-chose, quel est votre plan d'action maintenant ? Vous êtes venue ici pour le Capitaine Sky, mais où se cache-t-il donc en ce moment même ? Comment avez-vous pu croire une seule seconde qu'il préfèrerait rentrer avec vous sur votre ennuyeuse planète Terre plutôt que de rester ici à profiter de l'opulence de Collatio ? Ici, j'ai à offrir tout ce à quoi un homme sain d'esprit pourrait aspirer voyons : la liberté et le pouvoir. Qu'est-ce que vous lui proposez ? La suave odeur de la routine, de la monotonie et du quotidien d'une famille moyenne ennuyeuse ? Hum… Je dois dire que c'est une offre alléchante qui ne se refuse pas !

— Ne croyez pas que je ne vois pas ce que vous êtes en train de faire. Je ne suis pas une petite fille qu'on peut manipuler en quelques phrases. Si vous pensez une seule seconde me faire fuir avec vos inepties, vous surestimez grandement votre pouvoir. Mon père ne partage pas vos valeurs et ne s'y abaissera jamais. J'ignore par quel stratagème tordu vous avez réussi à le piéger et à le retenir toutes ces années sur Collatio, mais sachez qu'il n'y passera pas une de plus. Vos autres sbires n'ont peut-être pas eu la chance d'avoir des proches suffisamment déterminés et chanceux pour arriver jusqu'à vous, mais le Capitaine sera clairement votre dernière victime.

Les sourcils parfaitement épilés de son interlocutrice se tordirent en une expression contrite.

— Violet… Vous permettez que je vous appelle Violet ?! Ma chère enfant, vous vous méprenez totalement sur mes intentions et l'étendue de mon machiavélisme. Sur Negata et Collatio, chacun est libre d'aller et venir à sa guise. Je n'ai jamais eu à contraindre personne de me rejoindre, pour la simple et bonne raison qu'il y aura toujours des âmes perdues prêtes à tout pour changer de vie. Et c'est ce que j'offre ici : la possibilité de se réinventer.

Un sourire large et éclatant fit irruption sur son visage et ses prunelles bleu polaire se plantèrent dans les siennes, comme pour fixer plus profondément son explication dans son esprit.

Lady Violet secoua la tête.

— Vous êtes folle… Complètement tordue et folle.

— Je vous retourne l'amabilité jeune fille et me permets de l'accompagner de simples questions réflexives.

La Duchesse de Clarence se rapprocha et commença à tourner autour d'elle, tout en parlant.

— Qui est celle qui a abandonné les siens et toute sa vie sur Terre pour braver à l'aveugle l'inconnu, dans le seul espoir de rendre réelles ses illusions ? Qui a laissé la colère et la peur prendre le contrôle et acter toutes ses décisions pendant toutes ces années ? Qui a pris l'initiative d'embarquer des inconnus dans sa quête, sans prendre en compte le risque qu'elle leur fait prendre pour un caprice enfantin ? Alors, en toute objectivité, qui est la plus folle de nous deux ?

À ce moment précis, Lady Violet sentit comme une rupture au plus profond d'elle-même. Il y eut un craquement au fond de son cœur et une mince fêlure y apparut subitement. En l'espace d'un instant, la fêlure se fit fracture, se faufilant le long de ses veines dans un bruissement sinistre. Une seconde et demie plus tard, il y eut comme un souffle, et de la lave jaillit de cette ouverture inopinée. Son rouge chatoyant courut le long du chemin tracé et une brusque chaleur acheva d'envahir entièrement sa cage thoracique. Son sang se gorgea de cette nouvelle énergie en fusion. Elle n'eut d'autre choix que de serrer les poings, sous le poids du changement qui la traversait. Ses longs ongles s'imprimèrent sans faiblir dans la paume de ses mains d'ivoire.

Après une longue inspiration, sa gorge se serra et sa respiration se fit plus rapide. La Duchesse de Clarence la détailla d'un air inquiet, sentant brusquement l'air se charger d'électricité. Elle hoqueta de stupeur. Le blenard, ayant accouru à ses pieds dans un mouvement protecteur, se crispa à son tour et se mit à grogner en direction de l'adolescente.

Pendant une demi-seconde, Lady Violet parvint à attraper un dernier brin de conscience, se demandant si elle devait faire appel à son self-control. D'habitude elle y parvenait, elle connaissait ses limites et se débrouillait toujours pour ne pas franchir la ligne dangereuse qui la menaçait régulièrement. Mais pas aujourd'hui. Il n'y avait plus de place pour la raison. Seule la haine comptait. Alors, elle laissa son cerveau reptilien prendre le contrôle.

La lame affûtée au fond de sa sacoche jaillit d'un coup et elle lui fit fendre l'air dans un mouvement sec et intransigeant. Au même moment, un éclair éclata au-dessus d'elle, comme si le ciel devenait soudainement le théâtre de ses émotions. Ses pupilles affichaient la même flamme que celle qui la consumait en ce moment même. Elle poussa un hurlement qui ravagea tout doute possible sur la nature de ses intentions.

— Enfin jeune fille, ce ne sont pas des manières ! Vous n'allez tout de même pas vous en prendre à un haut membre de l'aristocratie ? Cessez vos enfantillages ! s'écria d'une voix haut perchée et incertaine la femme, dont la mine se décomposait à vue d'œil.

Le blush fuchsia qui badigeonnait habituellement ses joues avait pris la teinte fade des jours d'automne. Par-dessus sa robe bouffante, ses petits doigts boudinés se trituraient mutuellement, formant un ballet décousu et absurde. Mais Lady Violet n'avait que faire de ces manifestations de peur.

Elle était devenue hermétique à toute forme d'empathie envers la personne se tenant face à elle. La colère qui l'envahissait était sans précédent. Comment pouvait-on rejeter la faute sur elle et l'accuser? Elle n'était qu'une enfant quand il était parti. Le Capitaine était maître de ses décisions et les avait portées en toute connaissance de cause. Depuis sa disparition, elle n'avait eu de cesse de se raccrocher à l'espoir de son retour. Elle avait subi chaque Noël, chaque anniversaire, où il avait brillé par son absence. Et pourtant, elle n'avait jamais abandonné et s'était démenée en grandissant pour élaborer des stratégies. Plan après plan, échec après échec, elle n'avait jamais renoncé à tenter de le sauver. Aujourd'hui, elle savait la vérité. Au plus profond d'elle-même, elle encaissait le lourd poids de la réalité et était bien déterminée à s'en délester.

Lady Violet ne laisserait personne, absolument personne, lui faire porter une culpabilité qui n'était pas la sienne. Ses frêles épaules avaient déjà porté plus de responsabilités qu'elles n'auraient dû et il était temps d'y mettre fin. L'épisode de la fontaine avait achevé de la convaincre que laisser sa vulnérabilité en pâture aux Ombres ne la pousserait pas à avancer. Laisser s'infiltrer les murmures négatifs de ceux qui se nourrissaient de sa peine, non plus.

Étrangement, au milieu du feu qui se consumait en elle, une douce accalmie régnait. Elle ne savait peut-être pas où elle allait mais elle savait ce qu'elle voulait. Cette Duchesse de pacotille, distillant son venin sur elle et sa famille devait disparaître. C'était forcément de sa faute si son père avait pris la fuite. Se débarrasser d'elle permettrait au Capitaine Sky de réintégrer le foyer familial. Alors, aveuglée par la rage, Violet lui sauta à la gorge.

Ses doigts encerclèrent l'épais cou de son ennemie et elle sentit sa jugulaire tambouriner sous sa paume. Comme entraînée dans sa folie meurtrière, la brise se fit bourrasque tout autour d'elles, et des feuilles mortes se soulevèrent à son contact. Le précieux palais d'illusions qu'elle avait pris tant de temps à construire sur Collatio était en train de s'effondrer tel un château de cartes. Même Foxy avait bien vite disparu de leur champ de vision. Les yeux injectés de sang, sa victime riait pourtant hystériquement, d'un son haché.

Les pupilles voilées par la rage, Lady Violet s'imagina abattre sa dague au creux de son cou et ses phalanges serrèrent plus fort. La Duchesse déglutit, le visage rougi par le brusque manque d'oxygène. Paradoxalement, elle n'essayait même pas de se débattre, comme convaincue et résignée de cette scène qu'elle avait anticipée. Son agresseur ne contrôlait plus rien, le sang battait dans ses tempes au fur et à mesure qu'elle se répétait ses paroles dévastatrices.

— Vous ne savez rien de moi!

Mais, même à ses oreilles, cette vague défense sonnait faux. En réalité, ces mots l'avaient touchée plus qu'elle ne voulait bien l'admettre.

Soudainement, une lueur s'infiltra au milieu de ce tourbillon de flammes et une phrase la figea nette : « Sers-toi de ta colère Violet, c'est la plus puissante des armes. Mais seulement si tu apprends à la maîtriser pour t'élever et pas pour détruire ».

Le visage apaisant de sa mère apparut derrière ces mots. Un pan de lucidité la saisit et elle desserra vivement sa main pour s'éloigner de cette horrible personne, sans savoir si cette dernière était son adversaire ou bien le reflet d'elle-même. Quoi que la Duchesse ait fait et peu importait son rôle dans la disparition soudaine de son père, elle ne méritait pas que Lady Violet lui sacrifie son intégrité. Il est vrai que, si la scène s'était déroulée quelques semaines plus tôt sur Negata, l'issue aurait peut-être été différente. Mais elle en avait appris suffisamment sur elle-même ces derniers temps pour parvenir à maîtriser plus justement sa colère et l'utiliser à bon escient.

Au moment où elle prenait cette sage décision de s'éloigner, un éboulement se fit entendre en contrebas. Sa victime en profita pour s'écarter brusquement. Un grondement sourd monta dans la foulée, ne leur laissant pas le temps d'analyser la gravité de la menace. Avant même que la Duchesse ne se retourne vers le bruit, l'édifice rocheux sous ses pieds s'effondra.

Elle hurla en prenant conscience de sa chute imminente, et Lady Violet se précipita vers elle pour accrocher son bras. Elle allait refermer sa prise contre son poignet, mais il était déjà trop tard. Tout un pan de la falaise s'effondra soudainement et le tissu de la robe jaune se déchira dans un craquement sinistre.

— Violet!

Au milieu du chaos qui régnait autour d'elle, la voix de sa mère réussit par miracle à percer la fumée jusqu'à elle. Iliana surgit une fraction de seconde plus tard à ses côtés, en haletant. L'adolescente, toujours immobile, fixait intensément le bout de tissu effiloché entre ses doigts, seule trace restante de la Duchesse de Clarence.

Paralysée par ce qui venait de se passer, elle était plongée dans un état d'hébétement. Inquiète, sa mère chercha alors des réponses dans la scène qui se dressait autour d'elles. Parcourant rapidement du regard le précipice profond à quelques pas, ses yeux ne mirent pas longtemps pour faire le lien avec l'étoffe dorée entre les doigts de sa fille.

— Maman... qu'est-ce que j'ai fait?

Aucune émotion ne transparaissait de cette phrase, la sidération n'accordant pas la place aux trémolos ni à l'hésitation.

— Violet, nous devons quitter Collatio IMMÉDIATEMENT!

— Mais… on ne peut pas partir comme ça… Je dois retrouver papa…

La jeune fille peinait à parler, tant ses pensées étaient, elles, désarticulées. Iliana empoigna la main de sa fille, la débarrassant malgré elle du tissu morbide. Elle la serra, avec l'assurance maternelle nécessaire à l'appui de ses propos.

— Nous n'avons pas le temps! Chérie, je suis désolée mais les autres nous attendent tous à l'Aéromachine. Tu n'entends pas? Les attaques continuent de pleuvoir, et nous ne pouvons pas nous permettre plus de dégâts.

Comme en connivence avec ses paroles, un énième éclair résonna non loin derrière elle, sortant brièvement Lady Violet de sa torpeur. Elle se dégagea de son contact et essaya de visualiser le château à travers l'épais rideau de fumée.

— Non mais tu ne comprends pas? On ne peut pas partir sans lui! Je dois aller le chercher. Je n'ai pas fait tout ce chemin pour le laisser périr ici, sans nous, à cause de cette sorcière! Tu as peut-être fait une croix sur lui, mais pas moi.

Armée de sa dernière phrase teintée de reproches, elle resserra l'emprise autour de la dague à sa ceinture. Elle était déterminée à ré-effectuer le chemin en sens inverse, et ce malgré les obstacles visibles.

— Violet, il en est hors de question! Nous n'avons…

La flamme qui brûlait déjà en Lady Violet s'embrasa un peu plus et ne permit pas à sa mère de finir la fin de sa phrase.

— Je ne t'ai pas demandé de partir avec moi. Je vois bien que tu n'en as rien à faire de papa. Peut-être même que ça t'arrange bien finalement qu'il ait disparu en mission ?! Mais moi je ne compte pas l'abandonner. Je ne suis pas toi !

Des éclats de colère continuaient d'envahir ses prunelles, au fur et à mesure qu'elle déversait le venin retenu pendant toutes ces années. Iliana la fixait avec effroi et douleur, comme si elle venait de la poignarder de sa joute verbale. Elle inspira lentement, ferma les yeux, et concentra tous ses efforts pour énoncer d'une voix claire et posée :

— Vi, je te demande de venir avec moi pour rentrer, parce que ton père, lui, est déjà parti. Nous l'avons vu décoller dans un véhicule spatial il y a quelques minutes…

Sa progéniture ouvrit la bouche pour contrer l'argument, mais son cerveau assimila l'information avant qu'elle n'ait le temps de formuler une répartie cohérente. Elle fut tentée de laisser la méfiance s'insinuer en elle. Elle voulut crier au mensonge, dire à sa mère qu'elle avait tort, qu'elle essayait de la manipuler. Oui, elle aurait tout donné pour se battre contre cette réponse absurde. Mais au fond d'elle-même, elle savait qu'Iliana disait la vérité.

Partie 5 : Placatis

Un si grand silence

Un tapotement timide résonna contre la paroi de sa cabine. La professeure Firenze s'assit à ses côtés, concernée par l'ambiance pesante qui régnait dans la pièce. Lady Violet semblait en dialogue avec elle-même, les yeux perdus sur le sol.

— Je ne comprends pas, j'ai fait la démarche de venir le chercher… Je lui ai dit que j'avais besoin de lui…

— Oui, toi tu étais prête Violet. Mais est-ce que lui l'était ?

L'adolescente se tourna vers elle doucement.

— Vous croyez que je n'aurais pas dû ?

— Si, bien sûr, car tu avais besoin de réponses. La passivité d'attendre désespérément sur Terre n'aurait mené qu'à plus de frustration pour toi.

— Oui, mais à quoi bon ? Je pensais que mon père avait été victime de quelque chose. Maintenant je sais qu'il nous a abandonnées volontairement… C'est pire.

Miranda laissa un silence pensif puis répondit.

— Je crois que le plus grand challenge de notre vie est de comprendre que nous ne pouvons pas tout contrôler. Tu aurais pu explorer des planètes de toute la galaxie, partir plus tard ou arriver plus tôt, mais en aucun cas changer ce qu'il y a dans le cœur d'un autre.

— Sous réserve qu'il en ait un, maugréa son interlocutrice, maussade.

Elle fixa le paysage par le hublot avec un air triste. La sexagénaire face à elle laissa échapper un petit rire amusé, malgré les rides de fatigue qui lui cernaient le front.

— Ne dis pas de sottises, Violet, bien sûr qu'il en a un. Mais tu sais, certaines épreuves de notre vie nous contraignent à l'éteindre. Ça ne fait pas pour autant de lui une mauvaise personne. Il a été un père aimant pendant une partie de ta vie, et c'est cette facette de lui que tu dois retenir pour te reconstruire. Et qui sait, le temps lui fera peut-être retrouver l'esprit et la force suffisante pour revenir auprès de toi? L'humain est ainsi fait, pétri de contradictions et de dualités.

— J'espère être aussi sage et bienveillante que vous un jour, soupira-t-elle. D'ailleurs, je suis désolée pour la perte de votre mère… Merci d'être venue ici alors que vous deviez traverser vous-même un deuil autrement plus important.

— Tu sais, il n'y a pas d'échelle ni de comparaison dans la souffrance. Et je n'aurais pas été mieux à me morfondre sur Terre après l'enterrement. Certains crieront à de la désinvolture, mais moi je crois que chacun gère les événements à sa manière.

Sur ces mots emplis par la sagesse de l'âge, la professeure laissa la jeune fille à ses pensées. Ils arriveraient dans quelques heures sur Placatis, lieu de rendez-vous donné entre les deux Aéromachines. Ils pourraient ainsi faire le point ensemble, avant d'engager leur itinéraire de retour vers la Terre.

Heureusement, l'ensemble de l'équipage s'en était sorti sans trop de blessures notables. Luc remettrait probablement quelques semaines à marcher correctement et Marius se faisait actuellement recoudre le front par Iliana, mais ils étaient tous en vie et heureux de se retrouver.

Ils étaient néanmoins un peu pressés par le temps car les anciens collègues du Capitaine Sky attendaient de pied ferme le retour de leur Aéromachine dernier cri. Ils leur avaient accordés ce prêt exceptionnel, de mauvaise grâce, sous la menace de procès pour négligence de la part de son épouse.

Lady Violet suivait tout cela de loin, plus spectatrice qu'actrice de ce voyage dont elle avait perdu la destination. Elle n'avait souhaité parler à personne depuis leur montée dans le véhicule. C'est dans ce climat brumeux et terne qu'ils atterrirent, dans la soirée, sur la planète voisine la plus proche de Collatio.

*

Un rayon de soleil berça sa joue et la jeune fille prit le temps d'apprécier ce doux réveil au creux de sa couette. Elle ne savait encore que faire de toutes les informations assimilées hier soir.

Rassemblés autour d'un dîner sommaire de boîtes de conserve, Luc avait raconté comment Mamie Paulette l'avait mis sur la trace d'Iliana. Miranda avait abordé avec pudeur le décès de sa mère quelques jours plus tôt. Tous rassemblés par une même énergie salvatrice, ils avaient tout de suite répondu à l'appel de Marius. Ce dernier avait adressé un clin d'œil à Little John :

— Petit, tu ne croyais quand même pas que j'allais vous laisser partir seuls sans avoir un plan de secours et sans mettre une balise de localisation sous cet engin. Au passage, nous pouvons tous avoir une pensée pour Poppy. Sans lui, cette histoire ne se serait probablement pas aussi bien terminée.

L'adolescent lui avait souri, reconnaissant. Depuis que son père avait débarqué sur Collatio, une étrange et nouvelle connexion était née entre eux. Il n'y avait pas eu de place pour les reproches ou pour l'autoritarisme. Luc était simplement heureux de prendre son fils dans ses bras. Apparemment, Chloé et les triplés l'attendaient avec tout autant d'impatience.

Lady Violet se leva, le corps encore douloureux et engourdi des récents événements. Il régnait un silence étrangement apaisant dans la cabine. Bien que l'aube ne soit qu'à ses prémices, le réconfort d'une tasse de café fut plus fort que la paresse. Elle regagna donc le Salon des Commandes. Un bout de papier attira son regard sur la table.

« Violet,

C'est le cœur lourd, mais aussi plein d'espoir, que je t'adresse cette lettre. Ces dernières semaines à tes côtés ont été absolument incroyables. J'ai la sensation d'avoir vécu mille vies en un voyage et d'avoir touché les astres au seul contact de tes lèvres. Avec toi, j'ai fait ce dont je ne me serais jamais cru capable. Tu m'as prouvé que rien n'est inatteignable, qu'aucune limite n'est infranchissable, pour peu qu'on se donne les moyens de réaliser ses rêves.

Le tien était de retrouver ton père et tu as littéralement traversé des planètes pour y arriver. Même si ce que tu as trouvé au bout du chemin n'était pas à la hauteur de tes espérances, cela t'a apporté quelque chose de bien plus précieux : la paix. Alors, si je devais retenir quelque chose d'essentiel dans notre aventure, c'est que parfois la quête d'une vie meilleure nous fait oublier la valeur de ce qui nous entoure au présent.

C'est pour cette raison que, ce soir, je fais le choix de retourner auprès des miens. J'ai des nœuds à dénouer qui ne pourront se faire ni à bord d'une Aéromachine, ni dans le sillage d'une rousse volcanique à l'armure pleine d'amour.

Merci d'avoir partagé un bout de chemin, et pas des moindres, avec moi.

Merci aussi de m'avoir accordé ta confiance pour aller affronter ce démon qui te rongeait. Comprends bien que mon départ n'est pas un livre qui se ferme mais plutôt une page qui se tourne, pour nous aider à en écrire une nouvelle. Ce n'est pas un adieu, c'est une promesse.

LJ »

Lady Violet laissa retomber le papier sur la table. Il avait pris la fuite. Simplement, sans se retourner. Happé par ses propres ressentis, Little John avait tout bonnement fait abstraction des siens. Mais alors qu'elle croyait trouver du réconfort auprès des autres membres de l'équipage, un second mot accroché sur le tableau de bord attira son attention.

« Le temps et l'environnement n'ont pas d'importance. Puise la force qui est en toi et rentre quand tu te sentiras prête.

Miranda et Iliana »

Après avoir fait un rapide tour du propriétaire et jeté un coup d'œil au hublot, la jeune fille dut se rendre à l'évidence : tout le monde avait déserté les lieux pour rentrer sur Terre, sans elle.

Résilience

Lady Violet avançait, lentement, ses pas feutrés bercés par le vent doux et chantant de cette nouvelle planète. Tout faisait silence autour d'elle. Et pourtant, le vacarme qui emplissait ses pensées était assourdissant. Comme des centaines de nuages venus couvrir la lumière, sa tête se remplissait d'une vive obscurité.

Le cœur au bord des lèvres, l'âme s'évaporant en volutes de fumées, la jeune fille porta un regard hagard autour d'elle. Ces paysages qui, quelques heures plus tôt, lui paraissaient si réconfortants, adoptaient désormais les teintes ternes d'un printemps sans soleil.

Un léger frisson l'envahit et elle eut l'impression qu'un gouffre tout entier cherchait à la happer. Toutes ses peurs semblaient se mouvoir de nouveau au fond de sa poitrine. La sensation d'étouffement la fit chanceler.

Au creux des bras de Little John, elle avait trouvé une forme de paix. À ses côtés, les ombres s'étaient peu à peu évaporées, remplacées par la douce sensation de l'apaisement. À travers l'éclat de son rire, elle avait retrouvé le chemin du sien. Et pourtant, ce dernier avait mené à une profonde déception, à la pire des blessures : l'abandon volontaire d'un parent. Et maintenant ? Quelle route emprunter quand sa seule boussole s'était envolée ?

Lady Violet s'effondra au sol, laissant les hautes herbes l'accueillir et l'envelopper. Plus rien ne comptait désormais. La suite n'avait plus d'importance. Seules les sensations de l'instant présent primaient, l'engloutissant intégralement, annihilant ses moindres pensées.

Vidée de ce trop-plein d'émotions, elle se laissa peu à peu sombrer dans un sommeil sans rêves. Enveloppée par Morphée, elle ne vit pas le petit koala perché sur une branche, qui la contemplait avec confiance. Étant isolée et sans but sur Placatis, elle fit la seule chose qu'il y avait à faire : dormir.

Sans réellement en avoir conscience, elle avait commencé à livrer un duel contre elle-même, comme si sa vie en dépendait. Et finalement, c'était peut-être le cas. Chaque effort, chaque geste, lui coûtait cent fois plus que la normale. Se lever chaque matin se révélait être un incroyable défi de tous les instants. Mais quand le cœur se faisait trop lourd et que ses bras commençaient à s'abaisser, Lady Violet faisait la seule chose en sa capacité : elle inspirait.

Fermant les yeux, elle visualisait sa traversée du désert, ses nuits peuplées de cauchemars et, enfin, le vide terrible de l'abandon. Alors, un petit sourire au bord des lèvres, elle réalisait que la plus grande des batailles était déjà gagnée. Du plus dur des combats, elle s'était relevée. Après tant de luttes et de pleurs, plus aucune épreuve ne pourrait la laisser à terre.

Et puis, un matin, elle avait respiré la délicate odeur de la rosée et s'était laissée bercer par le pépiement des moineaux autour d'elle. Elle avait reposé le livre sur ses genoux et contemplé la cime des sapins qui l'abritait. Dehors, la pluie déversait ses larmes sur une nature ne cherchant nullement à la fuir. L'air était lourd mais paisible. L'adolescente se surprit à apprécier la simplicité de cette vision et le calme apaisant qu'il lui procurait.

Pourtant, son cœur battait toujours trop vite et son cerveau ne cessait de rejouer les films des derniers événements. Assise seule dans la salle, face à un écran lui diffusant inlassablement les mêmes scènes, elle était devenue l'héroïne prisonnière de son propre rôle. Nul besoin de préciser que le prix à payer excédait largement celui d'un ticket de cinéma.

Little John lui manquait, Poppy lui manquait. Et face à ces départs qui sonnaient comme un écho à celui de son père, Lady Violet réalisa qu'elle allait devoir lutter toute sa vie contre cette sinistre trouille de l'abandon. Celle qui lui transperçait l'œsophage et qui avait fragmenté toutes ses étoiles. Mais elle devait se rendre à l'évidence, elle ne devait soumettre à personne la responsabilité de son propre bonheur. Elle se devait maintenant d'en porter le poids seule si elle voulait ressortir vivante de cette nouvelle tempête.

Contemplant l'immensité des montagnes qui s'étendait devant elle, elle prit pleinement conscience de ce qui l'entourait, de la beauté du monde autour d'elle, de toutes les rencontres qui l'attendaient quelque part. Elle visualisa tous les voyages qui lui restaient à faire pour s'aventurer dans des lieux inconnus et tous ces matins qui se lèveraient pour lui permettre de réaliser ses rêves. Et alors, elle eut l'intime conviction que, peu importe ce qui l'attendait au bout du chemin, les obstacles ne rendraient la destination que plus belle. Sur cette pensée, elle inspira, déposa son armure au sol et referma le sas de l'Aéromachine, avant de s'installer aux commandes.

REMERCIEMENTS

Tout d'abord, je tiens à remercier les personnes avec qui j'ai collaboré, afin que ce roman prenne vie :

Aurélien Huet, mon frère, graphiste, qui a réalisé la couverture et toutes les illustrations. Après les épreuves de vie que nous avons traversées, je n'aurais pas pu rêver meilleur binôme pour illustrer cette histoire ;

Anne-Cécile, ma mère, qui supporte péniblement le poids d'être ma première lectrice et correctrice. Son soutien indéfectible m'a portée tout au long de ces années pour concrétiser ce rêve d'écrire ;

Édith & Nous, dont l'atelier Relecture m'a permis de peaufiner l'histoire et d'avoir un regard professionnel sur le contenu ;

Laury Chinzi, qui a mis en page ce livre. Elle m'a guidée avec professionnalisme et bienveillance dans cette dernière étape avant la publication.

Ensuite, j'adresse un immense merci à toutes les personnes qui ont contribué, de près ou de loin, à ce que ce roman soit aujourd'hui entre vos mains :

Celles qui m'encouragent et me soutiennent depuis des années ;

Celles qui ont participé à la cagnotte de financement Ulule;

Celles qui ont inspiré (de près ou de loin) les différents personnages entourant l'héroïne.

Enfin, je te remercie toi, lecteur, d'avoir pris le temps de découvrir cette histoire et de te plonger dans mon univers. J'espère que la résilience de Lady Violet t'inspirera et te poussera à, toi aussi, réaliser tes rêves.